# 我们都有一段回不去的时光

卫冰冰/著

人民东方出版传媒
東方出版社

**图书在版编目（CIP）数据**

我们都有一段回不去的时光 / 卫冰冰 著．—北京：东方出版社，2015.4
ISBN 978-7-5060-8153-5

Ⅰ.①我… Ⅱ.①卫… Ⅲ.①随笔—作品集—中国—当代
Ⅳ.①I267.1

中国版本图书馆 CIP 数据核字（2015）第 079702 号

**我们都有一段回不去的时光**
（WOMEN DOUYOU YIDUAN HUIBUQU DE SHIGUANG）

---

**作　　者：** 卫冰冰
**策 划 人：** 吴玉萍　张　杰
**产品经理：** 傅　愈
**责任编辑：** 姬　利　傅　愈
**责任审校：** 张海静
**统　　筹：** 吴玉萍
**装帧设计：** 张洪科
**责任营销：** 傅　愈　何　遥　010-64258072
**出　　版：** 东方出版社
**发　　行：** 人民东方出版传媒有限公司
**地　　址：** 北京市东城区朝阳门内大街 166 号
**邮政编码：** 100706
**印　　刷：** 北京京都六环印刷厂
**版　　次：** 2015 年 8 月第 1 版
**印　　次：** 2015 年 8 月第 1 次印刷
**印　　数：** 1—5000 册
**开　　本：** 880 毫米 ×1230 毫米　1/32
**印　　张：** 8.625
**字　　数：** 232 千字
**书　　号：** ISBN 978-7-5060-8153-5
**定　　价：** 32.00 元
**发行电话：**（010）64258117　64258115　64258112

---

看书写书，滋养灵魂。

行走流浪，探索人间。

爱与被爱，修行自身。

不慕名利，不羡富贵，

不贪红尘，不恋浮华，

安之若素，保持本心。

# 目录

## 前言

## 缘起

我想人大附中的成功之处就在于：每一个人大附中毕业的学生都以是人大附中人而自豪。而现今尚未看到成功迹象的我也不例外。我常常在想，命运之手把我牵引向不同的方向都是从迈入人大附中开始。若是那一年 15 岁的我没有被人大附中的校园所吸引，我大概永远也不会有勇气把人大附中填入中考志愿，继而在高考那年背井离乡奔向异国。六年前，我把 MSN Space、人人网和电脑里留存的记录和独自在异乡成长的日记整理成随笔集《在海的那一边》第一版印刷发行，那时候的我认为回忆是一个漫长而痛苦的过程，当经历过的一切像过电影一样重现眼前的时候，仿佛又回到了那时候的心境，或快乐或忧伤。认真地去回味曾经发生的一切，看着青涩稚嫩的我是如何步履蹒跚地独自走过这些年。一回眸，经年已过；再回首，沧海桑田。尤记得，有个姐姐跟我说，女孩子 20 岁到 25 岁之间的这五年是过得最快的，那时年幼，眨眼间，却已至而立。

买来市面上关于留学的种种书籍作为借鉴，想来想去，还是决定另辟蹊径，坚定走我自己想走的路，让我的经历以日记的形式呈现在读者面前，让你们伴随我一起走过这些年，感受我的喜怒哀乐，看看我是如何从一个天真娇俏的少女变成平和恬淡的女人。因缘际会，《在海的那一边》有了新的命运，而第一版因为初恋分手而删去的种种感想也得以还原。曾经爱过的人们以另外一种方式留存在我的记忆和生活中，我应感激，他们的出现成就了今天的我。我始终记得那个单纯善良天真爱笑的 17 岁少女，怀抱怎样美好的梦想跨出国门；我也始终难以忘怀那一个个寂寞孤单无助的夜晚是怎样慢慢熬过。当人生有了一定阅历以后，回过头去再读这些稚嫩的文字，觉得特别温暖和欣慰。因为自始至终我都未曾在物欲横流的诱惑中失去本心。在世人的眼中，也许我并未算得上多么成功，没有让人艳羡的工作，也没有什么说出来可以让人一震的成就，可这十几万的文稿，字字出自我的本心，句句都是我的感想，我为你们还原了一个在红色政权下长大的军人子女在异国他乡的成长经历和心路历程。这本书，就是我的心，而现在，我选择再一次把最真实的我剖析在你们面前。

我们的人生中总要面临很多选择，而每一次选择也许都会对未来造成巨大的影响。我和父母探讨过无数次，如果当初没有出国，如今会是怎样的光景？可以确定的是，我绝对不会是今天的我。当你看到我光彩夺目地站在人前侃侃而谈往年种种的时候，其实你并没有看到我独自舔舐伤痕的悲哀与落寞。当你看我潇洒地穿过沙漠、越过高山、游走乡村、找回灵魂平静的时候，其实你并没有看到我看破金钱、地位、名利和爱情时所经受的痛苦与绝望。当你看到我小鸟依人守在所谓良人身边琴瑟和鸣的时候，其实你并不知道我内心的空虚与寂寥。东西方文化的碰撞也许并不能有机地结合，于是就有了很多如同我一样的“边缘人”，不知道自己属于哪里。我是一个中国女孩，有着东方人的面庞，却又有着西方人不羁的心灵；我行事循规蹈矩，却又内心叛逆；我被世人眼光左右做着所有“我应该”做的事，却并不因此快乐。然后我发现，这个世界上有太多太多和我一样的人，于是，我希望找到一些共鸣，或者给那些尚未走到这步的人一些借鉴。每个人都是独一无二的，而且自出生那日起就有资格选择如何度过自己的人生，外界种种，都不应该成为你做出选择的理由。出国、归国、结婚、生子、工作，都应该出自本心。愿每一个读到我的文字的人，都可以在此刻停下来问一问自己，你现在拥有的一切真的都是出自本心的选择吗？你快乐吗？你若不快乐，请问问自己的心，想要的到底是什么？让自己快乐，才是对生命最好的回报。

2014 年 11 月于深圳

# 第一部分

# 乍到异乡人初寒

## 2003 年 1 月 4 日

拉着箱子，背着背包，一个人登上了开往悉尼的飞机。今天，我 17 岁零 5 个月。出海关的时候，我没有回头，不是我多么勇敢或者多么冷淡，只是实在害怕看到爸爸妈妈关切的样子就失去独自闯荡的勇气。

恍然间记得，17 岁生日那一天，我指着世界地图上的大洋洲，告诉爸爸妈妈，我想去美丽的澳大利亚，一个远离战争和纷扰的世外桃源。谁曾想，短短的几个月后，我已经插上了梦想的翅膀，飞向那个我向往已久的国度。

老实说，对于澳大利亚这个国家，我并没有多少研究，对于她的了解仅仅限于地理课本上面的描述——骑在羊背上的国家。只是约略觉得，在遥远的南半球，独自占领一片大陆，不和任何国家接壤的她必然象征着和平与安逸。而那坐落在澳大利亚东南海岸的悉尼，一个风景旖旎的海滨城市，将带给我怎样美好的未来。对于那样一个甚至算不上熟悉的城市，我莫名的有着美好的憧憬。飞机飞行在两万米的高空，夜航，我可以清晰地看到外面的满天星斗，这么多年来，第一次离星星这么近。12 个小时后，我将暂时告别守护我十七年的北斗七星，来到南十字星守护下的国度，一点点期待与一点点恐慌。拿起笔，记录下此时此刻我的感想，不知道将来还乡的时候又是怎样的心情。

明天，又是一个新的开始。我期待着。

## 2003 年 1 月 5 日

静谧的夜，可以清晰地听到外面知了和蛐蛐此起彼伏地演奏着属于夜幕的乐章，跨越了赤道的距离，从北半球的寒冬变成南半球的炎夏，还真是有点不习惯。也就是这样的夜，没有成堆成堆的高考习题，我才可以安静地坐在这里记录下生活中的点点滴滴。

10点50分，懵懵懂懂地带着希望到达了一个对我来说全然陌生的城市，如果说心中没有惊慌，那绝对不可能是真的。毕竟从出生到现在都不曾离开父母，更何况是出国呢。周围的人礼貌而又冷淡，突然间惊惶不安，寂寞袭来，从现在开始，我就得一个人去面对人生中的所有问题，不会再有爸爸妈妈为我保驾护航。我必须，坚强起来！闭上眼睛，深呼吸，冷静下来以后迅速理出思路：跟着同飞机的大部队走，一定可以找到出关的地方。还好随身的行李并不是很重，约莫10分钟以后，就看到了大大的CHECK OUT（出关），一边是为澳洲本国人员服务，一边是为海外来宾服务，两边队伍明显的人数差别清晰地显现出澳洲的特殊文化：多元化。

海关的工作人员看了我的出境登记卡，依照惯例询问我带的是什么药，当时一紧张脑子中的英文全忘干净了，隐约就记得一个cold（感冒），只好告诉他是治疗感冒的，估计人家看我是个文弱的女孩子也就没有再多加为难。这个时候才知道什么叫作纸上谈兵，各种英语考试考了无数次，真的面临问题的时候，可以运用的语句却屈指可数。

一个人拖着重达30公斤的大行李箱，在接机的地方寻遍了手举的牌子也没有看到我的大名。无奈中只好打电话回国找妈妈求助，这时候相当感谢科技的发达，有全球通这种东西的存在，可以让我迅速联系到大洋彼岸的亲人。电话里清晰的声音让我完全感觉不到阻隔在我们之间的千山万水。听到妈妈安抚的声音，坐在行李上看着机场外蓝天白云间映照着灿烂的阳光，惊慌感一扫而空，心情突然间很雀跃，这么美丽的城市就是我将要生活学习的地方。

等待良久，接我的人匆匆赶来，打taxi（出租车）把我送到homestay（寄宿家庭）。Homestay mother（女房东）是个印尼人，叫Carolyn（卡罗林），打扮得相当妖艳，结过四次婚，孕育了四个儿子；Homestay father（男房东）David（大卫）是纯种的澳洲白人，在移民局工作，和前妻生了三个儿子。留学生和他们夫妻不是住在同一套房子里面，我们有足够并且相对独立的空间。

我们居住的房子是复式的三居，一间属于 Carolyn 的儿子，一间住的上海留学生 Andrew，我住的房间也就 6 平方米左右，里面有张上下铺，一张书桌，一把椅子，一个壁橱，布置得非常简单，感觉相当拥挤。房子虽小，倒是五脏俱全。唯一的瑕疵大概就是那扇坏掉的窗户吧。一个独身未成年女孩的房间配置一扇坏掉的窗户，悉尼的治安由此可见一斑。

Carolyn 很热情，一会儿帮我泡咖啡，一会儿帮我烤面包，一时之间让我受宠若惊。热情过后才知道这就是所谓的先礼后兵，当我坐下来吃着面包喝着咖啡的时候，她已经开始跟我谈论房租问题以及住宿规矩。比如，房租必须提前付两个星期或者一个月；洗澡时间不可以过长，要节约用水；晚上 10 点之后不许用电话，10 点之前用电话也要另外付钱；如果带朋友回家过夜，要付当天的房租；如果房东对房客的行为不满意，随时有权力赶走房客；如果要搬家必须提前两个星期以上通知房东……当一切规矩谈妥之后，送上的又是热情而温暖的笑脸，而在这一刻，我分明在她闪光的眼睛中看到了属于金钱的符号。我突然想知道，当有一天我交不出房租的时候，她该会换上怎样的面孔。

这是我在澳洲学会的第一堂课：丑话说在前头。

## 2003 年 1 月 6 日

我住的地方叫作 Holstone park，是悉尼中南部的一个小镇，人烟稀少，只有小的便利商店，没有大的购物中心，所幸离火车站非常近。中介所说的距离学校 15 分钟路程原来是使用火车作为计算时间的交通工具。火车，也就是英文中的 train，是悉尼城内的主要交通工具，相当于我国的地铁，却远比地铁要四通八达得多。悉尼的火车相当老旧，一般一列火车有八节车厢，分为上下两层，只要不是高峰期，车厢内非常宽敞，就算赶上真正的高峰期，也不会有如同国内压缩汉堡包的感觉，毕竟还是个地广人稀的城市。

Central Station（中央火车站）是我来澳洲以后听到的第二个地名。它是悉尼所在的新南威尔士州最大的火车站，也是悉尼最重要的交通枢纽，可以说，一旦 Central Station 出现什么问题，大半个悉尼的交通就会陷入瘫痪。因此，从“9·11”事件以后，澳洲政府撤去了 Central Station 里面所有的垃圾桶，对恐怖袭击做以最初级的预防。从 Central Station 发车的线路共有 27 条，15 条开往各大城市，12 条是悉尼市区运营线路。到达学校有两种方式：第一种必须要从 Holstone park 乘 7 站火车到 Central Station 再转乘 343 路公车到学校所在的 Waterloo（滑铁卢）；第二种是直接从 Holstone park 乘 8 站火车到达 Green Square（绿色广场），再步行 15 分钟到达学校；交通不能算是便利。大多学生选择第一种方式，因为可以使用周票，车费相对便宜，我也亦然。

第一天上课，想当然，我这个路痴一定会迷路，还好 Carolyn 给了我学校的地址，路人也算热情，总算顺利找到了 343 车站。旁边等车的白人帅哥很自然地跟我搭讪，强烈推荐车站旁边的咖啡和多纳圈，这是澳洲特色之一——和陌生人闲聊，借以打发无聊的等车时间。千万别误以为他看上我了，本姑娘这种白白净净的林妹妹式长相在澳洲人眼里可并不算出色，略感意外的是操着那不太流利的英语竟然也可以应付。相对国人等车时的冷漠，澳洲还是带给我了一点点的温暖，一直到我上车了，帅哥还不忘提醒我下次一定要尝试这家店的咖啡，让我不得不怀疑他是不是就一托儿。

排队上车，不急不躁。每人自动刷票，公车司机兼售票员。澳洲的车票分为单程票、单日往返票、火车周票、红色通票、绿色通票、紫色通票、棕色通票、季票和年票等。通票可以用于火车、公车和轮渡。使用区域按照不同的颜色来划分，红色涵盖区域最小，紫色涵盖隶属悉尼的所有城镇。由于我们学校在内城区，使用红色通票就行了。

到学校后参加了分班考试，学校根据语言水平的高低分出不同的语言班，语言班毕业才可以继续高中的学习。笔试很简单，口试也就问了些关于爱好理想之类的简单问题，类似的问题在国内练习过很多，所以应付起来倒也自如。一起参加考试的都是中国学生，在学校出出进进的也多为亚洲面孔，有点儿小失望。原来这就是传说中的 Taylors College（泰勒学院），悉尼大学附属高中。

严格来说，我不喜欢学校的风格。商务气息很浓，只有一栋大厦作为宿舍、图书馆和教学楼等的合体，没有宽敞的校园，没有操场，什么都没有。突然间开始疯狂想念人大附中的宽敞的校园，美丽的中心公园，资源丰富的图书馆……

短短两日，发现了几点澳大利亚作为发达国家的素质体现：第一，整个城市没有一个交通警察，所有红绿灯都靠按钮控制，要过马路的行人按钮，行人灯会自动转绿，根据灯的提示过马路就行，最适合的就是我这种不会过马路的人；第二，所有的机动车到人行横道前必定会为行人让道，就算你还没有走上人行横道，车也会提前在人行横道停下，等候行人先过；第三，火车站没有专人检票，公车上面没有售票员，一切都是机器控制；第四，公共场所没有人大声喧哗，公车、火车上的人大都手捧一本书默读；第五，每个人下车的时候必然会跟司机说声："Thank you.（谢谢）"而司机也必然会回复："You're welcome. Have a good day.（别客气，祝你有快乐的一天。）"这些自然而然形成的习惯让人感觉不到一丝的刻意，与我们有外国友人来访时刻意表现出来的礼貌远远不同。我想，中国要发展成这个样子还需要很长的时间。作为礼仪之邦的子孙，我第一次感觉到惭愧。

## 2003 年 1 月 7 日

上海男孩 Andrew，算是我到悉尼的第一个朋友。初接触的时候觉得他话不多，但是好客。到达悉尼的第一天他主动带我去了网吧，让我通过邮件、QQ 等方式给国内的亲人朋友报平安。现在想来，那时候还真是轻率，随便跟一个不相识的男生出门，虽然同住一套房子，毕竟互相不了解。以后要记得，防人之心不可无。

Andrew 和我同校，比我低一届，也就早来一个月，看来混得不错，学校里面经常碰到他的熟人。今天由他负责带我到银行存钱。通过跟他的闲聊才知道事实上 Taylors College 是一间国际学校，专门为学生提供升大学的预备教育，里面囊括了语言培训、高中和大学预科的课程，创始人是越南人，总校在墨尔本，悉尼的分校被指定为悉尼大学附属中学。顾名思义，在此国际学校接受教育的全部都是各国来的留学生，当然亚洲学生占去了 90%。大概是为了体现学校的国际性，管理风格相对闲散，没有固定的上课时间，没有校服，同学们的头发各式各样，同学们的衣服五颜六色，一开始我还真以为这是 T 型台而不是学校。不过知道可以不用穿校服，我还是非常雀跃的，毕竟国内的那一身身运动服一穿就是十年，让我俨然已经不知道如何审美了。

把钱存在了中国银行的悉尼分行，可以直接用中文交流，感觉相当亲切。第一次看到了所谓的 China Town（唐人街），四处充斥着广东话和上海话，完全没有英语。广告牌上的标志也是中文。有一棵已经枯死的金树，从树顶上冒出的流水潺湲，慢慢地流下，研究半天也没弄明白水是从哪里出来的。据说这是悉尼和中国建交的时候种的，代表澳中友好。个人感觉不够华丽，依照咱中国人的特色，整棵树都应该镀金才是。

唐人街的入口有一个红漆的牌坊，跟北京南池子那个很像，不过规模小了很多，上面写着“四海一家”四个大字。在这一刻，看到周围来来往往的中国同胞，突然间一种四海儿女皆为一家的感觉油然而生。可惜唐人街上的一个小摊位破坏了我一整天的好心情。如果不是 Andrew 拉住我，估计我会很生气地去跟这些小摊位理论。也就今天才知道，一向对政治一窍不通的我，是这么爱国，这么憎恨别人诽谤我的祖国。此时此刻，才真正体会到了“祖国”两个字的含义。那就是家，不论是金窝银窝都无法比拟的家。它怎样简陋怎样破败都无法改变它是我家的事实。而我，绝对不允许别人伤害我的家。事后，我跟 Andrew 戏称我是被红色思想洗脑过的孩子，无论我们的政府有没有错，我都会袒护到底，这就是大院长大的孩子。

另外，值得一提的是，今天的晚餐实在难以下咽。Carolyn 用菜花、鸡块儿、青菜和 Cheese（奶酪）煮成一锅东西，汤汤水水作为我们的晚餐。虽说营养丰盛，可是我实在没有胃口。由此我对 Carolyn 所谓印尼女孩从 13 岁开始就学习怎么做个好太太感到质疑，天天煮出这样的食物，丈夫怎么受得了。如果接下来天天都要这样吃下去，对挑食的我来说简直就是人间地狱。一定得想个办法解决这个问题。

今夜不再独自入睡，我的房间入住另外一个娇客，新来的留学生——武汉的 Susan。和我年龄相仿，不过不同学校。第一次尝试和别人分享我的空间，不排斥，还略微有一点点兴奋。

## 2003 年 1 月 9 日

上课已经两天，不得不承认我真的是一点儿也不喜欢我的语言班，开始想念人大附中亲如姐妹的朋友们，那里的课堂是那么温暖而和谐，这里，我却是那么的格格不入。班里一共 16 个人，除了一个中国台湾的女孩外，都是来自祖国各地的男孩儿、女孩儿。上课的主要内容是跟老师用英文对话，适应听力和口语，间歇会写一些小短篇的作文。课间同学们讨论的话题竟然是哪部三级片好看，初来乍到的我当然是相当不适应，当然我个人认为就算不是初来乍到，我对这样的话题也不会有太大兴趣，心里也就有了抵触情绪。总觉得十几岁的孩子讨论这样的话题没有意义，如果一定要用一个词来形容这些学生，我一定会选择“堕落”。于是我安静地沉浸在自己的世界里，时而背背单词，时而回忆国内的高中生活，那些朋友们应该在如火如荼地准备高考吧。而我，却选择了离开；但不是逃避，是想面临更大的挑战。依稀想起临走前和班主任云姐的谈话，如果要追求梦想，就毫不犹豫地去吧，别回头也别停下脚步，在另外一片蓝天下闯荡出一片属于自己的天地。那么，已经让梦想启航了不是吗？我的目标——悉尼大学，不能气馁。

学校的楼下有一间 CAF é（咖啡馆），是学校周围唯一可以解决午餐的地方。刚刚到达悉尼还无法接受 1 : 5 的汇率换算，总觉得东西特别的贵，什么也不舍得买。于是就买了最便宜的巧克力，勉强算是解决了午餐。有个兰州男孩 Jack 相当热情，过来陪我聊天，大概是我已先入为主，总觉得他们是坏孩子，表现非常冷淡。我的寡言少语反而引起了他们的注意，下午课间总是有其他语言班的人跑来看我。这些人，就是以后要和我一起念书的同学。我想我总算明白为什么国内有人会质疑我和父母的选择，毕竟他们都认为只有国内混不好的孩子为了逃避高考才会选择高考前出国。而我的这些同学们也毫不避讳地承认他们在国内因为考不上好大学才选择了出国。尤记得当时高考复习的状态非常好，下了这么大的决心也是经过一番犹豫的。既然我放弃了那么多，就一定要让自己收获得更多。

下课很早，让我头疼的是民生问题。那样难以下咽的饭菜我想我是不能接受的。犹豫半天我鼓起勇气跟 Carolyn 说要自己做饭。她答应得倒是相当爽快，不过条件就是要连 Andrew 和 Susan 的饭也一起做。没办法，谁让自己天性挑食，无法忍受不能入口的食物，只好勉为其难地答应了。虽然上次做饭是 7 年前的事情，不过天天看妈妈做饭，大概程序还是知道的。我想，上天是一直保佑我的，胡乱煮出的食物竟然相当可口，当然是比起那一锅不知道是什么东西的汤来说，咱比上不足比下还是有余的。真是要偷笑了，本来 Andrew 和 Susan 是相当怀疑我的能力的，无奈之中夸下海口说自己会烧饭，他们才勉强愿意尝试，现在总算是牛皮没吹破啊。吃着自己做的晚餐，成就感油然而生却又夹杂着一点小小的凄楚。在家都是小公主，到了这里，再也没有人把我捧在手心疼爱，要想过得好，就要自立。在这一瞬间，我觉得自己好像长大了。

## 2003 年 1 月 10 日

妈妈打来电话，无法承受对我的思念，叫我回家，学校还帮我保留着学籍，随时可以复学，继续参加高考。真的差一点就要答应了，在今天以前，我都无法真正喜欢悉尼这个城市，太多的陌生感让我无所适从。一点儿也不亲切的同学，没有校园的学校，除了学习外还要做饭洗衣、自己理财，等等，都让我对这个城市开始了莫名的抵触和畏惧。可是，下午走在市中心的主干道George Street（乔治街）上的一刹那，我又突然间爱上了这座城市。我不知道如何用笔墨、用语言来形容当时的感觉，也许留下来的文字无法描述出我感受的十分之一。但是，我还是努力地，想让自己记住那一瞬间。

George Street是悉尼市中心的主干道，北起悉尼大学的Victoria Park（维多利亚公园），南接于著名的The Rocks（岩石区），整条街道上面融合了悉尼的多元化特点，有哥特式的教堂、繁华的高楼大厦、雄伟的市政厅和蕴含自然风光的公园等，可以媲美北京的长安街，只是没有长安街宽阔。当我独自走在George Street上的时候，看着蓝蓝的天、白白的云、飞翔的鸽子、独特的建筑、各式各样的路人，听着不知道哪里传来的教堂钟声和各式腔调的英文，恍然间觉得独立的感觉真好，开始一个人面对所有的事情，不到一个星期的时间，我学会了如何打理自己的生活，这是我在国内读了十一年书从来不曾体会过的感觉。原来，除了学校的课本外，世界上还有这么多东西是要自己去学习、自己去摸索的。没有对与错，没有是与非，只是单纯地选择了不同的方向，走了不同的路。

我告诉妈妈我已经长大了，面对困难不会退缩，虽然我思念着北京的一切，但是我不会临阵脱逃。不管未来是怎么样的，我会留在这座城市，继续面对接下来的挑战。当然其中还有一个原因就是我爱面子，出来不到一个星期就打道回府是一件多么丢人的事情。

## 2003年1月15日

和Susan同住了一个星期，没有什么摩擦，只是经常听她抱怨Carolyn对她不好，光对我好。不好发表什么评论，心里却很清楚她说的是事实，Carolyn确实对我有些偏心，经常偷偷拿各种水果给我吃。可惜她从来没想过 Carolyn 对我的喜爱是有原因的。出国前妈妈告诉我，在外不比在家里，要勤快才能博得房东的喜爱。于是，我总是抢着洗碗收拾房子，甚至从那天第一次做饭开始，晚饭的任务也落在了我的身上。对于我们三个，Carolyn 可谓大撒手，饭也不用做了却还收着煮饭的钱。公平地说，我和 Susan 交的房租一样多，她什么都不干，我却得负责做饭，谁让当初我自己揽上这活呢。我想，Carolyn 适当地对分担她事务的我表示一定的偏爱是应该的吧。不知不觉间，我就变成了三个人的头儿，有什么事情要跟房东沟通，他们都让我去找 Carolyn。日子也算慢慢进入了轨道。我个人认为，我与 Carolyn 建立了某种程度的情谊。

Andrew 和 Susan 总是因为一点小事儿斗嘴，但是并不伤和气，跟两个大孩子似的，谁也不肯让，我总是充当和事佬的角色，打打闹闹却也过得很快乐，仿佛有了兄弟姐妹一般。我很珍惜彼此之间的友谊，就如同刚出生的小动物总是习惯把看到的第一个活物当作妈妈一样，我对他们也有了一定程度的依赖。多么奇妙的缘分，曾经完全陌生的我们竟然在国外同住一个屋檐下，像一家人一样共同生活，而如果我们没有选择出国，也许一生都不会有所交集。作为独生女的我，大概从小就渴求能有兄弟姐妹让我不至于孤单。我以为，在以后的人生中，他们必然也是我很重要的朋友。

## 2003 年 1 月 17 日

三人行因为香港人 Raymond 的出现变成了四人行。对于 Raymond 的出现，Andrew 很高兴他不再是唯一的男孩，Susan 大概对香港人有偏见所以表现得相对漠然，我呢，因为秉承爸爸五湖四海皆兄弟的原则，尽可能地热情。只是，我煮饭的任务比以前繁重了起来，毕竟多一个男孩儿吃饭。

十多天饭做下来，倒是激发了我对烹饪的兴趣，某种程度上来说，我应该还是有烹饪天分的。在吃上面，Carolyn 不算大方也不算小气，因为周围购物的限制，食材通常只有午餐肉、香菇、粉丝、鸡翅膀、五花肉和青菜。由于材料品种的限制，我只能不停地在这些菜种之间创新，可惜配来配去也就这些品种。不过鸡翅膀倒是成了我的拿手菜，我总是能用一公斤的鸡翅膀变出花样来，比如先做鸡汤，再做红烧鸡翅，最后做鸡汁炒饭。既节省时间，也节省原料，还营养丰富。Carolyn 对我是赞不绝口，时不时还会品尝一下我的手艺。

David 很少出现在我们的视野之内，似乎自从第一天见过面后就再也不曾出现。只是和 Carolyn 闲聊的时候时不时从 Carolyn 嘴里听到他的名字。今天我才知道，David 曾经是澳洲驻印尼大使，他和 Carolyn 是在印尼认识的，结婚以后任期结束就举家迁到悉尼常住。David 不常出门，办公室就在他们住的那套房子中。据说澳洲很多人都是不出门工作的，办公室就在家里面，一切工作都用传真和邮件解决。这种新颖的办公方式让我非常憧憬，如果爸爸们都这样工作，也就不会错过孩子们的成长了。想想从小到大，爸爸似乎总是忙碌着，没有时间参与我的成长。依稀记得出国前几个月还闹过一次笑话：有一天，下课回家准备吃饭，发现桌子上面摆了三双筷子，特别好奇地问妈妈家里是不是有客人，结果妈妈说今天你爸爸回来吃饭，我当时竟然回了一句，“我还有爸爸啊，我都忘记我还有个爸爸了”。现在我离开家一个人在外面，少了我的陪伴，不知道妈妈吃饭的时候会不会觉得凄凉。妈妈，原谅女儿的自私，只有离开您，我才能真正长大，我想变得优秀，让您和爸爸以我为骄傲。

## 2003 年 1 月 20 日

今天出现了一个叫 Sandra 的广西女生，据说以前在这里住过。长得特别像风靡全中国的韩剧《蓝色生死恋》里面的小恩熙，基于对于此角色的喜爱，我爱屋及乌对这女孩儿有了莫名的好感。可惜人不可貌相，她的性格和温柔可爱的小恩熙真是差了太多，这丫头小小年纪竟然给人一种倚老卖老的感觉。总是以过来人的口吻跟我们说话，不过谁让人家比我们早来了几个月呢！连比 Susan 早来了几天的我都能算得上是她的前辈，更何况都已经知道怎么自己在外面租房子的 Sandra 呢！奇怪的是 Andrew 竟然对 Sandra 视若无睹，看样子两个人倒是真的不对盘，谁也不搭理谁。Raymond 还是不怎么说话，只是客套地和 Sandra 打了招呼，简单寒暄了一下，而我苦于要准备晚餐也没时间招待这不知道从哪里冒出来的客人，Susan 就自然而然充当了东道主，陪 Sandra 热火朝天地聊了起来。Sandra 并没有留下来和我们一起用晚餐，据说这样不好，当初的租房条约里面严令禁止带朋友回家，Carolyn 似乎也没有留她的意思，于是当我准备好晚餐的时候，她也就早早告辞了。

我并不知道 Sandra 和 Susan 聊了些什么，只是隐约注意到两个人从高谈阔论变成了窃窃私语。晚上回房间的时候，Susan 神秘地跟我讲了很多据说曾经发生过的偷窃事件，然后就坚持说有人动过她的行李，她的电池丢了。听到她这样说话，我心里有点不太舒服，毕竟我们两个同住一个房间，如果真的丢了什么东西，显然第一个有嫌疑的人就是我，虽然目前为止她并没有表示她有怀疑我的意思。然后她就开始一个个剖析可能翻动她行李的人，分析来分析去就栽到了 Carolyn 的身上，真相是怎样的，谁也不知道，不过我认为 Carolyn 是不会为了小小的几节电池翻动别人的行李的。而且我估计她根本就是忘记自己把电池放到哪里了，谁会偷小小的几节电池啊。Susan 这人什么都好，就是有时候敏感过度，似乎是有被害妄想症。

其后她就开始怂恿我搬家，列举了一大串自己出去签房子的好处，总而言之，就是不愿意再住 homestay，想自己照料自己，既自由又可以省钱。可惜唯一的问题就是我们不满 18 岁，不能离开 homestay 自己住。在今天以前，我从来没有考虑过这个问题，毕竟我一向都是一个“既来之则安之”的人，Carolyn 这里的条件虽然说不上好，也不至于不好，重要的是她肯让我自己做饭吃，毕竟一个未满 18 岁的孩子做饭在澳洲是违规的。Susan 还在絮絮叨叨地讲，我只好有一搭没一搭地回着话，同时窝在我的小床上写日记。第一次怀念一个人占有一间大房子的宁静。天气很热，心情很焦躁，在北京的你们还好吗？

## 2003 年 1 月 25 日

偶然间发现那个兰州的 Jack 和我在同一站乘火车，我们相约一起坐车去学校。可我独来独往惯了，并不怎么习惯和人结伴而行，况且还是一个不怎么熟悉的男生。于是故意错过他会坐的那一班车，与其在车上两个人尴尬地相处，还不如一个人天马行空地幻想。

眨眼间，已经到达悉尼二十多天，课业方面没什么压力，每天只有英文一门课，和国内的高三复习相比，简直轻松太多。于是，我多出很多时间可以做学习以外的事情。忙碌惯了，突然停下来竟然有点不习惯，一开始还真的不知道要如何去合理运用学习以外的时间。要知道在以前的 11 年里，我的生活除了学习就是学习，唯一的爱好就是阅读一下课外读物。我甚至从来没有看过电视连续剧，当同学们热烈地讨论一部一部的剧情时，我只能无言地待在旁边。

因为囊中羞涩，也并不跟同学们去逛街。早早下课就回到家里准备晚饭或者听 Carolyn 和那些婆婆妈妈们闲聊。周围住了几家印尼人，晚饭前都会来我们住的地方小聚。他们用我听不懂的语言聊着属于家庭主妇的话题，客人带来的孩子都还小，就在房子周围跑来跑去。有个小姑娘很安静，不怎么说话，也不闹，长得非常漂亮，像混血娃娃一样。每天我都特别期待他们的到来，这样我就可以把那个混血娃娃抱在腿上。今天混血娃娃的爸爸也来做客，小女孩很乖地坐在爸爸的腿上，大大的眼睛瞪得圆圆的。这一幕一下子触动了我多愁善感的神经，眼泪聚积在眼眶中，突然间记不起来坐在爸爸腿上的那种幸福感觉。抬起头，看天，眼泪就不会流下来了。打起精神，还要准备四个人的晚餐。

打越洋电话跟妈妈咨询红烧肉的做法，第一次尝试呢，希望可以成功。

电话里妈妈总是唠唠叨叨地关心着我，什么烧饭不要烧到头发啊，记得关煤气啊之类的，虽然口头上跟妈妈说别这么啰唆了，心里可是暖暖的。我知道妈妈在心疼我，一个在家里十指不沾阳春水的丫头现在竟然可以做四个人的饭，还是每天做，连我都有点佩服自己的适应能力了。

今天我们俩打扫房间的时候才发现 Susan 的电池原来掉到了床底下，我就说吧，虚惊一场，没事儿可别自己吓自己。

## 2003 年 1 月 27 日

今天我的监护人 Anna 来家访，东窗事发，在做饭的我被逮个正着。她很严肃地告诉我如果继续这样下去的话，他们会中断和 Carolyn 的合作，因为澳洲法律规定 18 岁以下的学生要住在 homestay 家里面，生活上一切琐事由 homestay 负责。Carolyn 一口咬定我今天第一次做饭，只是因为一时好奇，我只好配合着 Carolyn 撒了谎。Anna 半信半疑地再三告诫，我连连答应，她这才离去。

在我心里其实真的想把 Carolyn 当妈妈看待的，还是我那不可救药的雏鸟心态。所以尽管我心里清楚她占了多少便宜，赚了我多少钱，我还是真心实意地对她，也不希望她因为我的缘故少了生源。我一直相信善有善报，当你真诚地对待别人的时候，她也会真诚地对待你。果不其然，晚些时候 Carolyn 跟我的谈话证明了这一点。

下个月会有很多高中的学生休完假回悉尼，Carolyn 希望我们能搬到她的另外一套房子里去，生活自理，也就是说告别 homestay。她的理由是相信我有足够的能力照顾她们，房租还比这里便宜，当然这件事情学校和监护人都不会知晓，她会替我们隐瞒，只当我们继续住在 homestay 里面。我和 Susan，Andrew，Raymond 商量过后，大家一致认为看过房子再做决定。而当我和 Susan 的小卧谈会结束后，我们俩已经基本决定搬家，毕竟，节省下来的房租可不是一笔小数目。同时我意外地发现，Susan 和 Jack 似乎有什么事情要发生了。春天刚刚过去，难道盛夏也会孕育恋情？

## 2003 年 1 月 28 日

我实在不知道该用什么词汇来形容这套房子的破败。房子在一楼，三室一厅两卫。地毯很潮湿，客厅地上湿了一大块儿，像小孩子尿床一样。浴室的浴缸里面爬满了蚂蚁，我隐约看到主卧的墙角还长了绿绿的苔藓。Carolyn 开出的房价非常低廉，低到足以诱惑我和 Susan 搬到这类似鬼屋的地方。Andrew 和 Raymond 倒是显得理智很多，坚持住在原来的地方，当然也是因为他们两家的经济条件比我们好得多。我和 Susan 自然是摇摆不定，反正还有时间考虑。

下午 Sandra 又跑来我们这里玩儿，还特地把我拖出去单独谈话。原来她认为我是四个人的头儿，想跟我去签一套房子，然后分租给 Susan 他们，赚取差价。听起来真是相当诱人，如果这样一来，大半的房租就可以被 Susan 他们分担掉，剩下的钱足够我平时的生活用度了。事实上这样做并没有什么不对，澳洲很多留学生都这么做，但是我看到 Susan 他们就莫名地内疚，为自己有这样的想法感到不耻。我想是因为我很珍惜和 Susan 他们的友谊，并且早已经把他们当作了自己的兄弟姐妹，利用他们赚钱自然会觉得对不起他们，斟酌再三，还是决定把这件事情坦率地告诉他们，本意其实就是提醒他们最好不要跟 Sandra 一起租房子，省得多了花费。谁曾想他们竟然因此开始对 Sandra 有了偏见。见到她甚至不能维持面子上的客套，完全当她是透明的。看到 Sandra 受伤的眼神，心里感到很内疚。我的天真无意中伤害了另外一个女孩子。原来天平是无法一直保持平衡的，当我的心偏向了一边的时候，就不应该再奢望另外一边维持不变。我选择了维护 Susan 他们的利益，自然就会损害到 Sandra 这边的利益，对她，只能在心里抱歉了。看来以后再遇到这种事情，我得想一个两全其美的解决办法，找到利益之间的平衡点。

## 2003 年 2 月 1 日

我们四个人的感情越来越好，好到我已经有一种错觉，不管发生任何事情，我们都会同进退。我做饭的时候，他们会在旁边帮忙；周末会一起相约去外面照相；晚上会在客厅聊到天亮，讲述我们不曾相遇之前的故事。回到房间以后 Susan 还会跟我讨论彼此学校的零零碎碎，从她透露出来的点滴我隐约捕捉到她和Jack的暧昧。从来没有过过集体生活的我，快乐地享受着眼前的一切。我相信或者说我希望眼前的一切会一直维持下去，无论我们有没有住在一起，我们都会是彼此重要的朋友。

今天是离开父母后的第一个节日，中国的春节，所谓每逢佳节倍思亲，在这样一个举家团圆的日子，背井离乡的我们显得更加亲密。学校考虑到中国学生的因素，特地请来了舞狮子的人来学校表演。悉尼因为华人众多，过节气氛很是浓郁，到处张灯结彩。我们一行四人为了庆祝春节的到来，跑到唐人街大吃了一顿，小奢侈一把。四个人在一起嬉笑打闹冲淡了彼此的思乡情结。

晚上爸爸妈妈打来电话，在地球另外一端的他们一时间无法适应没有女儿承欢膝下。外面星光绚烂，可惜闪烁的星星无法传递我的思念。此情此景，李白的《静夜思》多么精确地描述了我的心情：举头望明月，低头思故乡。考试的时候分析了那么多次，没想到却是在这样的情况下才真正体会到游子情怀。

## 2003 年 2 月 4 日

经过几天的犹豫，我和 Susan 下了决心搬家。Andrew 和 Raymond 没有和我们同进退，看来我们两人的魅力无法压过他们对鬼屋的恐惧，对我和 Susan 来说，闪光的金钱很容易就帮我们克服了对那鬼屋的种种不满。当出门在外，自己控制财政大权的时候，我才知道金钱的诱惑远远超于我的想象。而当我们决定搬家时，Andrew 和 Raymond 想到的第一个问题竟然是以后谁做饭，让我很是伤心，原来我存在的价值就是烧饭。不曾想，这个问题 Carolyn 早就找到了解决的办法。当我为自己终于要卸下为众人做饭的任务而沾沾自喜的时候，Carolyn 的谈话让我梦想的泡泡彻底破灭。

原来一起搬过去的有五个人，休假回来的 Cindy 和 Candy，我，Susan 和 Sandra。她们四个人两人一间，我可以自己享有一个房间，付的房租比她们还少，是我现在房租的四分之一，条件就是我得继续帮留学生做饭。条件真的是相当优渥，Susan 和 Sandra 以后自己做饭，Cindy 和 Candy 也不是 homestay，想想看其实也就做 Andrew、Raymond 和我的饭，不算繁重，何乐而不为呢。怎么想都觉得自己赚了，在家里做饭总比去外面打工安全，于是非常快乐地答应了。从此，我就变成了真正的煮饭婆。

从下个星期开始,房租就减少了一大半,也算是某种程度上的勤工俭学吧。倒是 Susan 对这安排不甚满意，她习惯和我住在一个房间。发自内心来说，享有独立的空间我是很开心的,毕竟两个人住在一起就要互相迁就,我天性喜静,有时候真的不怎么愿意聊天，可是又不好扫了人家的兴。对于搬家，没有很期待也没有很抵触，房子对于我来说只是一个可以睡觉的地方，反正不管是哪一间都不是自己的家，条件的好坏也就不怎么计较，出国本来就做好了吃苦的打算，当然不可能继续在家当千金大小姐。

让人高兴的是，Susan 和 Jack 的暧昧已经渐渐显山露水，据说已经有人看到他们课后联袂出现在 China Town。缘分的事儿啊，真是不能用时间考量。无论如何，我是祝福他们的。在慢慢明了一个人的孤单后，有个人陪伴想必是件很好的事情。速食恋爱，在留学生当中是一件多么平常的事情。

## 2003年2月6日

到达悉尼整整一个月了，房租刚好到期，于是顺理成章选择了今天搬家。新房子离旧房子走路也就十分钟的路程。David在沉寂了一个月后终于又出现在我们的视线当中，他负责开车把我们和行李送达新居。路途实在短暂，所以到底也没有机会和David接触，更加没有机会听到他字正腔圆的澳洲口音。

当我把房子收拾妥当过后，已经差不多是晚饭时间，Andrew过来接我回旧家给大家做饭。我这才知道最近陆续有高中的学生回来，我需要服务的人数远远不只三个人，这个时候打退堂鼓已经来不及了，只能硬着头皮上了。反正到时候兵来将挡水来土掩就好。由于这边的夜间安全有点问题，Andrew和Raymond被安排轮流接送我。回到新家时，室友们已经在客厅开起了茶话会。Candy和Cindy比我们大一两岁，因此大家都敬她们为姐姐，两人和我们相比真是可以称为老悉尼了；Susan和Sandra由于以后要住同一个房间，表面上看起来也尽释前嫌了。有趣的是她们的英文名字的开头字母让我们可以把两间房用S派和C派来概括了。第一个晚上，大家相处得很愉快，在客厅聊到深夜才各自回房，还觉得意犹未尽。只是当大家都熟睡的时候，Susan偷偷来找我要求把她的箱子放在我的房间，理由是她不太相信Sandra。我看房间也还宽敞，便爽快地答应了，心里面却隐隐约约觉得有些不妥。也许，冥冥中要发生什么吧。

## 2003年2月18日

最近两个星期忙碌得没有时间写日记，大家陆陆续续地从国内回来，还时不时有新人过来，Carolyn这里的学生真可谓空前的多，隔壁几家邻居也塞满了中国留学生，我要做饭的人数竟然达到了十三人，比我预期中的四倍还多。炒饭的时候已经无法翻动锅铲，只好请男孩儿们帮忙。要准备的菜多了起来，课业也因为加入了雅思考题而愈发繁重。学生们还算好说话，能帮我打下手的都热情帮忙。我想这是咱们中国人热情好客的天性使然，大家并没有泾渭分明地去区分什么是自己分内该做的，什么不是，也当然不会袖手旁观。

新认识了很多朋友，除了读预科的香港人外大多数都是和我们同校的高中生，有上海人、广西人、北京人……还真是五湖四海，小小的一个homestay竟然跟个小中国似的，可以听到各种方言，很是有趣。Andrew和Raymond都很高兴有了更多伙伴，Raymond也不再寡言，到现在我们才知道他沉默是因为他普通话说不太好，怕我们笑话，这下碰到老乡可真是打开了话匣子，讲个没完，原来也是个开朗的家伙。C派和S派倒是似乎跟Carolyn撇清了关系般没有再出现在旧房子附近，房租一直都是我代为转交。Susan和Jack开始经常滞留在车站附近的小花园里，远远看去都能感受到甜蜜的气氛，很是让人羡慕，只是两人死活也不承认他们的恋爱关系。朦朦胧胧隔着层纱的暧昧也许更加浪漫吧。

在这些形形色色的孩子们中需要我花笔墨详细描述的大概要属北京女孩克克了，怎一个酷字了得。170cm的身高在女孩儿中显得鹤立鸡群，略显壮实的身材和清一色的中性运动衣很容易让你忽略她是个女孩儿的事实，五官清秀中隐约透着女孩儿家的一丝妩媚，可惜一头利落的短发生生破坏了这唯美。光看外貌的话，克克真的是典型的假小子。带着一丝好奇和几许对北京人的亲切，费了一番工夫，花了几天的时间总算让她正视到我的存在，可惜也仅仅是在用餐中言不及义的几句简单寒暄。如果不是看在她是我在澳洲认识的第一个北京人的份儿上，估计我早就放弃了。开始寒暄之后才知道，克克并不是天生就酷，而是沉浸在自己的世界中，往往忽略了外界的存在。也就是说人家大小姐之前不理我的原因竟然是不知道我在跟她说话。不管怎么说，这个看起来性格冷淡到极点的女孩儿充分引起了我的挑战欲，暗自下定决心一定要和她成为要好的朋友，原因无他，这丫头可是纯正的北京人。总算有人可以跟我谈起北京的种种，可以听到熟悉的京腔，倍感亲切，我怎会轻易放过？

依旧是男士们轮流送我回家，不知不觉间，家里已经开始了没有硝烟的战争。敌对双方是 Candy、Cindy 和 Susan、Sandra。敌对原因是 S 派怀疑 C 派是同性恋，因为 C 派两人形影不离，从来不曾见她们中的任何一人单独出现过，据说她们还经常一起洗澡。对此论调，我并不完全相信，据说女生天生就有同性恋倾向，向来喜欢结伴行事。在国内初中高中的时候，女孩子们还不是经常结伴儿上厕所，夸张的时候还会 kiss（接吻）以示亲热。只不过女生在一起最喜欢搞小团体，大多数团体之间还喜欢相互斗争，虽然大多数人始终都不明白自己在斗争什么，斗争来斗争去还是渔翁得利。当初在人大附中的时候，我们文科三班也是有无数的小团体，各小团体之间奇异的和谐，我们班主任就经常抱怨没有斗争的小团体导致她收集不到任何有利情报，当了这么多年的班主任变成了一个捕不到鱼的渔翁，可是让我们得意良久。而这次住在中间房间的我理所当然地尝到了渔翁的甜头，两边团体都极力拉拢我，似乎谁拉拢到我就代表谁胜利，这样以后斗争局势就会变成了三对二，而不是现在的势均力敌。我秉持一贯的原则保持中立，不是说我多么清高，只是真没发现有什么好斗的，这次心里的天平也没偏向任何一方。当然，因为 Susan 和 Sandra 的联盟，我们的四人小分队彻底宣告瓦解，毕竟目前为止，Andrew 和 Raymond 还是对 Sandra 深恶痛绝。由此可见，男士记仇远远高于女士，我暗暗警醒自己可千万别得罪男士。短短的十几天时间，表面上的团结也已经宣告瓦解，就算身处异乡也无法磨灭中国人喜欢斗争的劣根性，同是龙的子孙的我们没事找事儿地提前进入了成人的世界，开始了所谓的经验积累。年轻的我们就这样渐渐告别曾经单纯的美好。我开始怀疑那段亲如兄妹的时光的真实性，开始怀疑我们友谊的可靠性。三间房子里面的五个女孩会谱写出怎样的故事？是成就一段姐妹情缘，还是老死不相往来呢？

## 2003 年 3 月 1 日

日子在柴米油盐酱醋茶中流过，不知不觉间往返于两个家之间已经半个多月。C 派和 S 派的战争貌似宣告结束，很多次回家都看到她们四个人和乐融融地一起做饭。在我衷心为她们感到高兴的时候却没发现她们把斗争的目标锁定在了我的身上，这次的斗争原因是 Carolyn 偏爱我，我的房租交得比她们少。女孩子真的是世界上最奇怪的动物，几分钟以前也许还斗个你死我活，几分钟后如果发现了共同的目标又会变得空前团结。而我就是变成炮灰的那个倒霉蛋儿。第一次觉察出来不对劲是缘于她们莫名的孤立。这一天，难得 Carolyn 放我一天假，兴冲冲地回家休息顺便跟我的室友们联络联络感情，谁知道我提了一堆 Carolyn 给我的橙子打算请大家吃，竟然没有一个人理我！无论我跟谁打招呼，遭遇的都是一张面无表情的扑克脸。莫名其妙的我只好沮丧地回房间睡觉，起来后听到她们四个人开心地吃饭谈天，于是兴高采烈地打算加入。谁知道 C 派、S 派双方都不约而同对我视若无睹，不曾停顿他们的话题，也不曾搭理我，甚至没人看我一眼。一直受到大家喜爱的我何曾见过这种情况，向来也是直性子，劈头就问："干吗不理我？你们这是怎么了？"没有人回答我，似乎是我扫了她们的兴般，个个漠然地收拾东西回房关门。看着桌上杯盘狼藉，听着房间里面放肆的笑闹，憋了近三个月的委屈终于宣泄而出。躲回房间抱着妈妈买的衣服泪流满面。在炎热的夏天面对着火炉做十几个人的饭的时候我没有哭；语言考过，校长因为我学习时间短，禁止我直接进高中的时候我没有哭；无数个夜晚思念亲人的时候我也没有哭；可是现在，我真的无法面对别人的排挤，而我甚至不知道自己做错了什么。积压的委屈借着这个导火线倾泻而出。我一直记得妈妈的话，独自在外要低着头做人，我很努力，努力让房东喜欢我，让住在一起的人喜欢我，真诚地对待每个人，但是真的好累。第一次觉得我瘦弱的肩膀无法承受这么多的负担，第一次想什么都不管不顾放下手边的一切回到亲人朋友们身边。

哭累了窝在墙角，Candy 敲门而入，来不及收起我的狼狈，只好以想家为理由搪塞过去。Candy 过来拍拍我的肩膀，告诉我她明白我的感受，让我不要放在心上，她们只是对我有点儿小误会，以为我得到房东的偏爱是因为我太会拍马屁。她刚才不理我只是迫于她们三人都在场，不好太特立独行，以后她会慢慢跟她们解释的，她相信我不是这样的人而且她也知道 Carolyn 只是在答谢我对她的帮助。这样温馨的话语引出了我刚刚收起来的眼泪，原来我不是一个人，还有一个姐姐关心我了解我。Candy 陪我到很晚，跟我聊了很多很多，只是有句话让我受到震动，她说："除了钱，我什么都不在乎。"会跑来安慰我的善良姐姐真的什么都不在乎吗？

入夜，临睡前我告诉自己，明天要亲自跟 Susan 解释清楚，我真诚对待房东是因为我想收获感情，并没有拍马屁，毕竟在我心里，她还是非常重要的朋友，我需要得到她的谅解，其他人对我来说并不重要，本来也只是同租一套房子的室友而已，剩下的只能看缘分了。

## 2003 年 3 月 2 日

Andrew 和 Raymond 都看出了我情绪低落，适时地给予了安慰，我很感激他们能觉察出我心情的变化，大概跟他们讲述了昨天发生的事情，他们都说是误会，叫我别放在心上，跟 Susan 解释清楚就好了，毕竟我们认识的时间不算短了，还有过一个月的快乐时光，彼此间应该是信任的。今天轮到 Andrew 送我回家，没想到我还没来得及跟 Susan 解释，家里面 S 派系已经准备了一份"大礼"给我。一进家门，Susan 就邀请 Andrew 回房间私聊，我也没多想就直接进了自己的房间。我不知道该庆幸房间不隔音让我清晰地听到她们对我的诽谤，还是该埋怨房间不隔音让我再一次受到伤害。Susan 和 Sandra 努力说服 Andrew 离我远一点，说我心机重。我哭笑不得，同住一套房子，我们现在见面的时间都不多，何以用到心机这两个字，真逗，不就和Carolyn走得近了点儿，得到了过多的偏爱嘛？就算我心机重，可以从她们身上得到什么？ Andrew倒是没枉费我们这么久的交往，对我还是有相当地了解的。听她们说完之后，立即说这不可能，他不相信我是这样的人。就这么简简单单的一句话，让我感动万分。没有再耽搁，Andrew转身离去，走的时候还不忘记来我房间打声招呼。

恍然间看到Susan的箱子还在我房间，敲开了她们房间的门，让她搬走了属于她的东西，我们的友谊也到此为止。我知道自己小气，不够大方，但是我真的无法接受一个不信任我，还背地里诽谤我的朋友。这个时候我大概明白了Sandra曾经的感受，Susan现在扮演的角色和我之前扮演的角色多少有点儿相似之处，不同的也只是我不知道我做了什么要损害她们利益的事情罢了。也许是因为她早就看不惯我在房东面前的乖巧，也许是因为Sandra记恨我出卖她的事情无形中对Susan造成了影响，无论如何，她选择了背弃我。隐隐地，我觉得有什么地方不对，是什么原因造成了如此大的误解？然而，现在的我已经没有心力深究，对于Susan的不信任和误解已经让我深受伤害，于是就这样轻易放弃了这段友谊，甚至没有尝试去解释、去争取。缘分尽了，勉强也是没有意义的，我也是父母捧在手心的宝贝，何必去跟别人低头。一切都只当报应吧。恍然间想起一句话：一转身，已是千年。

## 2003年3月6日

依旧每天往返于两个家之间，Susan和Sandra还是不放弃对每天接送我的人灌输着关于我的谣言，没有人相信。这个时候我想说，群众的眼睛是雪亮的。没想到的是这件事情竟增进了我和Candy、Andrew的友谊，在旧家的时候Andrew总是变着法子逗我开心，回到新家每天晚上还会接到他打来开解我的电话，当然要感谢Optus公司的Free call；Candy则经常在夜深的时候偷偷溜进我的房间陪我说话，跟我讲学校的趣事儿，也时不时告诉我她如何如何跟她们三个解释，她们如何如何反驳。虽然听到的时候还是有点儿委屈，毕竟被人误解是一件非常不爽的事情，可是心里已经没有那么在意。和Raymond却莫名地疏远了，除了轮班送我的时候，几乎没有什么机会碰面。

语言班的人换了一茬，原先的那些大部分已经升了11年级，剩下的也都不怎么熟悉。现在几乎每天上课都会做一套雅思题。我的出勤率始终是100%，我的短篇作文《找个男朋友还不如养条狗》得到了未婚女教师的赞扬，还在全班朗诵。Jack搬离了我们住的区，对他我依旧没什么好感，更何况他的绯闻女友也算是和我有了过节，我虽然不是记仇的人，但是也秉承着“恨屋及乌”的观念宁愿和他保持距离，省得招来更多的误解。与此同时，和台湾女孩Lynn的短暂闲聊让我知道了宝岛台湾对中国大陆的认知。情景回放：

最近心情不好，出奇地想家，中午拿出手机给爸爸打了个1分钟长途电话，当然Lynn在旁边。

挂了电话后，她张口就问：“你们家有电话？”

对于这个问题，我感到茫然，不知道她什么意思，就简单地给了肯定的答案。

她接着没头没脑地来了一句：“你家肯定特别有钱。”

我终于开始对她的问话提起了兴趣：“为什么这么说？”

“我们台湾的画册上面说你们中国特别落后，什么电器都没有，只有特别富的人家才有电视和电话。”对于此等诬蔑行为我急于辩解也就没工夫纠正她不是“我们中国”而是“咱们中国”了。我这才知道，原来台湾有些人对于大陆的认识还仅仅限于偏远山村和类似西藏、青海之类的地方。没有人告诉他们上海、北京是以怎样的速度日新月异地发展着。我给Lynn描述了大陆的高楼大厦，大陆手机的泛滥，大陆的繁荣昌盛。当去跟别人介绍自己美好家园的时候，时间总是过得特别快，上课时间到了，我却意犹未尽，心里暗暗下定决心要尽自己的努力改变他们对大陆的印象。

作为友好国家的澳大利亚是怎样描述中国的？好奇心使然，下课后我跑到图书馆，借阅了2003年新版的*China*（中国），迫不及待地翻开，映入眼帘的不是现代化的都市，而是贫瘠的穷乡僻壤；图片中的人不是摩登的都会男女，而是充满沧桑的藏民。原来，这就是他们眼中的中国，多么可怕的扭曲已经根深蒂固地植入他们的记忆。中国，有谁可以告诉世界真相？我想，中国大力申办奥运会某种程度上也是为了扭转这种印象吧。

## 2003 年 3 月 8 日

从和 Lynn 的闲聊中我看到了两岸军人待遇的差别。真是无巧不成书，Lynn 的爸爸是台湾的一个空军中校，她家拥有别墅三栋，医院一家，还有一些无法计算价值的股票。她和她弟弟同时在国外留学，她每个月的生活费是我的 3 倍；我的爸爸是大陆的空军上校，比她爸爸的军衔还高一级，我出国留学的抵押款是贷款，爸爸妈妈还在拼命赚钱为我凑足学费，同时我为了省钱在帮 13 个人做饭。这么显而易见的事实我不知道可以说明什么。仁者见仁，智者见智，自己琢磨去吧。也曾好奇地问过爸爸，爸爸只是说："所以国民党在台湾而共产党占有整个中国大陆。"

班里又新来一个同学，举手投足显得相当阔绰，一交谈才知，父亲是东北某省某个小城市的派出所所长。我想破了脑袋也想不通身为公务员的派出所所长何以这么富有。而同为公务员的我的老爸却在为我的学费焦头烂额。还好父母从小教育的好，我从来不觉得贫穷是什么见不得人的事情，也不会对她们的生活有所向往。当然，在中国，捧着铁饭碗的爸妈也算不上贫穷就是了。

## 2003 年 3 月 10 日

Candy 和 Cindy 今天搬走了。Carolyn 安排我和克克搬入主卧，我原来的房间让给新来的一个小妹妹。据说是克克主动要求跟我合住的。有点意外，毕竟我们的友情并没有多大的进展，依旧只是见面打个招呼，最多吃饭的时候闲聊一两句。

更加意外的是，今天晚上 Susan 和 Sandra 主动跟我打招呼，还邀请我进入她们的房间聊天。俗话说，抬手不打笑脸人，尽管我对她们过去的做法颇有微词，还是接受了她们的邀请。这一聊就聊到午夜，而真相却是那么荒谬。所有的一切事情都是我亲爱的善良姐姐 Candy 一手策划的，在拉拢我不果之后，她告诉 Susan 她们，我这个人要么就是真单纯，要么就是心机重，据她观察，我应该是后者。同样害怕受到伤害的她们选择和 Candy 同一战线。她们告诉我，我敲她们房门的那一夜，她们很害怕，害怕我手里拿着刀，犹豫了半天才打开了房门。看着她们开开合合的嘴，我哭笑不得，突然间很好奇，Candy 到底给她们灌输了什么，竟然让她们相信我会拿刀伤害她们。那么多个夜晚，面对我信任的眸光，Candy 是如何脸不红、心不跳地编织着谎言！真相浮现在眼前，以前的一个月像做梦一样如同过眼云烟，我其实早已经不再在乎 Susan 她们如何评论我，破裂的友谊也不可能修复得毫无痕迹，和她们最多也就只能恢复礼节上的客套，不信任我的人，没有资格做我的朋友。我这个人就是这么偏执，不愿意接受任何有瑕疵的东西。最让我耿耿于怀的是，真正伤害我的人看到了我的眼泪、看到了我的软弱，而我竟然愚蠢地感激她的出现。我不知道她当时是抱着怎样的心态走进我的房间，也不难明白，一个除了钱什么都不在乎的人怎么会有真心呢！单纯和单蠢只有一字之差，从今以后，我不要做后者。

不承想，回到房间以后一个更大的意外在等待着我。克克是在我对友谊和人性产生怀疑的时候出现的一个天使，及时纠正了我逐渐偏离乐观轨道的心。当我被排挤的时候，沉默不语的她其实一直都知道，只是沉浸在自己的世界过久，不知道如何伸出援手来帮助别人。原来她曾经和 Candy 合租过一年的房子，也曾经历过类似的事情，完全了解 Candy 的为人。于是，当她们搬走以后，克克选择出现在我身边。类似的遭遇拉近了两个女孩儿的心。所以说，塞翁失马，焉知非福。失去几个假朋友，换来一个真朋友外加一段经验，值得。

## 2003 年 3 月 15 日

在 Raymond 对我越来越疏远的今天，我终于知道了原因。原来他和 Sandra 不知道从什么时候开始变成了一对情侣，他没有理由相信我而不相信他的女朋友。虽然说一切误会已经解释清楚，但是失去的友谊和信任想要再恢复还是很难，更何况我和 Sandra 本来就算不上是朋友。这意味着我又失去了一个朋友，四人小组现在就剩下我和 Andrew 还维持着友谊。不得不感叹，女追男真是隔层纱啊！不然以 Raymond 对 Sandra 那么深的偏见来看，怎么会短短十多天使得他们的关系有了质的变化。听 Andrew 说，Sandra 一直以来利用 Optus 的 Free call 给 Raymond 打电话借口练习粤语，而 Raymond 也并没有拒绝，然后练习着练习着不知道怎么就练习到一起去了，个中细节当然也不容我们这些外人置评。Susan 和 Jack 终于确定了情侣关系，据说两个星期以后 Susan 就会搬到 Jack 家里去，开始两人的同居世界。

闪电同居在我的字典里本来不过是一件听来的奇闻轶事，虽然不曾抱有什么看法，但也从来不曾想着会在身边人中出现，况且，Susan 和 Jack 相识不过月余，这进展也委实过快了点儿，让我小小地表达一下震惊。同居在留学生中大概是最普遍的生活方式了，同龄的男女情侣一起搭伙过日子，房租生活费都省下了不说，作业还可以一起写。两个人相依偎的温暖也可以抚平思乡的伤痛，其实是有一定好处的。在性观念愈发开放的今天，其实没有什么值得批评的。换个角度来想，只不过是一些过早离开父母的孩子们相互取暖来驱走心中的寒意罢了。但凡你尝试着体验过一个人的寂寞与凄凉，对这些现象就会少了一分批评，多了一分理解，而我，就是这样。当然，对于这种现象我可以理解，并给予一定程度的维护，但是天生传统的思想还是让我自己无法接受这种行为，无论我是多么渴求有一个人陪伴。只是懵懵懂懂的我似乎还不太明了爱情的含义，也许大多同居的人只是为了不再寂寞而已。不管怎么样，我还是很为Susan感到高兴的，毕竟有了个可以依靠的肩膀。心中也隐隐约约有点儿担心，Jack在Taylors的风评并不怎么好，据说很花心。这种事情到最后容易受伤的还是女孩子，我也只能在心中默默祝福了。

## 2003年3月20日

上次的语言考试已经过关，就等着耗到4月份11年级开学升级。所以现在课业方面已经没什么压力，作业完成以后就不需要再花费更多的精力。有几个学生已经搬家，做饭的压力也小了很多，我决定出去打工。去麦当劳、肯德基和Hungry Jack's，递交了申请表格，就等消息了。

在学校里和同是北方人的Linda、Lisa成为了好朋友，语言班的同学都叫我们三剑客，下课以后不再直接回家，有时也会去City闲逛，去的最多的地方是City的图书馆。办了免费的图书证，沉寂了两个多月的读书瘾终于得到满足，遗憾的是图书馆里的中文书籍多是港台地区的言情小说，也就只能汲取一些关于恋爱的知识了。

国内SARS开始流行，朋友们告诉我课间都要排队洗手，即便上课铃响了，我们也要先洗手，然后才被允许进教室。食堂也开始按学号入座，每个人都间隔一段距离。这时候的悉尼，亚洲人像病菌一样让人避之不及。搭乘公共交通工具的时候你会发现以亚洲人为圆心总会有一块圆形空地。一时调皮，当众咳嗽一下，身边的人立马如同避蛇蝎一样跳开，这种过激的反应反而让我觉得这恶作剧索然无味。

报刊新闻里每天播报着有多少多少人死亡，多少多少人因疑似非典被隔离。一场瘟疫，破坏了多少个家庭，那么多的生命就这样化为冰冷的数字消失在人世间。人类是多么脆弱，无论科技多么发达，最终还是无法抗拒自然的力量，不得不去面对生老病死。人活几十年，不管是谁，最终不还是变成了一堆骨灰，功名利禄不过是一场云烟，一场梦，那么，人们到底在竞争什么，在拼搏什么呢？人活着的意义到底是什么呢？

学校贴满了通知，四月份的春假期间大陆学生不能回国。与我倒是没有多大的关系，本就没有这么早归国的计划。只是衷心希望这场瘟疫快点过去，不要波及我亲爱的爸爸妈妈和朋友们。我不想，也无法真正去面临生离死别，真的不敢想象那会是怎样的伤痛。

## 2003 年 3 月 27 日

今天是妈妈的生日，第一次无法在妈妈身边送上我的祝福，我唯一能做的就是打个电话遥表我的孝心。其实我知道，对于妈妈来说，最好的礼物就是我在她身边幸福快乐地生活着，其他都不重要。而这看似简单的愿望恰恰是我现在无法帮她实现的。在悉尼的生活已经上了轨道，大部分事情已经知道如何处理，很少再有无所适从的感觉。从来不曾跟父母提及曾经的委屈，电话里也总是报喜不报忧，我想，这就是长大的表现。至少表面上爸爸妈妈知道我一切都好，很适应，并没有身在异乡的寂寞侵袭。只是他们不会知道，有多少个午夜梦回的时候，我从梦中惊醒，多么希望我能安睡在北京的家里。小时候一直希望当断了线的风筝，自由自在，远离束缚，到真的没有人管的时候，才知道，牵着线的那只手是多么地温暖，多么地可靠。

到悉尼两个多月，今天第一次领略了悉尼歌剧院的美丽。也不知道一直以来都在忙些什么，居然到现在才找到机会去游览一下悉尼的名胜。提到悉尼，人们也许不知道它坐落在澳大利亚，但是绝对知道它的标志性建筑是歌剧院。悉尼歌剧院是一个充满传说的建筑奇迹，设计师是荷兰籍，终其一生都不曾亲自看到建造好的歌剧院，虽然给了它灵魂却不曾赋予它生命。有人说歌剧院的设计来源于橙子瓣儿，有人说设计灵感来源于海中的贝壳，毕竟它坐落在美丽的港湾中，于是我选择相信后者。从悉尼海港大桥上往下望去，清澈碧蓝的海水映照着雪白贝壳般的悉尼歌剧院，海面上零零落落地停驻着各式各样的帆船,天空中海鸥群飞,时不时停留在路人的肩膀上面享受美味的面包，一切都是那么和谐，这大概就是所谓的风景如画吧。可是，为什么我却觉得悉尼的美没有生命？和谐平静的画面却让我感觉不到盎然的生机，我找不到那隐藏在秀丽风景背后的一丝灵秀之气。

接下来的行程充分印证了“雾里看花，越看越美”这一经典语句，近看悉尼歌剧院，除了独特的造型外，我实在没感觉出来它的用料和北京的公共厕所有何差别。本应洁白的瓷砖泛着老旧的黄，让我想到了被烟熏过的牙齿。没有兴趣再停留下去，转道去了歌剧院旁边的皇家植物园，这免费开放的公园终于让我有了不虚此行的感觉。各式各样的植物交相辉映，间歇点缀着休憩或者觅食的禽类。听起来是不是很和乐的感觉？你可千万别低估这些禽类的野性，大概是算准了这里的人们不会欺负它们，它们竟然放肆地四处抢夺游人手中的食物，偶尔还赠送你一身排泄物。虽然我手中吃了一半的薯条被它们抢走，我却相当庆幸它们没有一时得意附送我一身肮脏。小样儿，也就在这里你们能这么猖狂，要是到了我们中国，估计你连怎么死的都不知道就已经变成了我的盘中餐。澳洲人真是愚蠢，多么新鲜的野味啊。

## 2003 年 3 月 29 日

同一个 homestay 的几个学生都打算搬家，我和克克一商量，也想换个环境。虽然已经来了近三个月，对于如何找房的问题，还真的没什么研究。由于年龄的限制，我和克克的选择只能局限在 homestay。可惜如果找学校的话，要找到充分的搬家理由，而且肯定是不允许自己做饭的，下一个 Homestay mother 想必不会像 Carolyn 一样好说话。想来想去，只好到唐人街去找帮我办出国的中介，他们的服务可以延续到我上大学的。

中介介绍的房子在悉尼的北区，叫作 Lindfield（林菲尔德），每天上学都要路过悉尼海港大桥。在悉尼，住的区域就是身份与财富的象征。西南区治安比较乱，是穷人聚集地。东区沿海多是巨富之家。北区号称富人区，治安良好，仅仅次于东区沿海。房东太太是台湾人，先生长期在上海做生意，一儿一女，都是新南威尔士大学的高才生。听起来似乎条件还不错，敲定了看房时间，我就乘上了开往北区的火车。北区果然不一样，一路峰回路转，跨大海，穿山洞，几乎是立刻的，我就爱上了这条路，你永远不知道下一个拐弯处会给你怎样的惊喜。未达目的地，心里的天平已然偏向了搬家。

Lindfield 给人一种清幽的感觉，鲜少见到人，只能看到郁郁葱葱的树和五彩斑斓的花，似乎是为了配合此地的意境，鸟儿都显得安静了很多。房东的家离火车站不算远，走路约莫 5 分钟的路程，白色的木制别墅，附带一个小游泳池，池面上落满了落叶，显得有些凄凉，可见这家的主人并不怎么懂得如何打理院子。出租的房子在游泳池的后面，可以看出是后造的，外观非常简陋，和前院主屋的豪华形成了鲜明的对比。这房子一共四间卧室，一个卫生间，一个厨房，只有最里面的一间和最外面的一间是空的，其余的都住满了留学生。房东太太让我称她卢妈妈，平时并不干涉学生的生活，只是每天定时过来做晚饭。我特意提了自己做饭的事情，她显然很高兴，同样要求我帮这套房子里的学生做饭。与 Carolyn 不同的是，她会把学生上交的生活费给我，由我来决定买什么菜。也就是说除了自己的民生问题解决外，如果分配得当，我付出的劳动也可以得到相应的报酬。这待遇对我来说已经比 Carolyn 那里优厚了很多。没有过多考虑，我就付了定金，约定两个星期后搬过来。生意谈妥，卢妈妈显然比刚才热情很多，请我到主屋喝咖啡。让我得以窥见豪宅的内部结构。布置房子的人应该有很好的品位，室内格调典雅，装饰简洁而低调。尤其是客厅正中间的象牙白三角钢琴，让我眼前一亮。卢妈妈似乎注意到了我对钢琴的喜爱，告诉我说如果我喜欢，可以经常来弹弹钢琴，至于是不是客套就不得而知了。

跟克克大概沟通了房子的情况，她很乐意跟我一起搬家。对此不太高兴的估计就只有 Carolyn 了，通知她这个消息的时候，我分明在她眼中看到了失望。虽然经历过一系列的风波，此时的我还是愿意相信她的失望是对我个人的不舍，而不仅仅是因为没有人帮她做饭。我心里清楚我付出的劳动帮她赚取了多少金钱，但是她是我在澳洲遇到的第一个有母亲感觉的人，所以我宁愿相信她平时的偏爱是夹杂着一丝对小辈的疼爱的。Carolyn 教会我很多东西，她用自己的四次结婚经历告诉我怎样去追求自己的幸福。只是她的观点和我们中国传统的东方思想有些差异。我一直都认为印尼是一个比中国还要保守的国家，从 Carolyn 这里我才知道印尼的妇女远远比中国的妇女更勇敢，她们勇于追求自己想要的东西，没有那么重的思想负担，更加不会为了孩子去维系婚姻。我知道中国的母亲们很伟大，但是她们常常会为了孩子、丈夫而失去了自我。这难道不是某种程度上更加重了丈夫和孩子的负担吗？我们终其一生都会肩负着这沉重的负担，小心翼翼努力报答这份弥足珍贵的母爱。这到底是幸还是不幸呢？

## 2003 年 4 月 1 日

来澳洲后的第一个愚人节。这个节日对于我来说一直都没有什么意义，我拙劣的骗人技术无法蒙骗任何一个正常的人。之所以会记录下今天，是因为香港失去了一位天皇巨星，影迷歌迷们失去了一位他们衷心喜爱的明星。对于追星之事，从小到大都没有特别的感觉，对娱乐界的动向也不甚关心。认识张国荣，是通过《倩女幽魂》的宁采臣，所以对于我来说，张国荣就是宁采臣，宁采臣就是张国荣，我并不关心戏外的他过着怎样的生活。

当从爸爸那里得知张国荣选择了跳楼自杀后，我还以为这不过是愚人节的一个无情的玩笑。谁曾想，一个事业成功的才子就这样仓促地结束了生命。虽然对他没有多少了解，我还是惋惜的，一条鲜活的生命就这样消逝在人间。谁也不知道这条生命的消逝代表的是结束还是新的开始，没有人可以给我们答案。如果是一个新的开始，我不知道走过奈何桥的他会不会后悔，还是会义无反顾地喝下孟婆汤，忘却所有前尘往事。

周围的同学激烈地争论着他的死因，我心里泛过一阵阵的悲哀，死者已矣，结局已经浮现眼前，知道起因也不能换回逝去的生命。我们只能祝福，哥哥一路走好，来生不要再轻率地结束自己的生命。死者已矣，生者却陷入在深深的痛苦中。

虽然很不应该，但是我竟然在这个时候想起了课本中的一段话。人最宝贵的是生命，生命属于人的只有一次。人的一生应当这样度过：当他回首往事时，不会因虚度年华而悔恨，也不会因碌碌无为而羞耻。这样，临终前他就可以自豪地说："我已经把自己整个生命和全部精力都献给了世界上最壮丽的事业——为人类的解放而奋斗。"（《钢铁是怎样炼成的》）

## 2003 年 4 月 5 日

克克的朋友小灰打来电话，想跟我们一起搬家，刚好卢妈妈的另外一间房子还没有出租，于是二人行变成了三人行。

Andrew、Raymond 也已经陆续搬走，这才真正明白天下无不散的筵席，很多经典语句读的时候以为明白，可是真到了应景的时候才发现当时的体会不过万分之一。三个月以前我还单纯地以为四人小组会很长时间出现在我的生命中，短短的三个月过后却已经有了物是人非的感觉。缘分真的是很奇妙的东西，如果用几何学来分析：有些人就如同两条平行线，一辈子也不会有什么交集，永远保持着一定的距离；有些人就如同两条相交的线，在某一点交集，亲密无间，过了这一点，开始向着不同的方向背离，距离越来越远，终其一生都不会再相遇；还有些人就如同两条渐近线，一开始相隔千山万水，随着时间的推移日趋靠近，直到有一天不分彼此。世间还有很多种缘分游离在中间地带，也会随着机缘巧合的出现而改变。

我不知道眼前的几位朋友该归类为哪一种缘分，我不能预知未来，更无法看到未来他们还会不会出现在我的生活中，也不知道我在他们的生活中占有着什么样的位置。我只会记得，他们曾经陪伴我走过最艰难的时光，三十多个夜晚是他们送我回家，帮我杜绝了对夜路的恐惧。无论友谊还会不会延续，我都会珍藏这段美好时光，用感恩的心祝福他们。

## 2003 年 4 月 10 日

Andrew 还会时不时打电话过来，讲述新居的状况以及新认识的朋友。Raymond 已经不再与我联系，偶尔在学校碰到也只是点头示意。对于这样的改变，我已经学会平静地接受，谁也不是谁的谁，朋友也会变成路人，曾经四个人在一起玩闹的画面还会经常浮现在我的眼前，不过已经愈发模糊就是了。我和克克做好了搬家的准备。收拾房子的时候竟然发现墙角长出了几朵蘑菇，弄得我们哭笑不得。这房子带给我们的唯一好处大概就是降低了我们对小强的恐惧。澳洲的蟑螂估计营养太好，每个都有拇指般大小。而我们俩已经从第一次看到蟑螂尖叫逃命变成了现在的漠然以对，甚至有时候看到成群结队的蟑螂出现时，还会幽默地来一句："你看，小强排队爬耶！"实在无聊了还会专注地盯着蟑螂队伍，分析每只蟑螂在队伍中扮演的角色。当然，也就仅限于此，打蟑螂或者赶蟑螂之类的恐怖事情，我们两个还是不敢轻易尝试的。俗话说得好，蟑螂不犯我，我不犯蟑螂嘛。两个人一群蟑螂竟然也和平相处了一个月有余。

沉浸在思绪中，隐约听到有人敲窗户，抬起头来只看到窗户上映照的月光。低头继续沉思，又被两声尖叫惊扰。和克克一起去看个究竟，才知道刚才真的有陌生男人敲窗户。砰砰砰，前窗传来阵阵的敲击声，Sandra 吓得又是一阵尖叫，Susan 好不容易才让她平静下来。看着惊恐万状的几个女孩子，我和克克表现得异常冷静。当然，只有我自己才知道自己的心跳得多快。两人对视片刻很默契地分配任务：一个去确定门锁，一个确定阳台，一个确定窗户，一个到厨房寻找可以防身的武器，我留在客厅观察情况。那男人又用拳头拼命敲击窗户，还恶狠狠地瞪着我，眼睛浑浊，想必是喝过酒的流浪汉，还好窗户外面都加了金属围栏，不然真的担心他会破窗而入。大家完成任务以后都回到客厅，围坐在一起互相壮胆，那男人见打不开窗户就往前门走去。我们可以清晰地听到撞击大门的声音，还夹杂着一些模糊的语句，还好澳洲的公寓大门都是锁着的，不是住户根本就无法进入。折腾了大概十多分钟，外面终于恢复了静寂。我们几个小心翼翼地探察外面，已经没有了那男人的踪影。惊魂未定的我们最终决定五个人晚上同睡一个房间，万一有事儿也好有个照应。

我到这时候才知道自己原来可以临危不乱，很有家父作风，不愧为军人的女儿，洋洋自得一番。而我们的克克同学这么镇静是因为人家可是跆拳道业余参赛选手，我总算恍然大悟，怪不得她的身材这么壮实。以后和她住在一起一定是很安全的啊。

从这件事可以看出澳洲的治安并不如我一开始以为的那样好，大半夜游荡在外的酒鬼可不只两三个。遇到类似的事件也不是第一次了，记得上个星期 Andrew 送我回家，路上也曾遇到过游荡的酒鬼，摇摇晃晃向我们走来，吓得 Andrew 只好点烟壮胆，谁曾想反而把他招来借火，还好并没有发生什么冲突，不然还真不知道该怎么办。国外并不是天堂，尤其是对于一个没有根基的留学生来说。

## 2003 年 4 月 14 日

惊魂夜过后，我和克克就开始迫切期待着今天的到来，我们终于要离开这个治安混乱的地方搬去号称治安良好的北区。David 第三次出现在了我的眼前，跟我交代了几句话，大意就是以后移民局有什么事情可以找他，祝福我们接下来的留学生活愉快，还给了我一张他的名片。Carolyn 夸张地表现着她的不舍，告诉我让我常来找她玩儿，晚上可以留宿，她不收我的钱。这时我才确定她对我的喜爱中有一部分是与金钱无关的。善有善报，我更加坚定了以诚待人的信念。

我和克克的行李都不算多，没舍得斥资请搬家公司，只是叫来她的两个男同学陪同我们坐火车搬家，其中一个就是以后将要和我们一起生活的小灰。路程还算顺利，箱子都有轮子拖着走也不怎么费劲儿，路过悉尼海港大桥的时候我们都很兴奋，以后的每一天我们都能看到如画般的风景。

我和克克的房间是木制的，一张书桌，一张单人床加一张榻榻米，一个衣柜，感觉上很像森林中的度假小屋，条件当然比原来的鬼屋好上很多。两个人谦让很久最终决定我睡榻榻米，她睡床，如果愿意，过一段时间再换。东西都摆放整齐以后房间就显得有些拥挤，卢妈妈还真有先见之明知道我们的东西入住以后就放不下椅子了。书桌大概只能当摆设了。

收拾停当找卢妈妈预付了两周的房租，我被单独留了下来。卢妈妈当即把房租的三分之一给了我，作为我们的伙食费，结余下的就是我的报酬。我们三个加上另外两个住客的伙食费对我来说已经相当可观，简单计算一下，我至少可以赚到其中的一半。没想到出国以后，煮饭婆竟然成了我的谋生手段。

除了已经熟悉的克克以外，另外三个食客来自不同的城市：上海的小灰身材矮小臃肿，心地善良并且热情，感觉很会照顾女孩子，莫名其妙管我叫二姐；杭州的 Sonic 勉强称得上帅气，性格直率，今天刚刚抵达悉尼，卢妈妈要求他自我介绍的时候，他竟然跑回房间，找了一张大纸写上自己的中文名字，然后笔直地站着做自我介绍；广西的婷婷很文静，爱好文学，听说经常在网站“榕树下”发表小散文，日后也许会成为朋友。当日的晚餐是卢妈妈准备的，还见到了她养的小狗，名字叫作北七，台湾方言里面是白痴的意思，真是个有个性的名字。据说当时给小狗取了很多好听的名字，叫它都没有反应，一时生气用台湾方言骂了句白痴，小家伙摇着尾巴屁颠屁颠就跑了过来，从此北七就变成了它的名字。

## 2003 年 4 月 15 日

搬家后第一天正式从北区去上课，晨光中的悉尼歌剧院非常美丽，穿过大桥的时候心情格外地好。都说早晨的心情对于人一整天的情绪起着举足轻重的作用，足以影响人一天的思维。心情好果然好事特别多，到了学校后得知上午的听力课改成了游览 Fish Market（鱼市场），去吃澳洲最有名的 Cheese 焗龙虾，当然一切费用自理。虽然出国以后节省已经变成了一种习惯，但这种集体活动还是应该参加的，一方面可以增进同学间的友情，另一方面还可以领略澳洲风情。老师详细告诉了我们乘车路线，约定了集合地点和时间，大家就纷纷出发了。我很意外老师竟然没有组织我们一起前往。想当年在国内的时候，老师是把一切事宜都安排好的，像看幼儿园小孩儿一样细心，生怕我们出了什么差错。这老师倒真是省心，自己去集合地点等我们就行了。

熟知自己高强的迷路本事，只好厚着脸皮跟着比较熟悉地形的同学走，当然三剑客中的 Linda 和 Lisa 也和我们一同前往。前面已经大概介绍过 Linda 的家庭状况，相处到现在更加了解她的性格，真的是典型的不能再典型的东北人了，豪爽而讲义气。那东北腔的英文真是讲得我忍俊不禁，可惜矮矮胖胖的身材倒是一丁点儿也没遗传到东北人的特性。反观甘肃人 Lisa，高高瘦瘦，两人站在一起的时候让我不禁想到金庸《鹿鼎记》里面的胖头陀和瘦头陀。Lisa 的出国史很是坎坷，明明在国内已经在重点大学读大一，偏偏父母不满意她的男朋友，被强行送出国导致一对鸳鸯分隔两地不说，还得跟我们一起重新读 11 年级，参加 HSC（澳洲新南威尔士州的高考）的考试。

到达 Fish Market 必须要从 Central Station 坐有轨电车，我们习惯叫叮叮车，因为它开动的时候总是发出叮叮的声音，澳洲人叫 Tram。叮叮车的票价比普通的公车和火车要贵，而且通票不能使用，因为叮叮车是私人所有。重新买了往返票，到 Fish Market 要 4 站车程，约莫 15 分钟。Fish Market 坐落在悉尼的一个小港湾，售卖最新鲜的海产品，有生蚝、龙虾、螃蟹、三文鱼等，可谓琳琅满目。老师和同学们非常享受属于海洋的气味，而从小在内陆长大的我却对这些东西没有任何兴趣，闻着那些味道就让我彻底失了胃口，只好望向门口的小海港。小港口的名字我不知道，看起来非常忙碌，各式各样的渔船穿梭不停，运载着最新鲜的海产品。奇怪的是看到的都是冷冻的鱼，没看到一条活鱼，难道这又是澳洲另外一个所谓的人道？澳洲的猪肉很腥，因为屠夫杀猪的时候不放血，据说放血太残忍，不够人道。估计冷冻鱼也是类似的道理吧。真逗，杀都杀了，吃都吃了，要人道就吃素去好了，吃的蔬菜水果就不会疼吗？这不是自欺欺人嘛。

回程的时候我很开心，终于不用再忍受海鲜的腥气。海港大桥上空盘旋着很多直升机，听说最近恐怖分子活动猖獗，澳洲也加紧了防护措施。

卢妈妈带我去采购了晚餐的材料，还告诉我晚上 8 点以后超市所有的肉类都是半价。去超市大概要走 15 分钟，不远也不近，为了方便顾客，超市都备有专门的小推车，东西买多了可以推着回家，不过我认为还是提着比较省事，那小推车实在不好控制方向。小狗北七一路跟随，很是可爱，果然好狗是认主人的，不用狗链儿也会自己跟着主人走。买菜回来体贴的小灰一直在旁边帮我打下手，让我们五个人得以早些吃到晚餐。搬家过来后五人第一次正式聚餐，很愉快。

## 2003 年 4 月 16 日

学校通知：语言课还有一个星期结束；Hungry Jack’s 也打来电话要我去面试。申请了这么久才通知，我险些都忘记这件事情了。面试时间是下午 3 点，刚好在课后。匆匆赶去，面试经理是个印度人，面试程序和国内的肯德基应该差不多，大体问了些关于服务行业的问题，看样子还算满意。员工待遇不错，时薪很高。Hungry Jack’s 是和麦当劳、肯德基并列的第三大快餐连锁，员工分工相对没有国内那么细致，前台的服务人员也要负责清理桌子和厕所。敲定了工作程序，经理要求我第二天就上班。语言班的课程没有结束，晚上的时间还要用来准备晚餐，我要如何安排，才能身兼两份工呢？犹豫再三，一周只能周末工作两天了。经理人很好，欣然应允，让我周六 8 点准时上班。需要准备的是一双黑皮鞋，工作服由店里统一分配。赶紧通知爸妈这个好消息，毕竟只有在外面打工才有机会接触社会，这份快餐店的工作是我来到澳洲以后的第一份正式工作。

兴冲冲地回家准备晚餐，小灰已经帮我把菜洗好切好，一时之间很是感动。小灰充分体现出了上海男孩儿的体贴细心，心思很是细腻，几天接触下来已经完全消弭了初识的陌生感。说句玩笑话如果非要找个词形容他的话，我估计没有贤惠更能体现他的特色。几个年龄相仿的孩子很容易就打成一片，晚餐后大家不约而同留在客厅海阔天空地聊天。从 Carolyn 那里搬出来以后，经历的一系列小风波，无形之中使我渐渐明白如何更好地与别人相处。也开始明白自己一开始光知道跟房东套近乎在别人眼中会造成怎样的印象，受人排挤是必然的结果。虽然内心纯善，毕竟还是太过单纯，也不够圆滑，人与人之间的交往是一个很繁琐而敏感的过程，一时不慎就会造成无法弥补的伤害。Susan 与我初来乍到，共享一个房间，也交付同样的房租，Carolyn 的偏爱对她也是一种不公。照理说来，我们并没有义务去讨好房东，毕竟银货两契，各不亏欠。只是她选择了一种单纯的交易关系，而我却天真地希望在交易之外收获一丝温情。不同的期待导致不同的付出，最终无法成就一段姐妹情缘。年幼的我们第一次知道这个世界上，除了我们之外，还有很多人，你永远不能奢望别人以你为中心生活，总有一天你会交叉在以别人为圆心的轨道上。而有时候，付出是不能期望回报的。有了回报，对你来说会是一份意外的惊喜；如果没有，就当付出的一切只不过是一份本该交付的学费好了。所以，从现在开始我要努力学会更加慎重地处理与房东、房客之间的关系，不能厚此薄彼。

卢妈妈打来电话，邀请我去主屋喝杯咖啡。和同屋的克克打过招呼，翩然而往。和卢妈妈的交谈相当愉快，老太太 50 多岁依然保养得宜，面部竟然没有什么皱纹。她不停地讲述她的生活，属于一个女人和一只狗的生活。孩子们总是在忙碌着自己的事情，很晚回家，就算回家也是直接回自己的房间；老公长年在上海忙碌生意，很少回到澳洲。早年移民来澳大利亚的时候年纪已大，现在半句英文也不会讲，所有的生活就局限在这套华丽的房子里面。我不知道老太太是真的心态很好，还是把她的孤单掩藏在香车洋房的角角落落。听着她的故事不知不觉已经斗转星移，匆匆告别，却看到老人意犹未尽的样子，赶忙答应随时可以陪她聊天。我喜欢和成年人交往，总觉得可以从他们那里学到很多东西，所以对待长辈倒是很少畏惧。奇怪的是与同龄人相处的时候倒是没了这种得心应手，更多的时候反而沉溺在自己的世界中，有些格格不入，想要改变却又无能为力，总觉得少了一些年轻人的活泼。

## 2003 年 4 月 18 日

终于熬到了最后一天上课，倒是没有什么离情依依的感觉，有些本就不相熟，熟悉的同学大都一起升 11 年级继续做同学。至于老师们本来就是外面请来兼职的社会人士，陪我们练习英文对他们来说也许还不如日常聊天费事。读了 16 个星期，真是有点后悔当初没有调查一下这边的情况，就莽撞地来了，一个星期巨额的学费换来的不过是他们几句闲聊，如果在国内找个外教恶补一下，兴许和现在的水平也差不多，既节省学费也节省住宿、生活费。不过这个时候悔不当初也毫无意义。澳洲的告别课比较别致，老师们带来自己买的饮料、薯片儿、糖果之类的请同学们吃，然后很煽情地说一些什么不舍得啊、要经常联系啊、我们是他们见过的最聪明的学生之类的话。这是我体会到的澳洲人的第二个特点，逢人都亲热。至于内心怎么想就不知道了，至少表面上都显示出非常在乎你的样子，明明相识不久，却给你一种生死之交的感觉。不知道该说他们虚伪还是该说他们圆滑。

克克的妈妈陪读签证下来了，这就意味着她很快就要搬家，我一时半会儿找不到合租的人，房租就变成我一个人付，还好现在有两份兼职，吃喝用都已经解决，倒是还能支撑。剩下的问题就是我不敢一个人住，从小到大虽然自己睡一个房间，可是房间门从来没有关过，晚上都能听到父母的呼吸声，真的很害怕一个人面对夜幕。和克克一起住了月余，两个人很是默契，不会太闹也不会太静。大多数时候我们都各自做自己的事情，忙碌完了临睡前会聊聊天，让我充分体会到有妹妹的感觉，很是温馨。性格上面也没有太大的差异，所以同住起来没有丝毫的不便。

晚上陪卢妈妈聊天，澳洲电视台正在播报关于SARS的新闻，一组画面引起了我的注意：北京的标志性建筑天安门城楼出现在我们眼前，思乡情浓的我赶紧拖着卢妈妈一起看，谁知道天安门广场的画面过后，一些破败的民居区就出现在画面中，没有高楼林立的大厦，没有雄伟的立交桥，农家养着鸡鸭，卫生条件很差，我很难相信这是我国的首都北京，一看字幕却清晰地打着“BEIJING”，心中愤愤地嘀咕：我们北京根本不是这个样子的。北京市304医院的镜头出现了，大门是那么破旧不堪，栏杆上面明显地裹着厚厚的铁锈，丝毫也看不出是大医院的样子，可那门牌上分明写着“北京市304医院”的字样，让我无从质疑。话外音隐隐约约说着因为北京如此的卫生条件导致SARS的盛行，过快的语速和我不够娴熟的英文水平让我只能捕捉到这样的大意。在外国人眼里，中国永远都是一个卫生条件不佳而且贫穷的地方，没有人看到我们飞速的发展，或者说没有人愿意看到我们飞速的发展。我只能猜测他们畏惧中国的发展，害怕中国的强大，于是尽可能地扭曲中国的形象。不得不承认，澳洲确实社会秩序井然，上车下车排队，很少有人推搡或者争抢；公共场所很少有人喧哗，无意间撞到也都会习惯性地道歉；基本上没有人随手乱丢垃圾，这方面的法律非常严格，一次随意地乱丢垃圾，可能会造成几千人民币的罚款，没人愿意承受这个损失；尽管车票的售卖都是自助式的，车上也很少有人查票，人们还是自觉地买票。让我羞愧的是，目前为止，我见到逃票的人都是中国留学生。当然，如果硬是要找借口的话，澳大利亚政府也有错误，那就是凭什么外国留学生就不能买半票呢？同样是学校的学生，学费已经超出本地学生的几倍，何苦在买车票这样小小的事情上面刻薄我们。要知道在中国其他国家的留学生可都是享有优惠政策的。

在国内的时候从来没觉得，发达国家和发展中国家有什么差异，所谓的第三世界对我来说也不过是一个政治名词而已。第一次填写申请工作签证表格的时候，自然而然就把自己归类为第一世界，毕竟我心目中的中国也是世界强国，后来移民局服务人员让我更正为第三世界，他那略带鄙夷的眼神我至今还记忆犹新。在别人的地盘，第一次知道发展中国家和第三世界是会遭到白眼和鄙视的，无论你怀揣多少美金也无法改变这个事实。

沉浸在自己的思绪中，有一搭没一搭应着卢妈妈的话，看起来她丝毫也不在意我回答了什么，只是需要一个忠实的听众，其实两岸人民又有多少是关心政治的，他们需要的不过是一个幸福安康的家。不过从另一角度讲，大家动荡，小家何以安康？矛盾，必然还是要解决的。并不曾告知卢妈妈我父亲的工作，人在外，自保还是需要的，间谍无处不在。

## 2003 年 4 月 19 日

在 Hungry Jack's 打工对我来说是一个难忘的经历。它是我人生中严格意义上的第一次工作，对于未知的事物我总是期待中夹杂着一丝无法磨灭的紧张，更加担心我的英文不足以应付，值得庆幸的是经理非常和蔼，没有我想象中的严苛。换上统一的工作服，长发被要求盘起，脖子上的项链也被要求摘掉，大概介绍了工作任务：前台负责点餐，不忙的时候清理客人留在桌上的垃圾，保持厕所清洁。唯一有些难度的大概就是点餐那一块儿了，记录客人的 order（菜单）是最大的挑战，各种腔调的英文让我应接不暇，点餐机器上面食物的布局一时半刻也很难记住，有点手忙脚乱。经理笑眯眯地站在旁边指点我，时不时还鼓励一句，你很棒，别担心。一个上午下来倒也真的顺手了不少。午餐是店里免费发放的套餐，工作累了还可以随便喝店里的软饮，待遇很是不错。

晚上还要回去准备晚餐，只好拒绝了经理加班的要求，唉，金钱的诱惑啊！这时候充分体会到身为女孩儿的不好，夜路的风险没有人可以替我买单。换下工作服的时候才感觉到劳累，两条腿跟灌了铅似的，寸步难移。原来出外工作是一件这么辛苦的事情，想到还要回家做饭心情就愈加沮丧，真不知道妈妈这么多年都是怎么熬过来的。大街小巷的报摊儿上到处可以看到 SARS

字样，这场瘟疫不知道何时才能结束。爸爸妈妈已经休假在家，整个院子戒备森严；同学们也都被勒令回家复习，学校开通了网上课堂，非常时期非常办法。第一年六月高考就遭遇了这样的劫难。听说这时北京的商场和公共交通倒是井然有序，没有人争抢；大多数躲在家里避难，即使出来人们也保持一定距离，这时候的北京安静而又有序。这不正是我们心目中曾经理想的状态吗？可惜SARS的存在降低了理想度，当然，我们都知道，当SARS过去以后，北京就会又恢复原来的喧闹与繁华、嘈杂与拥挤。

晚餐过后，已经累得没有力气和同住的朋友们小聊。倒到床上睡得不省人事。再次睁开眼睛是被卢妈妈的电话吵醒，拒绝了卢妈妈的再次邀约，却无论如何也睡不着了，想起来看书又浑身无力，就和克克开起了姐妹卧谈会。这种亲密是我以前很少有机会体验的，大体上应该和住校的感觉差不多吧。我善谈，但碰到克克就是小巫见大巫了。想起克克常说的经典语句："和我不熟悉的，感觉不到我的存在，和我熟悉了之后就会后悔接受我的存在。"当然，她的话是自嘲的，和她相处很愉快，你永远不用担心缺少话题。寂寞的时候，听她说就好了，只要礼貌地应声就足以让她兴奋地继续说下去。可惜，这种快乐时光就要结束了，克克很快就会搬出去，而我，很快就要面对一个人的生活。想一想，竟然有些不舍，相识几个月的朋友已经亲如姐妹了。虽然很俗，我还是要说，这就是缘分。

## 2003 年 4 月 20 日

老板第二次要求晚上加班，我婉言拒绝。不过有为期十天的短暂假期，我告知老板可以增加白天的工作时间，这样还可以多赚一些钱。想想，来到澳洲后我似乎变成了超级拜金女，没办法，当家以后才知道柴米油盐贵啊！下班路过超市，匆匆采购一些日常用品，赶回家已经快 7 点了，还好大家都很宽容，并不介意晚些吃饭。

几天饭做下来，约略知道了大家的饮食习惯：Sonic 喜欢吃肉，饭量大；小灰不吃辣，喜清淡；婷婷偏素食，和我比较相近。如此调整一下菜单结构，也可以满足大家的不同要求，出门在外，需要互相包容，毕竟予人方便才能自己方便。

## 2003 年 4 月 30 日

和小灰一起帮助克克搬家，她新租的房子可真好，在市中心著名的景区 Darling harbour（情人港），高层保安公寓，一室一厅，让我很是羡慕。心中有了个小小的愿望，等我赚钱多了，一定租个一室一厅，有海景的，也叫妈妈来陪住。Darling harbour 是悉尼继歌剧院和海港大桥后的第二大景区，小小的海港很有韵味，在夜色中尤其适合情人约会，因此取名为情人港。帮着一起整理房子以后顺路去 Hungry Jack's 暂时辞了工作，担心下个星期开学以后课业繁忙导致顾此失彼，此时此刻当然学业更加重要。更何况，十多天下来赚到的钱也足以负担一阵子的生活费用了。

克克的离去导致我和婷婷增进了感情，和她谈论更多的是风花雪月。生平第一次，对于我的男朋友这个角色有了憧憬。十七岁未满十八的年纪正是对初恋充满幻想的时候，我理想中的对象是如同《乱世佳人》中的白瑞德或者《傲慢与偏见》中的达西般的翩翩绅士，又或者如同琼瑶阿姨笔下的费云帆。只是这样的男子必然不会是我们这般的年纪，谈恋爱的愿望许是要落空了。

## 2003 年 5 月 1 日

原以为今天是国际劳动节会放假一天，谁知道这个所谓的"国际"仅仅是对社会主义国家而言的。于是本应该是黄金周的五一在澳洲反而没什么特别。只是刚好因为星期四，商场反而比往常热闹了起来。

澳洲是周薪制国家，薪水按周发放，周四刚好是发薪水的第一天，因此所有的商场都由平时的晚上五点延迟到了九点以便刺激消费。澳洲人的观念和咱中国人不同，没什么人存钱买房子，大家的钱基本上都是周周花光，因此每到周二、周三的时候社会显得很是萧条，人人都期盼着周四的到来，再开始新一轮的消费。

现在是我一个人住一间房子，晚上睡觉的时候很害怕，前几天夜深人静的时候，我还听到有东西在我房顶上走来走去，然后地上好像还有东西挠墙。给我吓坏了，坚持房间外面有鬼。然后我就给小灰打电话叫他到我房间外面去看看有什么东西。他去看了，是松鼠。惊魂未定的我打开灯，才又接着睡觉。看来以后要开着灯睡觉了，没有亲眼看到是松鼠总归还是不放心，况且我想象力丰富，以前读过的聊斋故事都清晰地冒出我的记忆。值得庆幸的是，昨夜小灰一直没敢关手机，生怕我又有什么事要打电话给他。其实我的房间跟他的房间就隔几步路而已。但是那个时候的我连床都不敢下。更何况是开门出去了。嘿嘿，胆小鬼一个。有时候开着灯睡觉我都会害怕。拿起手机，打开电话簿，居然没有一个可以在深夜打电话聊天的人。家里电话当然更不能打。那么晚了还不睡觉，只会让家里人更加担心而已。况且远水救不了近火。那个时候真的很羡慕那些有男朋友的人，至少有个伴。呵呵，可惜没有。所以只有自己想办法解决了。通常在那样的夜晚我就会拿出信纸，给爸爸妈妈或者朋友写信。可是不写还好，写着写着眼泪就下来了。然后就开始觉得很委屈，就边哭边叫着妈妈妈妈的。写了一半的信都被泪给晕开了。所以那些信，我从来没有寄出去过。深夜的人总是脆弱的吧，所以我甚至忘记房间的墙是不隔音的。隔壁的人听到了我的动静，关心地问怎么了。我就当没听见，继续抽泣。第二天早上还得想个理由蒙混过去。我还真没用。不过晚上黑黑的真的挺可怕的。

## 2003 年 5 月 4 日

第一份正式假期打工结束，满打满算做了十五天，赚到的钱竟然足够我三个月的生活费，还不算做饭挣到的钱，兴奋地给爸爸打电话，略开玩笑地说我随便打几天工就比他一个月的工资还要多了，国内公务员的工资还真是少得可怜。

印度经理人真的很好，让我保留制服和名字牌，等适应高中的生活以后可以随时再回来上班。十几天 100 多个小时的工作时间已经让我熟练掌握了服务技能，学会了如何随时挂着礼貌周到的笑容，遗憾的是我的英语带了点儿印度腔，由此可见，语言环境是多么地重要！

Sonic 不知道着了什么魔，开始在家里面疯狂推销营养品，都是一些类似安利的产品，还游说我们入会。我和婷婷都没什么太大的兴趣，小灰倒是兴趣盎然，还拼命鼓吹做大事的人就要敢于尝试。打电话和父母提了这件事，毕竟听起来相当的诱人，比起我辛辛苦苦的血汗钱可是要容易赚多了，听了父母的分析，我才大概明白这就是所谓的传销，只有不停地寻找下线，拉人入会才能赚钱，赚到的也不过是黑心钱，彻底失去了兴趣。好心提醒小灰注意，被批评没有远见，前期的投资可以得到巨额的回报，何乐而不为？眼看劝不住，只好作罢，只有吃过亏才能得到教训，随他去吧，运气好的话他也许真能赚钱也说不准呢。

## 2003 年 5 月 11 日

今日是母亲节，无法及时送上一束鲜红的康乃馨表达我的谢意。女士用品四处都在打折，于是去香水柜台挑选了一款香水作为母亲节的礼物。妈妈一向节俭，好的都留给爸爸和我，从来不舍得自己花钱打扮。既然决定破费，当然要选择最好的，选来选去选择了 CHANEL（香奈儿）的 CHANCE（邂逅），我知道香奈儿五号更为有名，但是我觉得邂逅淡雅温馨的香气更加像妈妈的味道。店员很热情，知道是送给妈妈的礼物，免费附送了精美的包装。打电话给妈妈，果然被骂，妈妈永远都心疼我把钱花在她的身上，但是我知道她心里面甜甜的。

晚餐时候来了两位不速之客，是 Sonic 带回来的，据说是新南威尔士大学的学生会主席，男的俊女的俏，外加一辆很拉风的跑车，可惜不懂车的我不认识车的牌子。他们的到来是为了帮小灰入会，正式填表画押，入会费竟然是我们一个月的生活费加房租，小灰毫不犹豫地签下了卖身契，从此之后的每个月都会固定从他的银行卡上扣下一定数额的钱，除非他卖掉了相应的营养品，否则他大概只能留下来自己吃了。虽然新南威尔士学生会主席的名头让我非常的崇拜，可是总觉得他们的出现带有某种阴谋成分的存在，因此对他们没有什么好感，如果他们不出现，也许小灰还不至于这么快签下合同入会。只能默默期望澳洲的传销和中国是有所不同的。

## 2003 年 5 月 12 日

高中的第一天开学，我这才知道原来澳洲的高中是要自己选课的，并不如同国内全都是必修。HSC 的考试一共有 108 门课，而我们只需要选择其中的 6 门进行学习就可以了。各个高中开设的课程都有所偏重，极少有学校会真正开办 108 门课，大多挑选其中的几十门供学生选择。Taylors 只提供十几门热门学科，包括音乐、艺术、商业、计算机、中文、日文、数学、英国文学、历史、化学、生物、物理、地理等。由于我在国内学文，兴趣上面偏重于文科，因此选读了数学、日文、中文、商业和作为英语非母语必须修的两门英文课。这两门英文课分别叫作 ESL（英语作为第二语言学习）和基础英语。多数教材都是学校自己印制的，只有数学是选用了英国剑桥的教材。

我选课其实是投机了，只有商业是在国内完全没有涉猎过的，其他几门在国内都打有一定的基础，想必学习起来会相对轻松。毕竟要和澳洲当地人一起参加高考竞争，我必须选择对自己有利的条件才行。选好课程以后要去安排课程表，澳洲高中的课程表时间可以由自己选择，基本每节课的教室都不一样，更不会有班级的概念，甚至每堂课的同学都不一样。我和 Linda、Lisa 自然选择了差不多的课程，这样以后在课业上面也好有所帮助。拿到课程表以后很是兴奋，从现在开始就要体验澳洲的高中生活了。

我们严格算来是 11 年级也就是中国的高二的插班生。澳大利亚的高中教育分为 10 年级、11 年级和 12 年级等同于国内的高一、高二和高三。也许源于不同的教育理念，中国的高三在这里是不被承认的，因此本应该继续读 12 年级的我必须在降级读 11 年级和读预科中做一个选择。预科是大学预备教育，毕业以后拿到的学历是不被世界所承认的，只可以用于申请澳洲境内的大学。因此就算降级，我也选择了 11 年级，就为了那一纸证书，也为了申请大学的时候可以拥有更多的选择。澳大利亚的高中一共分为四个学期，除了我们国内有的寒假、暑假外，另外增加了春假和秋假。我们入学的时候刚刚休好秋假，因此是从第二个学期开始学习，看过大纲以后觉得课业很轻松，很多东西都是以前学过的，尤其是数学。语言班一起毕业的同学大都选择了继续在高中进修，只有中国台湾的 Lynn 读了预科，以后碰面的机会减少，我很遗憾始终没有太多机会在她面前扭转她对大陆的贫困印象。

## 2003 年 5 月 13 日

我的课程表从上午 9 点到下午 3 点安排得满满的，每个小时一堂课，中间没有休息时间，整整 6 个小时穿梭在各个楼层之间，面对不同的老师和不同的同学。上课的同学大都是中国学生，并没有太多机会认识别的国家的朋友，最多穿插几个日韩学生或者东南亚的留学生。欧洲和美洲发达国家的学生是根本不可能在这里的，毕竟欧美的教育还是比澳洲先进很多，或者说流行很多更为贴切，当然如果我家的经济状况允许，我也会选择欧美而不是偏远的澳洲。

每门课的老师都来自不同的国家，就是没有土生土长的澳洲人，因此我们还得努力去适应各种口音的英语，真是个不小的挑战。大部分老师都是从悉尼大学聘请过来兼职执教，每天只会在固定的时间出现，其他时候如果有学业上的问题需要询问只能通过邮件解决。住的地方没有网络会是个非常麻烦的问题，没有把笔记本电脑带过来真是失策。

特意安排没有休息时间的课表是因为我不喜欢浪费时间，还是习惯早出门早回家，家里面还有人在等我做饭，3 点钟下课以后还能回家休息一会儿。刚刚开学，很兴奋，上课的时候听得很是认真。我喜欢在新书上面写满笔记的感觉，让我忆起高三。国内的 SARS 已经严重到全城戒严了，这种状况必然会影响高考的吧。我们这一届永远都这么倒霉，碰上第一年提前高考不说，还遭遇百年不遇的瘟疫，庆幸我躲过了这场灾难，祈祷我的朋友们不会受到太大的影响。

## 2003 年 5 月 16 日

一个星期的课上下来还真是累，三餐是无法规律了，养成了每天下课买块 Pizza 吃的习惯，体重估计很快就会上去，倒是也不怎么介意，反正我一直以来都是清瘦型，想必胖也胖不到哪里去。生活变得很充实，上课下课、买菜做饭，晚上陪卢妈妈聊天，抽空和婷婷讨论下文学著作，Sonic 和小灰不见人影，忙着他们的赚钱大计，也不知道有没有起色，只是看到他们成堆地往国内寄营养品，也不知道是卖不出去还是真的很实用。

克克开始过着有妈妈的幸福生活，偶尔给我打个电话，我的房间里少了她还真是清静得不习惯。自从开始一个人睡觉，我就没有关过房间的灯，夜夜都在灯光中睡觉，没办法，谁让自己胆小。木制的房子总是发出奇怪的声音，也许因为绿化太好，总觉得房顶有东西爬来爬去，为了让自己放心，我说服自己说那是松鼠的声音，努力不让自己去想读过的鬼怪故事。实在害怕的夜晚，就找出信纸给爸妈或者朋友写信，虽然这些信一封都不曾寄出过。

妈妈托人带了很多零食给我，一包一包的都不舍得吃，爸妈写来的家书也是看了一遍又一遍。想家的夜晚经常流着眼泪入睡，我想我还是太脆弱了，并不如我以为的坚强。生活在和平富足的年代，不缺吃穿已经足够幸福了，却偏偏无法忍受一个人的寂寞。突然间迫切地希望有个人出现，可以随时陪伴我左右。那个人，在哪里呢？

## 2003 年 5 月 23 日

中文班上有个上海同学叫 Lee，连着一个星期每天以讨论作业的名义打电话给我，说很是欣赏我课堂上精彩的回答，聊起天来倒也不缺话题。他比我们这些留学生要幸福得多，住在自己姨妈家里面，不用付钱还有零花钱可以拿，姨夫是英国人，每天可以练习纯正的英文腔，我的英文作业经常要向他请教。像他这样住在亲人家里的在澳洲很少，一般来说，上一代移民都入乡随俗，学会了澳洲那套先进的 AA 制理念，抛弃了中国五千年来的情感包袱，就算收留亲戚，也是当作外人一样明算账的，该收的钱一分也不会少，即使是这样，也鲜少有人愿意收留中国来的亲戚。Lee 真是幸运无比了。

Jack 在学校失去了踪影，听同学们说他和 Susan 双双放弃了高中的学习，选择了进入 TAFE，以便更早拿到绿卡。TAFE 是职业技术教育学院，是澳大利亚全国通用的职业技术教育形式，相当于中国的高职，学费相对低廉，学时短，是技术移民的最佳途径。因此很多以留在澳大利亚为目的的留学生都会选择进入 TAFE 学习发型设计或者烹饪，两年后就可以拿到人人称羡的澳洲永久居留权，不能不说，这确实是最快最经济的办法。对于此种办法，我不是没有听说过，也不是没有犹豫过，毕竟可以帮父母省下一大笔费用，也更好找工作。可想到自己出国的目的是为了接受更好的教育，并不是为了那一纸绿卡，况且在我心目中很早就认定了悉尼大学，再三权衡，还是选择一条正规道路吧。诱惑处处都是，一步走不好，也许就步步都走错。不能为了眼前的蝇头小利放弃未来的光明大道。

Linda 和 Lisa 经常约我上网一起讨论作业，每每失约让我心生愧意，得想办法解决电脑的问题，和家里商量过以后，决定七月份回一趟国，挑选一台笔记本电脑，顺便慰藉一下我思乡的情怀。虽然爸妈说机票钱不用担心，我还是决定努力把机票钱挣出来。学业上暂时还能应付，因此决定回到 Hungry Jack's 打工。印度经理很是欢迎，24 号就可以上班，我真是出门遇贵人啊。

## 2003 年 5 月 24 日

难得家里面几个食客同时有约，也就意味着今天不用回家做饭。可惜店里晚上的人手够了，无法加班。打了电话约了克克去拜访她的母亲。从我上班的地方到达她家是要通过 Darling Harbour 的，夜幕中的 Darling Harbour 灯火通明，点点灯光映照在微波荡漾的海面，很是迷人。海港边上一家家不同的西餐店里烛火摇曳，一对对情侣从身边擦身而过。在这一刻，才恍然有了在澳洲的感觉。每天上课下课接触的都是中国人，经常让我有种在中国上学的错觉，唯一的不同只不过是请了一些外教当老师罢了。同学之间除非上课需要，根本不可能用英文交流，大家还是习惯用自己的母语，一旦有谁天天在同胞之间说英文，必然会遭到同学们唾弃。这样的环境，对于英语的练习，其实是没有好处的。所幸我还可以到快餐店里打工，接触不同的顾客，多少可以提高一下英文水平。

克克的母亲是典型的贤妻良母，很早就当了专职家庭主妇，女儿、丈夫就是她的生活重心。这已经是第三次来澳洲陪读，每次都为期三个月。克克比我小一岁，刚满 16 岁，还比我早来一年，也就是说她 15 岁就步入了小留学生的行列。父母担心她年幼无法照顾自己，便派妈妈来陪读，打理生活上面的一切琐事，她可以专心学业，也不会被花花世界所侵蚀。她是幸福的，在异国他乡还有母亲作陪，天下父母心啊。如果我家有这样的经济条件，我的妈妈也一定会如此选择。阿姨做的菜都是典型的北方菜，听说我要来，还特地做了久违的老北京炸酱面和京都烙饼给我吃。做饭三个月有余，这才知道我的水平差得远呢！做来做去也就会那几个菜，以后要跟阿姨多学学，改善一下伙食。

## 2003 年 5 月 25 日

做晚饭的时候，那对所谓新南威尔士大学的男女再度出现，这次的目标是我和婷婷。两个人以朋友身份和我们东拉西扯，还好我有做饭当挡箭牌，可怜婷婷一个人在那里受他们的荼毒。四个人凭着三寸不烂之舌终于说服婷婷尝试，并且承诺，一个月之内随时都可以退会，会员费如数奉还。这下子连我都无法抵制诱惑了，尝试一下似乎也没什么损失，于是我和婷婷两个意志不坚定的家伙就这样步入了传销的陷阱，虽然彼此心知肚明，却还是对此抱有一线希望。一个多月的生活费就这样划到了他们公司的账上，而我们也清楚地知道了如何赚钱——推销营养品。每个月我们都必须认购一定数量的营养品，能卖掉超过这个数量的营养品才能赚钱，卖不掉的话就损失这些数量的钱，所以小灰他们才成批成批地往国内寄。我们这才知道他们尚未赚到钱，这时候打退堂鼓已经来不及了，我们二人打定主意一个月后退会，至于这一个月当然是能赚到多少就赚多少了。

克克打来电话告诉我一些关于 Andrew 的事情，我这才想起很久没有他的消息了。Andrew 和克克同岁，两人现在是同学，所以克克对他的现状时有耳闻。据说他因为出勤率不够被学校警告了，这消息让我很是意外，我记得当时读语言的时候他的出勤率可是跟我有一比的。学校对于留学生的出勤率控制得格外严格，一旦低于 80%，就会通报移民局，说是为学生负责，其实还是怕有些学生以学习为名行打工之实赚取澳洲的钱财，毕竟留学生可是他们财政收入的大头啊。

## 2003 年 5 月 27 日

和 Lisa，Linda 一起去定了回国的机票，日期选定 7 月 5 日，纪念我到澳洲整半年。这家旅行社可是我们三剑客经过再三打听才确定是机票最便宜的，别小看几十澳币的差价，换成人民币的话可是国内很多人一个月的生活费呢！

订完机票三个人约好一起做商业课的作业。澳洲高中的作业和国内有很大不同，就拿商业课举例吧，这次的作业是写一份真实的商业报告，挑选一个小型企业，对其进行分析，然后写一份 20 页的报告，三个人一个小组。可别小看这份作业，最难的部分不是最后的报告，而是如何让一个小型企业接受你的调查，毕竟很多涉及商业秘密，是人家不愿意被人知道的。我们三个清楚了作业要求后，开始四处采访。吃了不少闭门羹，没有一家小企业愿意浪费时间来接受我们这个对他们来说没有任何好处的采访。没办法只好回到刚才买机票的小旅行社一试，卖机票给我们的女士 Sherry 答应了我们的要求，真是让人喜出望外啊！采访完已经过了吃晚饭的时间，我才突然间想起来要赶快回家做饭，给婷婷打了个电话，很高兴听说大家都还没回来，看来都在努力拉生意赚钱呢，我倒是玩忽职守了。

五月份的悉尼已经离冬天不远，七八点钟就已经满天星斗了。搬过了月余，倒是鲜少有机会在夜幕的笼罩下路过悉尼歌剧院。夜色中的悉尼歌剧院仿佛蒙上了一层神秘的面纱，更增添了朦朦胧胧的美，月光协同星星点点的灯光映射在碧蓝的海面，如同幻境一般，感觉不到真实，眼前的一切让我误以为是海市蜃楼。为什么太多的美丽反而造就了虚幻的感觉？

## 2003 年 5 月 30 日

尝试着在同学中推销营养品，没想到学校在这家公司做的人这么多，一些入会比较早的同学告诉我，这个工作拼的就是人脉，推销给朋友，朋友的朋友，不然的话，想挣钱就得到大街上去“拉客”了。他们有的人做了几个月都没赚到钱，一直都是自己支付营养品费用；有的人交际能力比较强，用不了几个星期已经大把大把地赚钱了。像我这种初来乍到的小姑娘，社会关系单纯，除了学校的同学和同租房子的朋友就不认识别人了，索性就放弃了推销，直接等到快一个月的时候退会好了，我还是老老实实打我的工，挣我的血汗钱吧！

印度经理打来电话说工作时间要调整，由于员工多，我原先两天的工作被减少为一天，很庆幸他至少还给我留了一天，回国的时候，机票钱肯定赚够了。卢妈妈人很好，听说我想多挣钱，就介绍我到附近的一家华人超市收银，据说老板娘是她的朋友，上海人。尽管是朋友推荐进去的，老板娘依旧很苛刻，明白告诉我试工的时候一分钱工资都没有，明天开始试工，8 个小时。到华人店里打工就是这样，付现金，不走银行卡不用扣税，可以超过政府规定的 20 小时工作，所以就算工资很低，也有很多人干。特别适合那些没有工作签证的人做，像我们这样的学生，其实还是去正规快餐店工作比较好，时薪至少是这里的两倍。事实上，我是不想去这家超市做的，但是碍于卢妈妈热心介绍，总不好驳了人家的面子。人家总是一片好意，钱多一点儿是一点儿吧。

## 2003 年 5 月 31 日

果然不出我所料，虽然说好做收银的工作，因为是免费试工，老板娘简直把我当驴使唤，成箱成箱的洗发水啊罐头类的货物让我搬来搬去，丝毫不考虑我小细胳膊小细腿儿的怎么负担。一整天下来，整个人好像散了架一样，还根本不知道收银台的机器怎么用。于是，理所当然的，下次再来一天还是试工。被人操练了8个小时，一分钱拿不到不说，还得下次继续，我想我真是有病了才答应下周六继续过来。罢了，反正在家也闲着，说不定什么时候就有工资拿了。

Sonic和小灰已经开始成天成天的不见人影，甚至经常不回来吃饭，每每都到夜深人静的时候才匆匆回到家里。我想他们的生意一定做得很好，反观我和婷婷倒是显得懒惰多了，女孩子毕竟脸皮薄，不太可能死乞白赖地去推销。这钱我俩必然是不可能赚到的。

Lee还是每天固定时间打来电话，商讨各门课的作业，也就中文和数学我略胜一筹，剩下的科目还得跟他求教，他也从来不吝于赐教。聊多了也开始聊些课业之外的话题，于是矛盾冲突也就多了起来。老实说，我是非常看不惯他的，整个一崇洋媚外，就算咱中国有再多的缺点，也得回家自个讨论不是，他竟然天天跟他那个英国姨夫一起说中国的坏话，让我相当气愤。我是有话直说的人，批评起他来很是刻薄，他倒也不生气，还继续每天跟我电话联络，也继续着关于中国的争吵。只是对于他的姨夫我是相当不屑的，一个纯种英国人移民到澳洲没有工作，天天在家里面喝啤酒看报纸，还要Lee的姨妈来养，他吃我们中国人的，喝我们中国人的，住我们中国人的，让我们中国人伺候着，有什么资格来批评我们的国家？

## 2003年6月1日

六一国际儿童节，澳大利亚却没有任何庆祝活动，我不得不怀疑，我们所谓的“国际”到底指的是多大范围。虽然大范围内没有庆祝，中国孩子们小范围还是庆祝一下的，当然，如果我们这些十七八的少年还算孩子的话。

几个人很久没有聚在一起吃饭，相约等我下班去唐人街撮一顿。没想到在饭店里意外碰到了 Raymond 和一个不认识的女生很亲密地在一起。本来想假装没看见的，出乎意料之外，Raymond 竟然主动向我走来。简单聊了几句，才知道 Raymond 已经和 Sandra 分手，理由是两个人实在没有共同语言，这女孩是他的新女朋友，预科的同学，也是香港人。虽然少了 Sandra 在中间的阻隔，我们也无法回到当初无话不谈的挚友状态，原来朋友也是这样，错过了就是错过了。本来只有月余的友谊无法消弭彼此之间的隔阂，尽管最后互相留了电话，相信谁也不会拨通那个号码。到这时候，我才真正意识到，初来的那段快乐时光是真的过去了。连一向和我亲密的 Andrew 也已经渐渐失去了消息。话说回来，人家连女朋友都换得这么快，怎还会在乎几个算不上什么的朋友呢？这样一想我就释然了。人的一生总是有一个个的过客，在每个人的人生中留下点滴痕迹，就如同每个人不过都是历史长河中的一滴水一样。

## 2003 年 6 月 7 日

今天本应该是我参加高考的日子，我却逍遥在超市里当义工。当然，如果可以选择的话，我宁愿回到国内参加高考，也不愿意让人剥削我的劳动。我真是该庆幸这个上海人还有微薄的人性存在，一天午后，老板娘终于让我站到了收银台前学习。机器操作起来很简单，练习约一个小时就会使用了，我这才明白为什么老板娘先让我搬运货物了，算盘打得可真精啊！另外一个柜台的姑娘告诉我，我就算是幸运了，他们这些没有人介绍来的都是做了一个多星期的义工才开始算工钱的。

白做了一天工，下次再让我来还真的没什么情绪了。老板娘也聪明，下班的时候告诉我，下周开始算工钱，工资少得可怜，犹豫再三还是答应了，主要是觉得之前这周白做太亏，下次就有钱了，平均下来怎么也都赚了点儿。

心中默默祈祷我亲爱的朋友们考试顺利，都能如愿进入心仪的大学。有时候人生的际遇真是奇妙，身边很多说要出国的朋友都还没有动静，我的签证就在高考前下来了。到目前为止，还不知道这个选择对还是不对，但是既然选择了这样一条路，我就没有退路了，只能勇往直前，尽管我现在无比羡慕那些在考场上并肩作战的朋友们。虽然我远离了在 SARS 笼罩下的黑色六月，但澳洲高中的压力也很大，马上就要第一次面临全英文考试了，真不知道自己能不能应付，只能在接下来努力学习了。

## 2003 年 6 月 21 日

最近忙着打工和复习，睡觉的时候已是入夜时分，完全没有精力再去记录生活中的点点滴滴。这家超市终于付钱给我，只是我付出的劳力远远大于我的收益，考试临近，索性辞职不干了，算下来也做了四个星期，不算拂了卢妈妈的面子。印度经理那里人手充裕，刚好快要考试，然后回国，就跟经理请了一个多月的长假，打算专心应对眼前的考试。至于做饭嘛，是没有办法推辞的，除非我搬家。

克克的妈妈已经定好回国的机票，刚好是我从国内度假回来的那一天，征求过我和卢妈妈的意见，克克决定等她妈妈走了以后搬回来住，我自然很高兴多了个伴儿。我和婷婷顺利退会，全额拿回了我们付出的会费，我想这一点总比在国内做传销的好，也许我一开始就不应该用有色眼光去评论这家营养品公司，但这偏见估计就跟对保险行业的偏见一样根深蒂固，一时之间无法根除。小灰和 Sonic 越来越少出现在晚餐时刻，四处奔波着他们的营养品事业，对于小灰我很担心，他对营养品事业的热衷已经远远高于对于学业的专注。

下个星期考试，因为学校开展的学科多，所以考试为期两个星期，我的科目在7月3号考完，幸运的是每门考试中间还有个小间隔，可以休息一天再踏上回国的旅程。对于回国真是万分期待，虽然学校还在等待国内解除红色警报才能放我们回家，身边的同学们早已经迫不及待打好行装开始进行归国倒计时，早已经将SARS的疫情抛到九霄云外，反正大家都吃准了学校不可能拒绝我们返校，毕竟我们的学费可是他们的主要收入。对于这件事情，我和父母多少是有些担心的，都打算视情况而定，实在不行的话，只有退票。默默祈祷，红色警报快快解除，我已经归心似箭了。

## 2003年6月30日

到悉尼以来的第一次正式考试。还好，今天考的是我比较拿手的日文。感谢人大附中的选修课，让我得以在日文上面打了些基础，应对考试可以游刃有余。考试形式和我们在国内考英文差不多，有听力、阅读和写作，唯一有点儿小差别的就是加入了口语的考试，当然考官是纯正的日本人。

我个人认为在听力、阅读和写作里面，写作最为简单。追本穷源，日文不过是从中文拆解出来的，背单词的时候，往往记住几个与繁体汉字一样的片假名，写作时就无往而不胜了。当然，这一招也可以通用于阅读中。日文大部分片假名的词意都没有什么变化，只有极个别的片假名字意和我们中文是风马牛而不相及。听力就比较难，你必须熟记每个单词的读音和词意，并且用英文把答案写下来。很多时候，我们都记住了某个词的词意，却忘记英文如何拼写，因此，使用第二语言学习第三语言还是小有难度的。

至于口语，首先要过的是心理关。两个日本人当考官，从入考场开始就要用日语回答问题，答案可以编撰，要尽可能地使用复杂句型。考前一个星期，老师会给3个课题，类似于朋友、爱好、居住地之类的题目，都要准备，考试的时候抽考其中的一个进行问答测试。

很多人不太理解我为什么会选择学习日文。其实，选择学习日文是偏于我对日本文化的钟爱，源于对中国古代唐朝的痴迷。盛唐文化传入日本：源于唐朝的和服，盛唐风格的手工艺品，脱胎于草书和楷书的平假名、片假名，等等。我们的茶道更被日本发扬光大，导致很多人以为茶文化源于日本。尽管我们憎恨南京大屠杀时日本人的残忍，可同时我们却不得不佩服他们能将我们早已经丢弃的传统文化发挥得淋漓尽致。唐文化的遗风已经在中国的现代化烟雾中消失，而在日本却可追寻到遗迹。抛弃封建社会是不是就代表要抛弃曾经的一切呢？历史的发展是不是就代表彻头彻尾的改头换面呢？

## 2003 年 7 月 1 日

中国共产党的生日，父母的节日，曾经的我也准备将来成为党的一分子，早早就拿到了党课的结业证书，可惜那经父亲审查过的入党申请书终究因为出国而随着练习册压入了箱底。从小就知道一定要当少先队员，然后要当共青团员，最后目标就是成为一名共产党员，似乎一切都是那么理所当然。从初二入了团开始做团支部书记起，交团费、发展团员、开团会、组织团活动，样样都积极。可是我不知道我为什么要入团，也不知道共青团到底拥护什么，我只知道共青团员就代表是优秀学生，团支部书记更是学生中的佼佼者，年少的我就因为这么单纯的目的成为了一名团员，而我甚至不知道共青团是何时成立、因何成立的。就这样迷迷糊糊做了这么多年的团支部书记。到了高二，学校中掀起了上党课的热潮，我自然是积极响应，也是第一批拿到了党课结业证的，并准备申请入党。当时的想法不过是因为党员或者预备党员申请大学的时候可以优先录取。现在想想真是可悲，很多学生根本不明白党员的含义就开始蜂拥而入，我们没有先进的思想，也不能保证把党的利益放在个人利益的前面，因为本来入党的目的已经是为了个人利益。我不爱读政治，不爱看新闻，不太清楚党员应该做什么，可是我却是一个当了四年团支部书记的先进分子。

## 2003 年 7 月 3 日

数学很简单，如果我能读懂题目的话。

中文很简单，如果我可以不用站在外国人的角度使用英文回答的话。

英文很简单，如果英语是我的母语的话。

商业很简单，如果我知道怎么把我脑子中的思想幻化为文字的话。

由于我不认识一些单词，无法读懂题目，所以考数学的时候没有机会发挥我的解题专长。

由于我是个典型的中国人，经常忘记假设自己是个外国人，所以不能熟练地转换角色去用英文思维回答中文的问题。

由于英语不是我的母语，所以我没办法解读英文的诗歌。

由于我没办法使用娴熟的英文创造完美的句子，所以我的商业考试多半是词不达意。

我想这次考试是惨遭“滑铁卢”了，这么多年来，第一次考砸得这么彻底，心情跌入低谷，还好这个时候学校公布红色警报解除，真是及时，本来下午已经打算去退票了，我终于可以回国了。半年时间就这样眨眼而过。

## 2003 年 7 月 5 日

大清早的飞机，兴奋得根本无法入睡，爬起来写日记。尚未衣锦，已经准备还乡，早已经忘记了不成功不回国的誓言，原来我不过还是一个未满 18 岁的孩子，实在敌不过对父母的思念。这半年磕磕绊绊也就这么过来了，伤害过别人，也被别人伤害过；学会了做饭、洗衣、打工，却还是个长不大的孩子；会害怕一个人睡，害怕黑；想家时会一遍遍读家书，一遍遍哭鼻子。

再一次飞行在两万米的高空，下面是厚重的云层，我看不到山川和大海，却依稀可以看到一只待鸣的公鸡，我知道这只不过是想象而已，亲爱的祖国还远隔重洋。十几个小时的航程非常难熬，狭小的座位一点也不舒服，还好有Linda 和 Lisa 一起，三个人聊聊天时间也就过得很快。悉尼到北京没有直达的飞机，要在广州转机，一下飞机就闻到厚重的尘土气息，天灰蒙蒙的，闷热难忍。白云机场很破旧，候机室里面也没有空调，幸好停留时间不长，办理好入境手续就可以直接登上回北京的飞机了。

凌乱的长发已经过肩很多，身上穿的是被我洗染色的 T 恤和洗掉色的牛仔裤，我想我整个人看起来大概像是从乡下回来的，而不是从海外归来。爸爸妈妈手捧鲜花在海关门口等我，看到他们心里明明很激动，却不知道如何表达，捧过鲜花，我明明看到父母眼中的心疼和思念。看着妈妈手里的花，我恍然间想起几年前在首都机场国际出口时的一幕：我看着从国际出口走出来的人都有鲜花接待，于是跟妈妈说，下一次我也要从那里出来，妈妈说如果我从那里出来，她一定手捧鲜花接我。当时不过是一句戏言，谁想到不久后的今天变成了事实，冥冥中，很多事情早已经注定。回到家后死缠着妈妈一起睡觉，滔滔不绝说了通宵，这才知道半年以来真心话全都憋到心里了，总算是有了个发泄的渠道将积攒了半年的思念倾泻而出。不知道何时天空已经开始微微发白，妈妈就这样静静地听着，虽然她的困意已经无法掩饰，而我也在不知不觉间沉沉睡去。

## 2003 年 7 月 6 日

半年来第一次睡了个踏实觉，没有做梦，一觉睡到中午。这才知道只有在父母跟前我才是安心的。起来的第一件事情是去理发，长发已经彻底没有造型了，爸爸妈妈当然得先带我去打理门面。国内的人工费真是便宜，发型师认真地帮我修剪了一个多小时竟然才收 10 块钱，也就 2 块钱澳币，不够坐趟公车的。然后爸妈陪我去翠微买衣服买鞋，总算打理好一身的行头，可以见人了。离开父母以后再回来的待遇果然不一样啊，爸爸特地放下工作陪了我一整天。回到熟悉的亲人身边，悉尼的一切仿佛是过眼云烟离我那么遥远。眼前的幸福对我来说是那么地充满诱惑力，我开始担心 18 天以后，我再也没有离开的勇气。

北京天气很热，和悉尼截然不同，一天下来喉咙已经开始发干，出现了水土不服的症状；饮食方面是吃什么拉什么，以至于到后来我什么都不敢吃了。想想真郁闷，远涉重洋飞回国内，以慰思乡之情之外也是想解馋，谁承想我竟然对熟悉得不能再熟悉的地方水土不服。没办法，只好放弃辛辣的食物改喝清粥。话说回来，一称体重，我竟然比出国前胖了 18 斤！实在是太让人意外了，本来清瘦的体型生生变成了胖子，在爸爸的勒令下开始注意控制饮食。水土不服，无法适应北京的水质，尤其不能吃凉水洗过的东西，偏偏我还爱吃水果，所以每次想吃水果的时候，妈妈都会细心地烧开水帮我洗水果。有人照顾真的很幸福。呵呵。想起来都开心。

## 2003 年 7 月 8 日

爸爸好朋友听说我回国了，要请我吃饭，去了包间。在国内，但凡家里条件还不错的，朋友聚会都会是包间，图个安静。不过，对于现在的我来说，这个一定要提出来的。别说包间了，在外面下馆子的次数都是屈指可数的，那馆子还都是自助服务的。记得叔叔阿姨问我，出去最大的区别是什么，我想了想说："以吃饭为例，现在是别人为我服务，出去了就是我为别人服务了。"其实也不是真的穷到没有那个钱，只是你会觉得没必要。记得妈妈电话里总说，吃要吃好。咱们不是没有那个钱。是啊，不是没有那个钱，只是开始学会考虑，那个钱花得值得不值得。我清楚地知道，我花的是父母的钱，不是自己的钱。既然自己出来闯荡，当然得靠自己的力量。所以，就想把父母的负担减少到最低。真的是因为内疚了。我想，是懂事了吧。遗憾的是，出国的孩子并不是每个都可以懂事的，依旧有些人在挥霍着家里的钱，我想，他们还没意识到，自己已经是一个大人了。拿着父母的钱享受，我做不到。

## 2003 年 7 月 12 日

偶尔的在家里吃饭。妈妈忙前忙后，疼到心里去了，真的。我看着就觉得很心酸，心想，如果不出去，我可能还在理所当然地享受着妈妈的服务吧。我想帮忙，妈妈不肯；我就站在厨房边上，看着妈妈忙碌的身影；真的觉得很幸福，平凡中的幸福。我想，要是以前的我，肯定不会想到这些的吧。一直都觉得上天是公平的，现在才觉得，一点都不公平！我怎么可以这么幸福呢？！而那么多可怜的孩子都没有我身边这么多的爱。我现在懂得珍惜了。有太多的话，我都不可能和爸爸妈妈说，所以，我的感受，就只能记录在日记中了。

我还有一个习惯——吃零食。我是那种一天没有零食和水果就活不下去的女孩子。可是去了澳洲以后，我不得不戒掉了我的所爱。照我在国内那样吃下去的话，我想我不用念书了，直接回家吃得了。开玩笑，一口气吃几斤荔枝就顶得上我一个星期的房租了。回家后，妈妈当然带我去超市狂购物啊。买零食的时候可逗了，一开始拿了一大堆，想了想又放回去。哎，不是我有病，是在澳洲养成的习惯，觉得没有特别的想吃就没必要买，就算特别想吃也会找出各种理由不买了。

去结账的时候，妈妈看我拿得那么少，就又拿了些我平时爱吃的东西。没想到回家以后，除了买的当天我记得吃外，平时根本就想不起来吃，都养成习惯了；水果也是，妈妈不提醒，根本想不起来吃。

## 2003年7月15日

和几个高中好友见了面，由于“非典”，学校没有举行毕业典礼，所以无法得以见到所有的同学。半年不见，大家都小有变化，大概是因为高中毕业了，所以穿着打扮上面比在学校少了几分学生气，只有我还停留在高中阶段，只是整个人肿起来了而已。几个月的间隔并没有导致什么隔阂，大家还是和我嬉笑打闹，如同往常一样亲密，眼前的小幸福对我来说已经是难能可贵了，在我经历过友谊的背叛以后。简单叙旧，大家开始着眼未来，毕竟不久以后曾经亲密无间的我们就要各奔东西了。几个朋友中，有的拿到了加拿大的签证准备飞往枫叶之国；有的转战上海或者大连；当然大部分还是留在了北京，只是遗憾都不同校。班里三分之一的人上了北大、清华和人大，我心里多少是有些欣羡的，也会猜想，如果我留在北京的话，也许我也是那其中之一。

但是我心里清楚,就算再给我一次选择的机会,我还是会坚持当初的决定,远渡重洋。我向往自由自在的天空，希望给自己机会独自闯荡。只是，那独在异乡的艰难让我却步，我依恋着身边的一切，畏惧记起归期。我开始明白第二次出国比第一次出国需要更多的勇气，而我，必须坚持到底。

## 2003年7月16日

我见到了他，清华本硕博连读的高才生。高中三年只和他接触过不到十次，他却给我带来了小小的意外。我在高中一直担任团支部书记，是干部型的女生，戴副眼镜，容貌撑死了算得上是清秀，唯一引以为傲的大概就是一头色泽健康的长发。无论是分班前还是分班后，我都是温润沉稳的冰姐，朋友们都愿意向我倾诉她们的罗曼史，等待我的意见，而我自己的生活，却与爱情无关，哪怕是懵懂的初恋也与我绝缘。这样的生活对我来说，不是没有遗憾的，但我始终没碰到那个陪伴我度过暧昧高中时期的男生。

不承想，毕业以后的今天，他送给我一个小小的惊喜，让我的高中画上一个圆满的句号。原来，我是有人欣赏的。严格来说他应该是个很好的伴侣，踏实稳重，只可惜少了少女憧憬的过人外貌。三年来，他一直关注着我的点点滴滴，等待着高考结束许我一个未来。现在，他觉得他有能力给我承诺，想与我牵手共度未来。对于他的建议，我不是没有心动，毕竟一个人的艰难需要有人倾听。可惜，他不是我要等的那个人，对于他，我无法交付我的信任。我不知道一个人如何在不了解另外一个人的情况下交付三年的等待，只是我无法轻率地踏出那一步。果断拒绝，没有留有一丝余地。

妈妈说可以观望，肯等待的男生必然有其优秀的地方。一切随缘吧。

## 2003 年 7 月 17 日

Lisa 打电话说不想回悉尼了，澳元拼命地涨价，她担心家里的经济状况，也不愿意回去继续受罪。说实话，我也担心家里的经济状况，爸爸工资不见涨，妈妈尽可能去赚钱，生意刚刚接手，还没有起色，虽然我相信妈妈的能力。

不过我知道父母不会允许我放弃的，既然当初全家做了决定，就应该坚持到底，我应该做的是努力学习，而不是左右摇摆。朋友说我是个有野心的女孩子，狮子座的特质吧。是的，我不喜欢碌碌无为，也不甘心平平庸庸，趁年轻的时候，总该做点什么吧，我不想将来后悔，毕竟青春是一去不复返的。

18 岁的女孩子在一起难免会钻到爱情的胡同里去。她们很羡慕我有他这么优秀的男孩子喜欢，可是两地恋爱很辛苦，我也不想过早地定下来，何况对于他，我真的是没什么感觉。在我心里，他与白马王子的形象实在差得太远，我承认我很肤浅，但是我受《飘》的影响太深，无法改变自己对于男朋友的定位。我愿意等待，宁缺毋滥。

北京的夜深了，依旧了无睡意，我害怕，又要回到那个没有港湾的城市，害怕寂寞。

## 2003年7月18日

今年独爱黑色，不仅打破了不穿黑色的习惯，还一连买了三件黑色T-Shirt，也许是长大了吧。

喜欢上了黑发和黑衣连在一起不分彼此的感觉，很美……很多人说黑色阴郁，我不觉得，黑色体现的是一种稳重，一种高贵，一种独特的气质，没有任何颜色可以替代的，黑色同样有黑色的朝气。

今天又有父母朋友来探望，无奈。有点不适应这种应酬，虽然我知道这是别人的关心，但是依旧无法忍受，尤其害怕无止尽地好奇，似乎我是稀有动物般，无奈。每个人都问同样的问题，千篇一律的答案每天要重复N次。有时候跟妈妈戏称，干脆准备一台录音机，把所有的答案都录下来，谁来就直接播放好了。我知道自己这样不对，应该尽量耐心地回答大家的问题，毕竟天下父母心，很多家长都是为了孩子在咨询。大概是在国外习惯了一个人处理问题，遇到事情从来都是自己想办法去寻找答案，而不是奢望从别人口中直接得到，也就直接拿自己的思维去限制别人了。

下午跟妈妈大吵了一架，争吵的内容是什么已经记不清楚了，只记得最后的结果是我和妈妈两个人都坐在那里掉眼泪。我知道如果是以前，我一定会抱着妈妈撒娇，然后拼命道歉哄她。可是现在的我已经做不到了，这才知道在悉尼半年来学会了伪装自己，却忘记了如何表达自己最真挚的感情。习惯了什么东西都往心里藏，却忘记了如何和妈妈相处，才半年的光景，我已经回不到以前的幸福，这次是真的没有退路了。

## 2003 年 7 月 21 日

18 天的时间是短暂的，很快就又要离开了。我想我是喜欢澳洲的生活的，它给了我足够的空间和足够的自由，使我能够在闲暇时去思考。我一直是个喜欢思考的孩子，所以脑子里面总是会有很多东西。我想，现在先用时间把脑子中的东西清空，然后再充实进新的东西。呵呵，某种角度的新陈代谢吧。澳洲的生活是富挑战性的，也是阳光的；给了我机会去了解和亲身体会人与人之间的微妙的关系。

又要离开了。妈妈再次跟我说，留下来，不要走了。其实我很想，但是我做不到，因为一旦我留下来，就表示我示弱了。我不会这样做的，那会让我瞧不起自己。从我选择了这条路开始，我就没有退路了，不是吗？事实上，我也从来没想到要退缩。我争取了那么久，才争取到机会，离开父母去闯荡，我怎么可能放弃呢？记得爸爸跟我说过他也是 17 岁开始离开家闯荡的。呵呵，没想到很多年后的今天，他的女儿也在 17 岁的时候离开他去独自闯荡。难道这不是命运吗？妈妈说每次想起我第一次走的时候都觉得很不可思议。她一直以为我不会有这样的勇气，毕竟我看起来太柔弱了。不只是妈妈，很多认识我的叔叔阿姨都没想到我敢去一个没有任何亲戚朋友的地方。记得一个阿姨说，每次看到我，都是挽着妈妈的手，躲在妈妈的身后，一副小鸟依人的样子。真没想到这样一个一看就想去疼爱的女孩子，居然离开了象牙塔。哈哈，原来我这么可人疼啊，真开心。不过我这副表象还真的是骗了不少人呢，虽说不是我的本意吧。这个是不是叫外柔内刚呢？

## 2003 年 7 月 23 日

到了机场。半年多前的那一幕又出现在了我们眼前：抱了抱爸爸妈妈，我笑着拉着行李走进了海关。是的，笑着。每一次离开，我都会带着微笑。一是不想让爸爸妈妈担心，再是我向往着未知的未来。挥了挥手，我头也不回地离开了。不能回头，因为那会让我失去勇气。再一次坐上了开往悉尼的飞机，没有了上一次的无助，反而有点期待那种目的性很强的生活。本来以为我会眷恋得不舍得离去，没想到还是一派轻松地走出了海关。母女没有隔夜仇，那天的争吵已经过去了，可是我们心里都清楚，我再也不是那个躲在妈妈羽翼下面的小姑娘，我已经开始独自踏上征程。我知道我的离去带走了妈妈生活的重心，她大概需要很长时间的适应期吧，妈妈，对不起，我选择了离开你的保护。

Lisa 不知道还能不能回到学校继续读书，希望她挣扎过后能理智为先，毕竟我们已经踏出国门，怎么可以什么都没有就回国呢？如果真的放弃了，那之前的钱才真是都白花了。想到回去还要补足离开时候的房租就感到郁闷，没有住竟然还要付房租，就算卢妈妈平时再照顾我，也没有少个分毫。真是的，房子空着也是空着，何必不做个顺水人情呢？平时的房租我一分也不会少她的。只能多打点工了，也不知道印度经理那里可不可以让我多做几天。

国际航空的服务态度并不怎么好，旁边的白种人有水果吃，我就没有。中国人总是这样格外礼遇外国人，秉承来者是客的理念。怎么我们中国人在外国就没有特殊待遇享受，还时时刻刻受到排挤，人家都是本国人优先的，是不是我们中国人自己把自己的尊严踩在了脚下？

话说回来，虽然才离开 18 天，不过我还真有点想念澳洲那个地方呢。美丽的天、美丽的云、美丽的海、新鲜的空气、美丽的小洋房，还有友善的澳洲大叔。一切的一切都还挺值得人去怀念的。十多个小时的旅途没什么可干的。看了看报纸和电影，睡了几觉。然后就该填入境登记卡了。旁边坐着的几个叔叔是从上海来的，去商业考察的。第一次出来，不会填，于是我帮他们填完。得知我是只身一人在澳洲学习的时候，他们再一次发出了惊叹。哎，其实有什么大不了的。我想都是因为中国家长对孩子的溺爱，才会让大家觉得十七八岁出国了不起吧。

要知道，我的外国朋友，都是十几岁开始就在全世界游学了，去过很多不同的国家，有着丰富的见闻。真羡慕啊。不少人还会说多国语言。我想中国的家长们也许该尝试着改变自己的教育方法了。

## 2003 年 8 月 1 日

新学期开学，同学们纷纷返校，我们也等到了姗姗来迟的 Lisa，真高兴她最终决定和我们并肩作战。身边的同学大都回国度假了，返回后每个人都精神百倍。中国对于我们来说就是一个电池的充电器，只除了 Lee 始终留在姨妈家里。这个人还真是不怎么讨人喜欢，在中文课上大声说中国是“Rubbish Country”（垃圾国家），惹起众怒，就连当年遭到 XX 风波牵连跑出国外的中文老师都没给他好脸色看。

本来上海人在留学生和新移民群体中就是不受欢迎的角色，原因无他，过于狂妄自大和自以为是，偏偏还小气得很。虽然我们的主人公 Lee 同学暂时还没有看出小气的毛病，狂妄自大和自以为是倒是发挥得淋漓尽致。人家说中国应该迁都到上海，因为中国的财政都是依靠上海的，也不想想五千年的历史中有哪个朝代的都城是建立在上海的。人家又说上海早晚要独立，也不想想看被包围在中间的上海如何独立，凭什么独立。人家说除了上海，其他地方的人都是乡下人，也不想想看整个中国都是由他们所谓的乡下人领导着。最可耻的是他嫌父母烦，然后发了封病毒邮件导致父母的电脑崩溃，也不想想他长这么大父母费了多少心血。不过目前为止除了不爱国和不孝顺父母之外，貌似他还没有其他的缺点，学习成绩确实非常好。至于人缘嘛，就不敢恭维了。

## 2003 年 8 月 7 日

克克搬过来已经一个星期有余，很庆幸我不需要再独自一人面对夜幕，可是一个人住了一段时间后又不大适应两个人不尽相同的生活了。刚好克克的妈妈在不久以后要再度过来陪读，我决定搬家换个环境也好成全她和母亲一起住。

上个学期的成绩已经出来，排名不尽如人意，至少在我心中是不满意的。打算辞了做饭的工作，专心学业，反正小灰和 Sonic 天天忙于工作已经很少出现在家里面了。我想我也可以功成身退，是可以搬家的时候了。跟卢妈妈提了一下搬家的事情，她再三挽留，我也答应看看再决定。因缘际会中，在学校女洗手间的墙上看到了招租的广告，价钱非常合理，于是约了克克陪我去看房。房子本身条件很不错，房东是上海人，和太太、两个儿子住在二层，租给我的房子在三层，拥有独立卫浴，房租比卢妈妈那里低廉很多，唯一的不足是离火车站很远，而且三层另外两间房子住的都是男孩子。考虑再三，还是决定搬过来，毕竟克克的妈妈不可能和我们两个人一起挤在一间房子里面。两个男孩子都是同一个高中的同学，上课、做作业也好有个照应，就这样，两个星期后我又要更换居住地。

## 2003 年 8 月 13 日

今天是我的 18 岁生日，也就意味着从今天起我已经是成年人了，不再需要在监护人的监控之下生活。虽然到澳洲半年以来我的监护人仅仅出现过一次，但是对于我来说，成人代表的是从今往后不需要再给她支付高额的监护费用。从办理签证开始到现在，支付了一年多的监护费用，我还真不太清楚我的监护人的职责范围是什么，只隐约知道她是负责监视我是否住在 Homestay 里，但是很显然，她并没有尽到应尽的责任，否则我也不可能在几个月内都自己做饭。基于此我才省出来一大笔费用，我想我是应该感谢她的不负责任的。

我决定给自己挑选一个生日礼物，在韩国店里看上了一只毛茸茸的小熊，刚好搬家以后我需要一个伴儿，于是就买了下来，很是高兴。晚饭当然还是我来做，只不过卢妈妈特地送了份炒面过来，小灰和 Sonic 也早早赶回来庆祝，估计这是我搬家前的最后一次团圆饭了吧。克克送了个蛋糕给我，学生会主席男女再次变成了不速之客，打着给我庆生的旗号，实施拉生意之实，目标当然是克克。想起他们吃鳖的表情我就想笑，我们克克可不是一般人儿，想当初我和她搭上话可是花费了不少时间的，而眼前这两个显然不怎么真诚的人，怎么可能在短期之内博得克克的好感进而加入他们的队伍呢。我们的酷女克克只当他们两人不存在，自始至终不曾对他们说过一句话，当然此等不给面子的行为必然也伤到了克克和小灰的友谊。在小灰的身上，上海人以利益为先的特点逐渐开始显山露水，友谊当然变为第二考虑了。

## 2003 年 8 月 18 日

大部分行李已经打包好，再度被卢妈妈邀请到主屋去做客。在夕阳的余晖中，卢妈妈脸上的皱纹显露无遗，整个屋子充斥着空寂感，让人感觉不到温馨。住了这么久，客厅的象牙白钢琴一次也没演奏出音符，我这才恍然想起，我似乎从来不曾见到过卢妈妈的儿女和丈夫。她的身边只有忠实的北七和美好的回忆，只是那回忆多是属于二十多年以前的。通过她的叙述，我只是知道，孩子们一直都在贵族学校寄宿，上了大学以后就搬了出去，很少回家。她的丈夫很早就在上海投资，常住上海，一年偶尔回来一次。守着这么大的豪宅，住在富豪聚集的北区，儿女争气，丈夫事业成功，在别人眼中的她应该是幸福的，并且值得欣羡的吧，可是谁曾看到她隐藏在风光背后的落寞？以后，怕是无法再陪伴这个老人了，但是相信她会找到解决寂寞的办法，就如同她遇到陪她聊天的我一样。

已经很久没有在学校里见到 Andrew 了，听说是签证出了问题，消息是从克克处得来，赶紧打个电话问候一下，这才知道他当初看着 Jack 他们转学也就盲目跟风，选读了一个叫作 Diploma 的类似于大专的文凭课程。孰知我们的学生签证只能就读于高中，如果转学是应该换签证的，而他因为没有换签证被一纸告到了移民局，现在还在审查当中，最坏的结果就是被遣送回国。由于我们都不曾遭遇过此类的情况，我的安慰显得苍白无力，只好匆匆挂了电话，在心中暗暗祝福了。与此同时，心中不由得暗暗庆幸自己当初没有一窝蜂地跟去转学。由此可见，做事还是脚踏实地的好，毕竟世界上不可能有那么多捷径可走。

## 2003 年 8 月 21 日

终于搬家了，开始了无事一身轻的生活，不用再惦记着每天要回家给人做饭。省下的房租刚好可以填补我做饭挣到的钱，可见北区的房租不是一般的贵。西南区没有北面繁华与安全，因此我要尽量避免天黑出门。很喜欢我的新房间，大大的双人床，大大的入墙柜，干净的洗手间，绝对独立的空间，有小熊作陪也不怎么害怕。笔记本电脑的问题上次回国已经解决，我住的房间有电话线，因此可以买卡拨号上网，网络的问题也解决了，接下来我就该踏实学习，把成绩提高上去。我并不了解我们学校的教学水平，只是觉得排名越靠前，对于申请大学就越有利。

最近越来越喜欢澳洲了，没有国内那么大的学习压力，虽然什么事情都要自己打理，却不需要按别人的标准做人行事，穿什么做什么都不会有人品头论足的，可以随心所欲支配自己的时间。学校不用穿校服，只是约定俗成同学们每天都会穿不同的衣服上学。原来在澳洲，如果一个女孩子两天穿同一件衣服出现，就会被人误以为是在外面过夜。因此，为了不给别人不检点的印象，我在穿衣上面格外注意，一定是干净清新，绝对不脱离学生气息。

## 2003 年 8 月 23 日

住了两天，大概了解了房子里面的住客情况，房东是香港人，房东太太是越南人；房东和他太太交流用广东话，他太太和我们交流用英语；房东和我们交流用国语，不过很不标准，所以有时候还是用英文。房东两个儿子都上小学六年级，不过挺让人怀疑的。他那两个儿子的智商真的不如我上小学六年级的时候高。所以我想，将来我的孩子，小学二年级以前要在澳洲待着，这样才能说一口标准澳洲英语。但是二年级以后一定要送她回中国，接受教育，然后到高中毕业再回来。最好能让她在国内参加高考，因为没参加国内高考是我一辈子的遗憾。况且你看看这边的孩子，真不好管啊，我才不要我的孩子小小年纪就出去疯。不过也说不定我会送我孩子去英国或者美国接受教育呢。当然我得有那个条件。貌似扯远了，还是继续回到我的房子吧。又是 House，就是国内的别墅。因为我很喜欢那种清新自然的感觉。一共三层。底层是车库。二层是厨房、洗衣房、客厅、房东的两间房子，还有一个小院子。三层有三间房子，我和另外两个男生，一个人一间房，两个洗手间，两个大阳台，一个小客厅。他们两个男生共用一个洗手间。我自己用一个。从现在开始就是我的幸福生活了，再也不用担任做饭婆的职务，只要解决自己的温饱就好。

## 2003年9月1日

终于苦尽甘来了！我现在总算知道为什么朋友们都喜欢和异性合租了，两个男孩对我都非常照顾，不过他们两个的厨艺真是让我万分惭愧，南方人果然人人都会煲汤。所幸我们大家性格相投，于是就一起搭伙也图个热闹，有了他们的照顾，从此以后煮饭的重任就与我无关了。我果真变回了被人捧在手心的公主，每天下课有他们护送，回家以后乖乖等待吃饭就好。当然，我明白礼尚往来的道理，也不曾亏待他们，所以每次从外面回来的时候，我都会带些小点心或者水果给他们作为答谢。有时候也会准备一些精美的小礼品，因为跟他们吃饭，都不让我买菜的，也不让我付钱，都觉得我食量小宁愿送个顺水人情。所以我只好在别的方面补偿他们。大家都不是计较的人，我们三个人的生活也就很和谐，吃完饭后轮流洗碗，然后就聚在客厅一起学习或者聊天。

悉尼的天气开始变暖了，已经感受不到一丝的寒气，花儿开始绽放，到处姹紫嫣红。房子地势很高，夜晚在阳台上面可以看到下面星星点点的万家灯火，放眼望去，如同一条灯河，突然间在这个我显然还算不上熟悉的家里竟然有了归属感，由此可见，人的感情是完全无法控制和捉摸的。学校开学已经七周，我马上就要迎来在悉尼的第一个假期，还没想好要做什么，也许回到 Hungry Jack's 打工，之前积累的薪金也用得差不多了，回来一直没去经理那里报到，不知道我的职位还有没有。

## 2003年9月11日

在澳洲过的第一个中秋节，浓厚的节日气氛一点也不让我感到意外，在我心里，悉尼已经变成一个空气清新、人烟稀少的中国南方城市了。到悉尼八个多月，无论是生活、学习还是工作，接触的大部分人都是中国人，悉尼本地人倒是成了稀有品种，难怪我会有这样的错觉。按理说，悉尼有400万人口，而移居到这里的中国人只有40余万，仅占十分之一，不应该出现这样的情况。可惜统计数字忽略了中国人的扎堆儿习惯，于是悉尼的各大繁华区域渐渐被中国人占领，而土生土长的本地人反而转移到人烟稀少的地带。慢慢地，除了唐人街以外，又出现了小上海、小香港等华人聚集地，越来越多的地方聚满了中国人，中国餐馆随处可见，很多澳洲人都被中国人的生活习性同化了。而这样一个对中国人具有重要意义的人月两团圆的节日自然不会例外，学校甚至还给每个学生发了一小块儿月饼。糕点店也借着节日的气氛推出了各式各样的月饼，狠狠赚了一大笔。

我和同住的两个男生也准备了月饼和红酒，打算共同度过这个节日。可惜今天是阴天，漫天厚厚的云层挡住了月光，让我无法比较到底中国的月亮圆还是澳洲的月亮圆。满天星斗的时候我倒是确定了，外国的星星确实比较大，感觉触手可及，我想是因为天空比较通透的原因吧。

很久没有消息的Andrew打来电话，他的签证问题终于解决，只是转学失败，但可以重新回到学校读书，这也是一件好事，我们总算可以放下心来。初来的几个朋友中，只有他和克克还和我保持联系。克克的妈妈又来到了悉尼，和克克一起住在卢妈妈家里，两个大人也可以做伴。听说小灰和Sonic依旧忙碌得见不到人影，整个心思都投在了他们所谓的事业当中，不知道能不能成功。学校他们倒是去得很积极，毕竟这样才有机会认识更多的人，好拉生意，而我们这些他们无法发展的朋友自然被抛到了九霄云外。

## 2003年9月17日

马上又要放假了，感觉有点茫然。假期多其实也不是一件好事，总是在刚刚适应新的学期时就又要放假了，也就意味着又要考试了。复习烦闷了，翻出几个星期前国内好友写给我的信，有点感慨：其实，一个人真的很好，“很安静也很自由”，呵呵，她的原话。世事真的很奇怪，不是吗？曾经这句话我告诉过她很多次，她从来都不相信，现在却从她的嘴里说了出来，可见，她真的是受到了很大的打击。我这个朋友也是奇女子一个，当初莫名其妙恋上了比我们高一届的一个男生，为了他舍弃了北京的大学，远赴东北一个小城，可惜童话总是不会在现实生活中重演，王子和公主也不会就此过上幸福的生活，她最终没有守望到属于她的爱情，还独自一人漂流在异乡。人总是会成长的，至少她已经挺过来了。

感觉自己一天天在成长，也一天天明白父母对自己的爱是无可比拟的。我想，如果爸爸妈妈知道的话一定很开心的，对吗？没有我的日子对他们来说也许是件好事，妈妈可以不用把生活重心都放在我的身上，她也可以有自己的生活自己的事业。我呢，可以独自成长，虽然没有父母在身边分享我的喜和忧。

生活就这样继续着，似一成不变，又似样样都在变。人还是无法参透生命的意义。

我牢记自己的誓言：不可以放弃努力，不可以放松，我要奋斗。

## 2003 年 10 月 3 日

长长的假期没有办法去打工，印度经理那里人手富余，无法安排我。早知道这样，在复习考试以前就应该提前打电话预定。看来这个假期要荒废了。澳大利亚学校有一点好处，考试完就放假，假期中绝对没有作业。想来想去，几天前到唐人街的图书馆办了张读书卡，很久没有读课外书了，我需要充充电。

今天看了一本小说，很喜欢。因为女主角跟我有着许多相似的梦想。我也要像她一样梦想着开一家属于自己的酒吧，我的酒吧要用紫色——深深浅浅的紫来装潢。我也像她一样不会嫁给一个我爱的男人，因为那样会让我失去自我。值得庆幸的是，女主角最终还是找到了她爱也爱她的男人。而我呢，我的将来会怎么样？我不知道，真的不知道。常常缩在角落里面，任自己沉浸在一片黑暗之中，独自舔舐伤口，我不明白刻意地独来独往到底是保护了自己，还是伤害了自己。依旧做着那个自由自在的梦：我有一间属于自己的酒吧，在喧嚣的世界中唯一的不染尘嚣的地方，在那里我可以观赏世人的喜怒哀乐，也可以充当智者，倾听着，也建议着。可是，突然茫然，什么时候我的这个梦可以实现，又或者，它到底会不会实现？我不是孤儿，那么，我又将我的父母置于何地？我不可以这么自私，不是吗？但是，梦想也终归会有实现的一天吧。我是不是太爱做梦了呢？

怪异的想法，奇特的性格注定我不会有深交的密友，也注定我不会随意找个男友。只是为什么我还没有遇到属于我的那个人？身边的朋友一个个开始了甜蜜的恋爱，更加显得我的形单影只。也许，还不到时候，我只能这样安慰自己。是的，还不到时候。我是自信的，相信我会有属于我自己的将来，不是吗？套用那句很俗的话，我的未来不是梦。那家紫色的酒吧一定会出现的，相信我，相信自己；那份属于我的良缘也在某处等待着我。这才是我，我不会向任何人认输的，我一定会成为最成功的人！

## 2003 年 10 月 14 日

还有三十八天就要回家了，有点兴奋，但是没有上次那么强烈。和同住的一个男孩儿闹了点不开心，他天天说我不修边幅，不化妆什么的，让我非常不高兴。我有点想不明白为什么现在的男孩子都这么肤浅，看人只会看外表，做事从不考虑别人的感受，可悲。我想大概是因为家里条件太好，或是 80 后的通病吧。也许是我错了，现在的男生本来就很浅薄，有点茫然。说说我自己吧，很多人奇怪我为什么不去找个男朋友，为什么更喜欢待在家里睡觉或者看书也不愿意出去逛街买衣服。其实我只是认为与其把时间浪费在无意义的打扮上面，还不如先充电给自己。十八九岁打扮一下也许可以让别人迷恋上你的美貌，但是青春有限，如果你到了三四十岁或着更大些的时候你怎样保持你的魅力呢？难道不是吗？也许，是我有点过于清高了，孤芳自赏了吧。但我坚信我的想法是正确的，我会在若干年后证明给大家看的。为什么大家都要顶着一张后天雕琢过的脸秀给大家呢？纯天然的气息不是更好吗？想不明白啊，真的是想不明白，是他们肤浅还是我怪异呢？也许两者兼备吧。

我会喜欢的人一定要比我强，不然我会瞧不起他。他应该比我成熟，可以迁就我，可以疼宠我。为什么没有人了解我呢？虽然我害怕被了解，但是我也渴望被了解啊！我的知己在哪里？说到这里有点想念国内的好朋友们了，也许因为生活环境类似吧，他们总是理解我的，有时候一个眼神他们就知道我要的是什么，这样的知己为什么在这里就找不到呢？过于孤单了吧。我能挺到什么时候？我不知道，但是我不会放弃自己的想法。

## 2003 年 10 月 25 日

还有三十多天就可以回家了，可是这些日子却度日如年。生活依旧一成不变，而我，根本改不了自己的清高。算了，我放弃了，做自己想做的自己吧。如果真的改了，就不是我了，不是吗？一种疏离，一种孤寂，未尝不是一种独特的魅力。文采越来越少，也许我已经过了多愁善感的年纪，可是思想并没有停止。我喜欢灵魂如物质般实在，物质又有灵魂般的虚无缥缈。总之，灵与物完美地融合在一起，那是属于我的世界的。我依旧在寻找。

接触的人越多，就越想一个人独处，原因无他，只是怕极了人与人之间的钩心斗角。想来我是不适合群体生活的吧，实在不喜欢别人打扰了属于我的清静。可是，我也无法离开热闹的都市去选择隐居，我也喜欢看人，观察人，但是不愿意跟人交往。性格毕竟怪异了一点。无奈，许是天生，许是后成，总之，无法改变就是了。我的留学生活似乎是一场戏，给我机会看透人间百态。这种性格也许应该出生在大富之家才能换来一生自在，可惜，没那个命，只能努力寻求一点安分，给自己机会养活自己的生活。所以，我得努力，自我奋斗，追寻未来。对于将来的伴侣，没有其他要求，只要如同爸爸一般疼我就好。

最近似乎越来越渴望得到爱情，所谓“近朱者赤，近墨者黑”，隔壁的男生不停地向我灌输爱情是人生不可或缺的一部分的观点，让我不得不把这件事情放到了议程上来。

## 2003年11月11日

午夜零时，总算搞定那该死的商业论文了，可大脑还处于超级亢奋中，不想睡觉。没想到自己也可以写出1300字的英文论文，真的是非常开心，虽然花费了好几个晚上的时间；虽然都说天下文章一大抄，但是对于我来说英语并非母语，还真是想抄都不知道怎么抄，只能不停地在网上查找资料，然后用中文总结出重点，再翻译成英文，一个非常浩大的工程。

前天、昨天都在网上碰到了清华的他，他似乎很忙，没跟我打招呼，一个信誓旦旦表示要等待我的人竟然如此冷淡，让我不得不怀疑所谓的喜欢只不过是口头说说而已。很多人都告诉我错过还不如给彼此一个机会，其实我也想过，如果他还坚持他曾经对我的感觉，这次回国我想告诉他给他一个机会，也许会有不一样的结果。总之，我知道，他应该不会让我伤心的，他会努力让我幸福的，这就够了，不是吗？

明天又是新的一天了，不知道会发生什么让我可以记录的事情。希望我永远保持现在的天真、单纯和善良，永远不要改变。我不要变成一个连自己都不认识的人。幸福，其实可以很简单，就看你懂不懂得珍惜眼前的人、事、物。

## 2003年11月25日

最近实在忙碌得没有时间写日记了，学年结束的考试似乎比学期中的要难得多，全部心神都投入到了复习当中，甚至经常性地挑灯夜读。这次的英语考试很特别，要读完一本小说，然后挑选一个角色进行内心独白，在两个星期内读完一本小说已经很具有挑战了，更何况还得精简角色经历，分析其心理活动呢！幸好同住的其中一个男孩儿比我高一届，可以给我讲述小说大意，让我得以节省了很多时间。数学也因为微积分的涉及变得更有难度，日文已经不再写小短篇，开始写长长的作文，阅读量也明显加大。总之，压力已经无法用简单的笔墨形容，感觉比面对高考模拟考试还要紧张。我只能加油复习，尽人事，听天命了。

## 2003年12月4日

总算都结束了，明天就可以踏上归程，而这次，我有为期两个月的假期。明天一早的飞机，兴奋得无法入睡，不知不觉间竟然已经度过了一个学年，来到澳大利亚独自生活已经整整11个月，遇到的人、发生的事都恍然若梦，我竟然已经无法准确记起初来时候的感觉。曾经遇到过形形色色的人，产生了这样那样的纠结，最后还留在身边的只剩下了克克，而那些曾经我以为会很久很久停留在我生活中的人多数失去了音讯，他们的生活轨迹从此与我无关，说到底，不过只是生活在同一个屋檐下的陌生人而已。想一想，还是觉得有些遗憾，不知道前世修来多少的缘分才得以让我们吃一锅饭，睡一套房，可惜，年幼的我们不懂得包容与体谅，就这样放弃了彼此间的缘分，下一次的相遇还不知道要等待多少个轮回。只是我依然感谢上天，把克克送到了我身边，让在异国他乡的我们不至于孤寂，尽管她没有和我一起生活，但是这小小的空间阻隔并没有影响我们的友谊，我想，这才是我真正的朋友吧。第一次离开保护我的象牙塔，经受风吹雨打，才知道世界上的事物并不都如想象中完美，而很多事情都在我们无法控制的时候走向了未知的方向。国内同一届的朋友们都已经上了大学，而我还要再耐心等待一年的时间，我不知道用青春换取一个机会是对是错，也不知道未来会不会顺着我期望的方向发展，但是我已经没有选择，只能继续这条路走下去，尽最大的努力得到最多的收获。

## 2004 年 1 月 28 日

也许本来已经适应了独自在外的生活，已经不觉得有什么辛苦，只除了空虚寂寞的心和深夜梦醒的泪滴。可是没想到在北京度过两个月的假期里，家人无尽的宠爱让我突然间畏惧再一次回到那个没有亲朋的地方；害怕失去家人的百般宠爱。人生啊，最怕的就是这样奇怪，这些原先唾手可得的幸福从来没曾想过需要珍惜，总是理所当然地享受着一切关爱与照顾，原来真的得等到失去了才懂得珍惜。

距离离开的日期越来越近，无法调整好自己心态的我只能夜夜失眠。虽然吃穿用度上父母并没有亏待我，住宿条件严格意义上面也比大学的宿舍要好太多，可还是有很多说不清道不明的艰辛让我发自内心的恐惧。上网和同学聊天的时候才发现，原来失眠在留学生当中还是普遍现象，其实每个人或多或少都有些心理障碍。国内的人们在不停地抨击所谓的留学垃圾的时候却从来没有设身处地地考虑一下留学生的状况，十几岁的年纪本来应该是在父母身边承欢膝下备受宠爱的，而我们这些孩子却因为这样那样的原因远离家乡孤单在外，对温暖的渴求和心灵的极度空虚让我们不得不寻找渠道去宣泄，当满溢的宠爱变成虚无的时候，我们开始无所适从，只能尝试着从身边人当中寻找依靠与温暖。如果这样看来，年幼的同居倒是可以理解了。当然我知道我这是有点护短的，毕竟还是有很多很多人可以把握自己不被外界所迷惑的。

一想到回去还要面临一整年的磨砺才能进入大学学习，心里五味杂陈，好友们都上了大学，而我还要去面临高考的挑战，竞争对手甚至是外国人，在读题时我已经失了先机，更何况我还得打理自己的日常生活呢！对于未来，很是忧虑，我并不完全自信自己可以如愿进入悉尼大学学习，只能加倍努力了。

回到悉尼还要先找房子住，想想就头疼，为了省下两个月的房租，回来之前只好把行李寄放在朋友家里面。真不知道当初想的是什么，一头热血就跑到没有亲人的南半球去，连个照应也没有，现在对于北京的家真是只能用流连忘返来形容了。

《格列佛游记》里有一句话让我至今印象深刻：盲目可以增加你的勇气，因为你无法看到危险。所以我当初可以义无反顾地离开故乡，而现在却

## 2004 年 12 月 18 日

想也想不到，再提笔写日记的时候竟然已经是 11 个月以后。连我自己都没有设想过，12 年级的学习竟然是这样的忙碌，让我没有一分空闲的时间来比较一下两国高三的对比。相信不只是我，人人都以为国外的高中学习是无比轻松的，对比于国内的题海战术，也许可以说是天堂了。可惜，人人都不曾料到，澳大利亚的高考压力竟然比国内还要大得多，我想这应该是仅仅针对于我们这些寄居在别的国家的留学生来说的吧。那些艰涩的英文到现在还让我望而生畏，回想一下，最后的英文考试竟然是分析诗歌我就有多无奈，中文的诗歌我们还分析不过来呢，怎么去理解英文诗歌的含义呢？数学更是恐怖，高考竟然就考微积分，我是半窍也不通啊，考试完就暗暗下定决心这辈子都不想再考数学了，比起国内的数学高考题目难度真是有过之而无不及啊，要知道数学在国内可是我的强项，谁承想到了这边高考的时候会整得我

焦头烂额。中文就更别提了，两个小时里面竟然要写 5 篇作文，无非就是分析一些华人的著作和电影，李安的《喜宴》的影评让我印象深刻，全部都是些中西方文化差异的问题，根本不如我想象中的简单，奋笔疾书下来也不过勉强做完而已。抱怨了一大堆，还是有好消息的，那就是我终于如愿以偿地考入了悉尼大学！也不枉费这一整年的忙碌与辛劳了，看到录取通知，我觉得一切都是值得的，可以进入我梦寐以求的大学继续深造，两年的时光与孤单又算得了什么呢？

我无法用语言来描述我接到录取通知那一刹那的心情，因为那绝对不仅仅是兴奋而已，毕竟我付出了太多去收获这一张纸，也经受过太多的煎熬，至少在这一刻，我不用再觉得愧对父母，因为我实现了自己的承诺，虽然仅仅是一个开始而已。身边的朋友互通消息，Linda 没有参加高考而是直接去了 TAFE 选读了学时两年的发型设计，为移民走了捷径；Lisa 的成绩并不理想，无法进入一流大学，最终只能选择一所无名的大学学习，庆幸的是学费也因此降低了很多；Lee 自是不用说了，学习条件比我们都好的他自然也顺利地进入了新南威尔士大学修读商科，为移民打下基础；Jack 和 Susan 最终没有办法有情人终成眷属，双双因为签证问题被遣送回国；Raymond 是彻底失去了消息；Sandra 学生签证到期以后没有及时续签，最终选择了偷偷留在澳洲打工成了一个黑民；忙碌得久未联系的 Andrew 竟然误入歧途加入了唐人街的黑社会成为了一名小喽啰；克克自然还在 Homestay 里面等待着明年的高考，她的妈妈依然不曾间断地陪伴在她身边。而我，并没有如同很多人一样把那张代表身份的绿卡看在眼里，因此出乎大家意外地选择了建筑设计这个专业，虽然我并没有过人的绘画基础，但是我依然对设计学充满了憧憬。未来在我的眼里是那么的美好，虽然回到澳洲之后，我依然要找安居之所，我依然要独自一个人承受所有的孤寂，但是在我心仪的大学面前，这些困难是那么的微不足道，第一次，我开始期待，回到悉尼的日子。

# 第二部分

# 心路飘摇选科难

## 2005 年 3 月 8 日

终于走进了我憧憬已久的校园，变成了世界名校的一名学生。建筑系坐落在 Victoria Park（维多利亚公园）的对面，教学楼的名字叫作 Wilkson Building（威克森楼），我并不知道这名字的由来，只是这楼型实在不像是建筑系所有，古旧而平凡，完全看不出任何独特之处。今年建筑设计系的学生约莫有 160 人，中国人不足十分之一，让我意外的是，多为女孩子。第一天的 Task（作业）就是对校园中的建筑进行简单的分析，写一篇 500 多字的短篇论文，然后挑选两个典型建筑进行物理学受力分析。这不算分数的小测试直接给了我们一个下马威，对于建筑设计完全没有研究的我们可谓焦头烂额。胡乱答完以后才发现大部分人都在抓耳挠腮，只有极少数的同学顺利答完。

系主任的名字叫作 Tom，据说是世界上小有名气的建筑设计师，主要活跃在亚太地区，让我疑惑的是一个如此鼎鼎大名的人物为什么甘心屈居于悉尼大学当一个小小的系主任。他最让我印象深刻的就是开口的第一句话说我们没有资格成为一名建筑设计系的学生，他认为建筑系应该属于研究生教育，不应该招收没有经验的本科学生，可惜很遗憾，学校并不听从他的建议，所以他很无奈，成为了我们的老师。无论是小测验还是 Tom 的小演讲都让我清楚地知道接下来的三年学习的路不好走，对于澳洲大学的宽进严出我早有耳闻。无论如何，我还是很庆幸我有机会能进入心仪的大学学习，要知道如同我一般幸运的人并不多。

测试和致词完成以后，教师带我们参观教学楼，了解教学设施。160 个人被分为十个组，每个小组由两个老师负责，这些小组也就是我们以后的上课班级，各组的任务和要求由负责老师定，并不尽相同。

大学的课程并不算多，一个学期只有三四门课程，要求修够 24 学分。一般一门课程都是 6 学分，只有极少数是 12 学分或者 3 学分。其中 12 学分的 Design practice（设计练习）和 6 学分的 Design studies（设计学）两门必修，剩下的可以在各个 Faculty（系别）里面选修，一下子选择太多，反而无从下手，于是就和同学们一起选择了本系 6 学分的 Architectual skeching（建筑画技巧），还是先打扎实基本功，毕竟对于设计和绘画我可是真正的门外汉，一窍不通。

大学的课程看起来很轻松，一周只有四天课，两个全天，两个半天，感觉上似乎非常悠闲。Design in Architecture（建筑设计）系需要用的学习工具倒是真不少，样样都价格不菲，拿着学校准备好的单子去指定商店买齐用具竟然花掉了我整整一个月的生活费，而我根本搞不清楚买来的那些东西是做什么用的。看来以后要学习的东西还很多，对于未知的事物我总是充满着期待，赶紧正式上课吧。

## 2005 年 3 月 9 日

第一天正式上课，处处感到新鲜好奇，就像刚出生的孩子一样，对于身边的一切都充满了浓厚的兴趣，毕竟这一天，我等了太久太久。建筑系的教室有所不同，说是教室不如称之为工作室更为贴切，英文里面叫作 Studio。Studio 最大的特点就是宽敞的书桌，如果你仔细观察就会发现每张桌子上面都有着一道道的刻痕，千万别怀疑，这些刻痕并非蓄意破坏，而正是属于建筑系的特色，每一道刻痕都参与了给予设计生命的过程。每个小组在 Studio 里都分有自己的地盘儿，小组之间以置物柜相隔。整个上午都在与组员和老师交流，十多个中国人还平均分在各组，真高兴以后练习英文口语的机会多了起来。说起来也有趣，我们组里面，年纪最大的人是年纪最小的人的 3 倍，一个 17 岁，一个 51 岁，那位爷爷还真有勇气和我们共处一室啊，让人赞叹！一个英国人竟然已经有了 11 年的建筑设计工作经验还回来修读学位，有些人已经拿到一个或者两个学位，听起来让人咋舌，以后要与这些人竞争，不努力真是不行，我已经感觉到无形的压力了。大组里面的人都认识得差不多了，就近以四个人为单位组成了小组方便以后作业，虽然我并不是特别清楚分组的含义，毕竟听说设计这种东西是很个人很主观的啊，应该和高中时候学过的商业有所不同吧。

学校的设施非常完备，建筑系教学楼里面有特地为学生准备的热饭用的微波炉，还有一些类似于绷带创可贴等简单的急救用具，每层都有供学生查资料用的苹果电脑，四层还有一间专属建筑系的图书馆。而旁边的商业综合楼 Wentworth（温特沃斯）里面提供的服务种类也很齐全，有银行、药店、理发店、服装店、便利店、书店等，当然最最重要的就是囊括了意大利、日本、中国、韩国等各国美食，让我们这些留学生得以满足口舌之欲。饭菜的价格比起高中也便宜了很多。和刚认识的组员 Ingrid 共进午餐以后，对于她多少有了些了解。这女孩子是第二代移民，8 岁的时候随爸爸妈妈一起移民澳洲，厦门人，普通话说得很好，可见父母平时并没有忽略她的中文教育，虽然有时候成语用得让我啼笑皆非吧。

又一个巨大的 Surprise（惊喜），下午的课是去悉尼歌剧院写生。一群大学生席地而坐，看着远方的歌剧院，用手中的画笔诠释出每个人不同的理解。东西方文化的差异果然巨大，东方学生们多用素描线条勾勒的手法把看到的景色写实出来，而西方的学生们却都融入了想象的因素，使用抽象的手法来表现他们心中的景色。老师没有收我们的画作，只是让大家交换看看彼此的作品，然后就带领我们去附近的艺术馆参观。平心而论，中国同学大都画得很棒，一看就是有绘画功底的，而白人同学的画被涂得色彩斑斓，而我完全无法辨认他们都画了些什么。

## 2005 年 3 月 25 日

上了两个多星期课以后，我才知道刚开始的轻闲不过是表面而已，而追根究底之后，大学的忙碌真的是远远出乎我的意料。对于“国外大学生活轻松”的这一想当然的想法我是彻底摒弃了。别看建筑设计系没有什么论文要写，没有什么课本要看，一周上课的时间也就不超过20个小时，没想到忙碌起来真的是只能用废寝忘食来形容了。那些画作往往都需要耗费比读书更多的时间。老师不会教我们如何读建筑图如何画设计图，更加不会告诉我们怎样把心中的想法跃然纸上，他们只会引导和激发我们的想象力，因此，当我想要把心中的一切想法付诸于实践的时候，我总是需要花大量的时间埋头在图书馆里面钻研用什么方式把我的想法表现出来。真是不研究不知道，一研究吓一跳，光是墙壁的表示方法就不下十种，简简单单的几条线不仅要表现出建筑结构还要尽量表现出建筑材质！如此细碎而又专业的工作对于我这个连皮毛都不懂的人来说可真是焦头烂额了。

今天一大早，我和Ingrid就搭乘同组同学的车到了悉尼著名的MANLY海滩，不过可别以为我们是来观光的，今天的任务可是相当新奇与繁重呢。这次的课题也使我们第一次进入了设计殿堂的大门。老师要求我们使用身边一切废弃的资源在海滩上面现场建造一个遮阳帐篷，然后把自己的设计理念用简单的图纸演示出来由大家进行评比。这样的上课方式对于我来说是相当新鲜的，虽说我曾经在澳洲读过两年的高中，可是毕竟我们学校是一间以升学为目的的国际学校，多多少少偏重于应试教育了。

上天垂怜，今天多云，太阳并不暴晒，让我们的工作环境优渥了许多。我们小组的设计主力是一个叫作Jessica的本地女生，她的父亲是建筑师，许是因为耳濡目染的原因，她的设计理念比我们要完善得多，而动手主力是另外一个ABC男生，毕竟建造帐篷也可以称得上是一项非常繁重的工作。我和Ingrid的主要工作就是记录设计和建造的过程，然后在作品完成以后对大家进行讲解。分工明确并且公平，大家各司其职倒也相安无事。于是工作就如火如荼地开展起来，两个小时以后，我们使用防雨布和木棍建造起来的帐篷已经可以投入使用了，虽然不怎么美观，不过防雨和遮阳的效果相当好，也适用到了简单的力学理论。每个人都受到了老师的赞扬，所谓的评比其实也不过是互相吹捧而已，我这次知道设计的入门是以鼓励为主的，老师并不会强加进自己的观点。

## 2005 年 4 月 15 日

费尽千辛万苦，我和我的组员们终于到达了距离悉尼两个小时车程的澳大利亚国家公园。这一个多月的设计学下来，脚都磨起了茧子，总是穿梭在悉尼的各个角落，用手中的画笔描绘各式各样精美绝伦的建筑。课堂上也是在分析全世界各地的著名建筑，我很庆幸当初坚持选择了这样一门学科，那一张张幻灯片仿佛把我带到了缓缓流动的历史长河之中，我看到了卡西莫多生活的巴黎圣母院，看到了见证茜茜公主美丽的新天鹅堡，看到了即将竣工的中国国家大剧院，看到了关押过伊丽莎白一世的伦敦塔……而现在，我要在这样一个荒凉的公园里面把我捕捉到的所有精髓幻化为一栋别致的度假小屋。这次的郊游，或者说实地考察更加贴切，是为了选址建造一栋占地 24 平方米的度假小屋，也是我们人生中的第一个真正的个人设计。

老师把我们带到公园里面一处一面傍山三面环海的山坡上，让我们自由选址建造自己的度假小屋。小屋的设计非常的严苛，24 平方米的面积要包括厨房、厕所、卧室、客厅等设施，作用是供游人度假四天以上。需要特别注意的是，此地暂时没有任何供给，也就是说没水没电没有天然气，更加不可能有下水管道。因此做设计的时候，要把这些因素都考虑进去，更加糟糕的是这 24 平方米甚至不是平地，而是最低也有 30 度角的坡地。话说回来这地方风景确实很好，依山傍水，在中国可谓是风水宝地，只可惜尚未开发，到处杂草丛生，甚至连个公共厕所都没有，我总算明白为什么老师们特别注明要记得带铁锹了——挖坑上厕所用。当然，我们今天不可能马上开始施工建造我们的度假小屋，准确地说以后也不可能付诸实践。老师对我们的要求仅仅是实地考察以后进行实际设计，然后使用建筑图纸和建筑模型等形式将我们的意图表现出来，而今天，是我们唯一记录下现场的情况的机会，所以要好好把握。这次的设计不再有团队合作的机会，从设计到图纸到模型都要独立完成，成功与否直接决定能不能得到这个学科的学分，因此每个人都分外用心。遗憾的是我竟然没有准备数码相机，无法拍照以便进行设计的时候使用，看来只能跟比较相熟的同学借了。

坡上坡下走来走去，弄得一脚都是泥沙，用最原始的办法反复丈量，最终决定我的度假小屋和 Ingrid 比邻而居，这样到时候选地的剖面图两个人还可以沟通一下。地址选好以后就是忙碌的素描时间，其间我和 Ingrid 一直使用中文交谈以致她被误认为也是留学生，让她非常不爽，我突然间不太明白，留学生有什么不好？难道本地人就高人一等吗？况且两个中国人使用母语交谈不是很正常的事情吗？正在学习中文的 Ingrid 一向喜欢使用中文，尤其爱用成语，经常词不达意，让我哭笑不得。心中隐隐有点不快，仿佛贴上留学生的标签是一件多么可耻的事情。歧视随处都在，有些人只是掩饰得好罢了。

## 2005 年 5 月 8 日

度假小屋的设计已经基本见了雏形，一开始歪歪扭扭的小屋模型也开始渐渐变得平整端正，只是还有许多需要修正的地方。双手因为做模型而变得粗糙，手指上面经常性地出现很多细碎的伤口，包里放创可贴已经成为了一种习惯。慢慢换下了精美的衣服和鞋子，开始习惯性地只穿运动鞋和牛仔裤，原来学设计是一件非常脏累的活，根本没有艺术的美丽。建筑画的课堂上天天与炭笔和水彩为伍，下了课往往都变成了彩人。我惟妙惟肖的素描始终不被画画老师喜爱，被批评缺乏感情与想象力，偶尔一次的乱涂反而被赞扬，而我根本不知道自己画的是什么。我想我是没有这方面的天赋吧，没有创造力，没有想象力，只会把我眼睛看到的东西如实表现在画纸上，不知道这是不是应试教育的后遗症，貌似我失去了自己，永远只会跟着别人的脚步走。

得到一个惊人的小道消息，51 岁的那位同学竟然是一个画家，因为当画家赚不到钱了才会跑来学建筑，可惜他的画作也一直没有得到老师的首肯，可见，画画这种东西是没有统一标准的。只是 51 岁了还来大学里面学建筑设计真的是非常有勇气，让我很是钦佩啊。

下课以后轮到我们小组去工作室里面学习如何搅拌水泥和怎么用沙盘打磨出光洁的木头。我想我真的是没有做粗活的潜质，我的水泥质量倒是还凑合，毕竟只要按照比例倒入搅拌机里面按几个钮就可以搞定。但是到切割木头的时候就没有那么幸运了，人家的木头都是要切什么形状切什么形状，我这边没切齐整不说还把电锯给弄断了，当时我就蒙了，这么大一把电锯，得让我赔多少钱啊？！幸好老师过来只是更换了电锯片，让我重新切割，提都没提赔钱的事情，真是虚惊一场。有了前车之鉴，这回用起来倒是得心应手，很快就切了个小星星出来，总算又过了一关。切割好的木头要到巨型沙盘那里打磨光滑，那飞速旋转的沙盘光让我看到就裹足不前了，手放上去估计就没了。眼看着同学们一个个都完成了任务，不得已，我只好硬着头皮上了，大概是过于紧张，打磨木头的时候飞速的沙盘险些磨断我的食指，让我决定从此以后绝对不使用木头做模型。回家的时候已近黄昏，路上看到很多作为可回收垃圾的纸板，一时手痒就给捡回家了，毕竟是很好的做模型的材料。检视一下自己，哪里还有女孩子的样子，一身灰尘。不过我还是很庆幸澳洲的垃圾都是分类放的，非常方便我这种淘可回收垃圾做模型的人，这一点貌似在北京还没有普及。

## 2005 年 5 月 24 日

从今天开始到星期四都没有课呢，忙碌了两个月总算可以松一口气，可惜对于建筑系的我们来说，尽管没有课，依然有很多很多任务要完成。毕竟开学第一天 Tom 就说过，要抓紧一切时间激发自己的设计灵感。说句心里话，压力真的不是一般的大，Design practice 一门课就有 12 个学分，一旦不及格，浪费学费不说，还得耽误时间。本来为了出国，上大学的时间已经比别人晚了，这要是再一耽误，我的青春彻底就搭进去了。唉，如此大的压力之下我赖以支持下去的源泉就是想到下个月可以回国了，一想到很快就可以见到好多好多我喜欢的人啊，吃到好多好多我喜欢吃的东西，再买好多好多我喜欢的衣服瞬间就可以让我精神百倍啊，不然真不知道这日子要怎么过，这才短短两年，我已经受不了一个人漂泊的感觉，接下来几年的大学生活我真的不知道该怎么度过了。其实真的不是悉尼不好，城市如此的美丽而安逸，和我之前设想的并没有太大的出入，只是说不上来什么地方不对，中国人再多也没有归属感，在这里怎么都觉得腰板不硬，我想我大概可以体会到那些北漂们在北京的感觉了。严格说来，其实我们的日子比北漂还要难过，毕竟我们面对的是文化的差异。尽管澳大利亚是一个多元化社会，但是毕竟 95.2% 都是英国及其他欧洲国家移民的后裔，亚洲人仅仅占 1.3%，中国人的比例就更加少了，种族歧视还是有的，白人骨子里有种天生的傲气，成人倒是还好些，懂得用温暖的笑容掩饰心里的鄙视，少年们则会直接表示出他们的不屑，我就不明白了，他们有什么好不屑的，几百年前他们的祖宗还得给我们进贡呢。

## 2005 年 5 月 25 日

前两天跟妈妈聊天，她告诉我说：其实人生就是一个循环，无论年轻的时候你多么斗志昂扬，充满多少理想、梦想，到最后还是会洗尽铅华，走回原点。听起来，似乎一切都失去了意义。我知道妈妈一直以来对我的要求就不高，她对我人生的设计就是上一所还算不错的大学，找一份稳定的工作，然后嫁一个可靠的男人，从此相夫教子，平平淡淡过一生。因为一直以来妈妈就是这样一个人，为了我、为了爸爸放弃了自己的事业回家当起贤妻良母，辅助爸爸的事业，引导着我前进。而到现在，又为了让我在国外可以生活得优越一点，又重新出去冲锋陷阵，她的重心就是我和爸爸，却从来没有自己。妈妈就是《汤姆叔叔的小屋》里说过的那种人，世界上有这样一些幸福的人，他们把自己的痛苦化作他人的幸福，他们挥泪埋葬了自己在尘世间的希望，它却变成了种子，长出鲜花和香膏，为孤苦伶仃的苦命人医治创伤。我想妈妈是很幸福的，不然不会希望我走和她一样的路。而从始至终，在我享受着妈妈的付出的同时，我从心底从来就没有认同过妈妈的观念，总觉得她太落伍，女孩子一样可以闯出一片天地，不应该局限在家庭里。出来两年多，我连“成功”的毛都还没摸到就已经体会到所谓“闯荡社会”的不易，而事实上我所接触的不过是火山一角而已。

每个人离开尘世的时候和降生的时候一样，什么也带不走，所谓生不带来，死不带去。于是我开始疑惑，那么我现在在做什么？芸芸众生又在为什么而奋斗？我从来没有太大的梦想，只是希望开一间属于自己的小咖啡馆，然后在生意不忙的时候走遍世界的每一个可以走到的角落。曾经我以为，这理想是多么难实现。而现在，当一切都唾手可得之后，你反而没了那种激情。是啊，曾经若想环游世界，先不说资金问题，光是时间都要用上N年，可是在科技发达的今天，环游世界就像吃一桌丰盛的佳肴一样简单了……我出国留学的费用要是用在旅游上都不知道可以环游多少次世界了。接下来几年的学费要是节省下来，也可以在国内开一间小小的咖啡馆了。那么，我又在这里干什么呢？劳心劳力劳民伤财，不如节省时间直接拿上学的钱去环游世界好了。不过然后呢？当理想梦想都实现之后，我的人生是不是就没意义了？突然想起那个登陆过月球的人说的话：“如果月球我都来过了，还有什么地方我去不了什么事情我办不到？”于是，他的人生失去了意义，终日如同行尸走肉，无所事事，抑郁度日。那么，是不是我也会变成那样呢？茫然了，迷惑了。可反观《麦田的守望者》里的主人公的人生哲学：“我是说孩子们都在狂奔，也不知道自己是在往哪儿跑，我得从什么地方出来，把他们捉住。我整天就干这样的事。我只想当个麦田里的守望者。我知道这有点异想天开，可我真正喜欢干的就是这个。”也有人是这样单纯地快乐着。也许人生真的是个圆吧，不过就算是循环，你也不可以永远停留在原地，如果你不曾努力，那么你的人生就只是一个圆点，还未曾成圆。圆和点还是不一样的，就算几十年后，你又回到了原点，那个原点也已经不再是原来的点了，而你也不再是原来的你了。所以，重要的其实是经历而不是结果，无论最后如何，走上一遭总归经历得比别人多，我这张白纸上的色彩就比别人要丰富。

昨天晚上不能上网，突然觉得恐慌，原来网络已经在我们的生活里面占了非常大的比重。我需要它去联系所有的人，需要它去做作业，去消磨时光……总之，没了它，就好像没了半个世界。真的不知道是幸还是不幸。一台电脑，既联系了大家，也隔绝了大家。人和人之间的交流变成了冷冰冰的文字。虽然有了很多表情出现，但是那毕竟不是有温度的东西。依旧感觉不到温情。也许人们该离开自己的电脑，去外面和人们面对面地交流。我真的不知道人们依赖科技是好是坏，突然开始担心有一天机器取代了人，那时候不知道有多少人会失业。光看看现在，电子书出现以后有多少人不再享受捧书阅读的乐趣，就连我们的作业也都是用电脑完成，想查什么资料直接GOOGLE 一下，再也不用跑去图书馆翻阅，字迹也被打印字所取代，再也无法从字体看出人的性格。

## 2005 年 5 月 27 日

今天生病了，人恹恹的，什么也不想做，却突然来了心情看书。手边没书的日子真是痛苦啊，尤其对于我这种爱书如命的人来说。于是，只好拿起每次 lecture（大课）的 notes（笔记）看一看，反正以前看过的都忘记了，现在也该温习温习。

喉咙痛痛的，不能吃什么东西，下咽的时候会刺痛。真是可怜，我的身体每当面临一些压力的时候就会出现或大或小的状况，应该是心理上的问题，下意识的逃避吧。我想应该去心理医生那里咨询一下吧。不过既然知道自己的问题是什么，我想能帮助我的只有我自己吧。

看累了就逛到了这里，难得我想坚持做一件事情，就让我做下去吧。希望这次不会半途而废。想起又一个朋友说我不适合学 Architecture（建筑），更适合学文，因为文笔，或者其他什么。不知道该喜还是该忧，因为我不知道这是赞扬还是批评。没有概念。曾经的我有很多很多的理想，朋友总是羡慕我，因为我知道我要做什么。可是现在，我也开始茫然了。我想做什么？

以前的理想是走出我的保护网，去看看外面的世界。于是，我任性地来到了这里，孤独并快乐着。然后，当我看到悉尼大学的时候，我的心告诉我：我要在这里读书。于是，我如愿以偿。可是现在呢，我要做什么？没有答案，我开始为职业烦恼，是的，我在报考志愿的最后一刻选择了这样一科，但是并不代表我会一直从事与这个相关的职业。《痛症楼》里说念书不能增添智慧。我是完全赞同的，智慧是从经历中提炼出来的，因此，大学对我来说，是磨炼，是润色，我只是需要 3 年的时间去成熟。所以，学什么并不重要，于是我选择这样一门跟我生活相距甚远的科目。记得有人说过：一个人在某个时间出现在某个地点都是命中注定的。既然是注定的，那么就“既来之，则安之”吧。我是随遇而安的人，基本上不与我的原则相冲突的事情我都不会太在意。所以选择了，就不会后悔。高兴了，也会付出努力。

事实上，这个专业的某些地方我非常喜欢。比如，我喜欢独来独往，一个人做喜欢的事情。这个专业的同学都很个性，不会有谁谁谁和谁谁谁天天黏在一起的情况。也不会有谁再问我你为什么喜欢一个人吃饭一个人逛街一个人看风景。我不用再像以前一样去应酬别人，我高兴，我就找找朋友，我不高兴，也可以一个人安安静静。所以我喜欢。

仔细一想我这个人防范心理还是很强的，虽然会有很多朋友，但是却经常会不自觉地隐藏起自己的一部分个性。去隐忍去迁就。大概就是因为父母的教育吧。锋芒不外露才会不伤害别人不伤害自己。所以，对所有人，一概微笑，无论我喜欢或者不喜欢。等到我有了情绪变化的时候，我想我是真的信任了那个人，那时候我也会生气，会发火，会骂人，会打人，会哭……不悦的时候会表现出来……因为我心里认定了我们是朋友。

刚才去朋友们的space（个人空间）看了看，结果很多人都写到了爱情，无论男女。与前女友的分手，或者与现男友的甜蜜与信任，我就这样想到了自己，一个人是不是太久了？

我想我不属于任何地方，我只属于我自己，一个自己创造出来的世界。而现在，我在努力，离开这个我创造出来的世界。希望我会成功。《茶花女》里说获取一颗没有被人进攻的经验的心，也就像夺取一座没有守卫的城池一样。我想，现在我就是那座没有守卫的城池，等待人攻陷。

## 2005年5月28日

其实，一直以来我都是个随性的人。不曾强求过什么。做我想做的。用我喜欢的方式。尤其对于政治，更加没有研究。但是从很小很小我就知道，我要爱我们的祖国。于是就这样深入骨髓了……出了国，见到了形形色色的中国人，才开始知道，竟然有人是不爱祖国的，竟然有人是不尊敬父母的。他们的存在开始冲击我的观念，所幸，我的观念根深蒂固，所谓“冰冻三尺非一日之寒”嘛。所以我爱国，而且不允许一些刻意的诽谤出现。我不关心政治，但是我懂得热爱生我养我的土地，无论对错，都是它给了我生命，给了我今天的生活。就好像无论你的父母做过什么是什么样的人，他们永远都是给了你生命的人，如果没有他们，永远没有你的今天，所以尊敬他们。于是我无法原谅那些不尊敬父母，不热爱祖国的人，因为那些人不懂得感恩。一个不懂得感恩的人是不配得到别人的尊重的。是的，有朋友跟我说，我亦无争天亦美，我不曾想过争什么，可是当我遇到前面所说的那类人的时候，我会急切地告诉他们教导他们，试图改变他们……可是都以失败告终，还是那句话，冰冻三尺非一日之寒。我不知道谁灌输了他们那些观念，我只是感到同情，上帝也教过我们要感恩。要热爱自己生长的地方，所以不能原谅，于是就痛骂，骂过还不解气，真想上去踩两脚这些讨厌的人！《圣经·旧约》里说，水里照出的是自己的脸，内心反映的是自己的为人。一个不爱国不尊敬父母的人内心是贫瘠的，也就不能指望他们有多好的人品。

今天去了 Art gallery（美术馆）参观，看到一幅画很喜欢，是 Arthur boyd（博伊德，澳大利亚画家，曾在维多利亚国立画廊夜校学画）画的 Nebuchadnesszzar（人名，查询了半天也找不到这个人的资料）on fire falling over a waterfall（大概意思是“着火的 Nebuchadnesszzar 飘落在瀑布上，找不到关于这幅画的资料）。很明亮的颜色，很凄美的感觉，高高在上的 Nebuchadnesszzar 就算是要死了，也是从天空落下的，凄美而悲壮。看到这幅画，让我想起自己喜欢听的钢琴曲，也许我并不懂得乐曲或者画作真正想表达的意思，但是我宁愿用我自己的方式理解着，所有艺术的东西，我都用我的方式去理解它，也许我理解到的并不是它的本意。我觉得这样才美，就像诗词一样，如果你真的要把一句一句都分析出来，就感觉好像在解剖人的身体一样失去了美感，完全让人失去了兴趣。美的东西就是整体才美，没有原因，那意境，是只可意会，不可言传的。所以一直以来都讨厌上诗词解析课。我会觉得很不人道。如果觉得美，只要欣赏就好，不要枉自揣测，也许作者本人都不知道想表达什么意思，不过是把瞬间的感觉记录下来而已，那么我们又为什么要把这种美拆开来呢？

## 2005 年 5 月 29 日

Sunday（星期天）在西方国家是一周开始的第一天，Saturday（星期六）是一周结束的最后一天。真不明白为什么这两天放在一起要叫 weekend（周末）。还都是从英文里来的。奇怪。不过，不管它，既然 Sunday 是一周的第一天，那么也就是说从今天开始就是新的一周了。这周可有个大挑战——Final Presentation（最后演讲）。也就是说这周我就要向大家展示我设计好的度假小屋了。上帝保佑我顺利过关吧，到现在我也没别的更高的要求了。最近的身体实在没有处于最佳状态，大概前阵子的熬夜伤了身体的本源，估计需要很长的一段时间来恢复了，连着两个多星期每天只睡 4 到 5 个小时怎么能受得了呢？今天下午连续画图 4 个小时，我的身体就开始严重抗议了，所以说，实验证明，我身体最虚弱的时候还是可以正常工作 4 个小时不休息的，我并没有表面上看起来的柔弱嘛。那些讨厌的 plan（平面图），section（剖面图），elevation（正视图）的图总算都给搞定了，实在是没有精力再去管老师看不看得懂了，我是真的尽力了，去图书馆查了无数次的资料，每幅图纸的表达方式都不一样，综合下来，我也只能达到这个水平了，毕竟没有学过专业的建筑画图偏偏老师还不肯教，如果实在看不懂就不是我的错了，我尽了最大的努力。

4 个小时维持同一个姿势导致我现在浑身无力，眼冒金星，从集中精神的状态恢复过来才想起来晚上还没有吃饭，时至深夜，饭店都已经关门，而家里竟然也是弹尽粮绝，除了自来水之外没有一点儿可以果腹的东西。真是不好，要是我有哈利波特的魔法棒就好了，白天在这里上课，晚上回中国吃东西睡觉，反正不过是几分钟的事情，如果懒得动来动去，还可以直接变些我喜爱的食物回来。你看，设计学的我想象力比以前更加丰富了，可惜丰富的想象力无法掩盖我的饥饿感，我想我还是不够饿，不然就该像卖火柴的小女孩一样使用幻想充饥了。

看来今夜是无法集中精神做任何事情了，打开电脑翻开以前的照片，关于过往的美好回忆一一展现眼前，多么怀念没出国前的日子，可惜一切都停留在那美好的一刻……真应该用 DV 都拍下来，一部真正的人生电影。可惜这些都过去了，再也回不来了，还记得几年以前读过一本书中说每当我追溯自己的青春年华时，那些日子就像是暴风雪之晨的白色雪花一样，被疾风吹得离我而去。（《洛丽塔》）我想我现在总算真正明白了其中的意思。那么快乐的过往让我怀念不已，饥饿感和寂寞感慢慢褪去，那些记忆在多少个无眠的夜晚成了我赖以快乐的根源，这样的感觉充分印证了一句话：友谊就是一切。

友谊比才能更重要，比政府更重要，它和家庭几乎是可画等号的。千万别忘记这一点。（《教父》）

## 2005 年 5 月 31 日

Final Presentation 总算结束了，也就意味着我可以停止一个星期以来的不眠不休，睡上一个好觉了。果然不出我所料，老师们确实读不太懂我的设计图纸，完全搞不清楚哪里要用什么样的建筑材料哪里是门哪里是落地窗，于是只好拼命讲解，还常常有词不达意的时候，没办法，这么多人听我演讲还真是蛮紧张的，尤其是我的英文永远脱不了北京腔；真的没想到 Presentation 跟做演讲一样，两个组合并在一起，三个老师一起评判，我紧张得直结巴，之前准备的说辞也忘记得差不多了，只能看着我的图纸慢慢讲解，还好英文底子不至于太差，慢慢的也就能直接表达我的意思了，值得庆幸的是我的新颖设计以及精美的模型弥补了图纸上面的不足，过关应该是没什么大问题的，高分就难了。接下来几个星期的任务就是完善设计图纸和模型，修改设计日记了，这些比起设计过程来说算是小意思啦，也就不太担心，心底的巨石算是落下了。当然还有其他科目的作业要做。相对比较困难的估计就是举例分析框架结构和承重结构了，看来任务也不轻松啊，又要长时间地泡在图书馆里面了。想想可以暂时告别难闻的胶水和锋利的刀具也是件开心的事情，毕竟以后的几个星期以内我的双手不会再布满伤口了。

## 2005 年 6 月 8 日

我并不是唯物主义者，也不完全是唯心主义者，偏偏有些事情无法用科学解释，很是邪门。比如高三以前的每个星期三我必然都会很倒霉，不是摔倒，就是被球砸，或者弄脏衣服什么的。我就称这天为黑色星期三，每到这一天我就特别注意。升入高三以后，不知不觉间，这种现象在星期三就再也没有出现过。没想到几年后的今天，在异国他乡我竟然再次遭遇黑色星期三，在学校的图书馆里我丢了使用才三个半月的手机，让我很是伤心。思来索去，这件事情发生得很奇怪，在世界名校悉尼大学的建筑系图书馆，除了图书馆管理人员和学生外就没有别人可以进得来。我离我的手机只有不到一米的距离，不过转身从书架上面抽了本书，回过头来手机就失去了踪影。借了同学的手机打自己的号码，没有人接，再打几次就关机了。周围只有这么多人，并没有谁离开座位突然离去，尽管我不愿意相信，也不得不承认偷手机的就是我的同学，而且可以断定不是中国人干的，毕竟在这里读书的中国人是不需要去偷别人的手机的。是谁说外国人素质高，完全是盲目崇洋嘛，哪里都有坏人。简直就是忙中添乱，没有手机的话最先影响的就是我的早起问题，自从有了手机以后就没有使用过闹钟，都是依赖手机叫醒功能。重要的电话号码也都存储在手机里面，估计要和很多人失去联系了。不过我并没有沮丧太久，甚至开始庆幸我只转头了一分钟，不然的话我的作业、笔记本电脑、护照、钱包等其中任何一样丢了，都会造成我无法弥补的损失。

去图书馆管理员那里报失，要求查看当时的视频，这样就可以轻易找到偷手机的人，出乎意料，我竟然被拒绝了。图书馆管理员的意思是这不是他们职责范围之内的事，我应该上报学校失物招领处，由他们介入寻找，不过他个人认为找到的几率微乎其微，顺道指责我不应该把手机带入图书馆。说来说去，手机丢了还是我的错了，简直难以置信，我怀疑他已经看见是谁拿了我的手机，故意包庇。东西在图书馆丢的，怎么会不是他的职责范围呢？人在他乡，不得不低头，吃一堑，长一智，以后在任何地方我都会看好自己的物品，而不奢望身边的人都是高素质。歧视无处不在。《西线无战事》里说得真好，我看到了各个民族彼此敌视，而且默默地、无知地、愚蠢地、甘心地、无辜地在互相残杀。我看到了世界上最聪明的头脑还在发明武器和撰写文章，使这种种敌视和残杀更为巧妙，更为经久。而我，也变成了这“撰写文章”的人，用手中的笔长久地记录下我的愤怒和失望。

## 2005 年 6 月 9 日

很多东西，都是失去了才知道珍惜的。心里万分惆怅，开始思念我丢掉的手机。原来不光是人，物品也是失去了才知道珍惜的。从我拿到手机的那天开始，我就没有发自内心地喜欢过它，总觉得太笨重太丑，只不过是贪图它的字典功能而已。可是当我真的失去它的时候，反而开始念起它的好。脑子中不停地闪现它最后停留在我视线中的样子，然后就开始心情低落，好像属于我的一部分就这样没有了。某种程度上，我对手机已经产生了依赖情绪，一会儿不看看手机心里都不舒服。可是现在，丢了就是丢了，无论我怎样想念，它也不会回到我身边。突然间觉得这个世界上最讨厌的人就是偷东西的人，因为他们永远都不知道他们偷的东西对于这东西的主人有着怎样的意义。手机里面的温暖信息，手机里面来不及传出来的照片，手机里面无法停留在我记忆中的电话号码现在都没有了。心里面空落落的，只好用《鲁滨孙漂流记》里读过的话来暂时安慰自己：世界上一切好东西对于我们，除了加以使用外，实在没有别的好处。原来我是这么重感情的人呢，一部冰冷的手机尚且如此，更何况身边的人呢。难以想象，当我失去一个对我来说很重要的人的时候，不知道会有多难过。所以，从现在开始，我要好好珍惜身边拥有的一切。

当然，同时我也真正地意识到，国外的月亮并不比中国的圆。哪里都有小偷，无论平均素质多高的国家。人人都以为是人间天堂的澳洲，其实严格说起来倒真的是犯罪者的天堂。抢劫、偷窃、贩卖大麻、嫖妓、赌博比比皆是。尤其是周末的治安简直乱到可以。来过澳洲旅游的人都知道，悉尼两大人文名胜是必然的行程——KINGS CROSS 和 STAR CITY。前者中文名字是国王十字街，是澳洲著名的红灯区，合法的妓院聚集地；后者是星港城，澳洲第二大赌场，第一大赌场在墨尔本。澳大利亚真的是一个充满诱惑的国家，一步走错，也许就回不了头了。我庆幸从小在大院长大，根正苗红，不至于被这灯红酒绿所污染。

## 2005 年 6 月 11 日

我想，人有的时候真不知道自己想要什么吧。就像张爱玲的小说《红玫瑰与白玫瑰》一样。“也许每一个男子全都有过这样的两个女人，至少两个。娶了红玫瑰，久而久之，红的变了墙上的一抹蚊子血，白的还是‘床前明月光’；娶了白玫瑰，白的便是衣服上的一粒饭粒子，红的却是心口上的一颗朱砂痣。”虽然用在这里略显得夸张了点，总之想表达的是：选择了这个，心里就惦记着那个；选择了那个吧，又无法忘记这个。买了机票，决定利用回国学习中国的古建筑理念，行李收拾好了，却又有些动摇，甚至还有些无名的恐惧，但又无法确切描述自己在害怕些什么。

要回到我生活了 17 年的环境，住了十年的大院，我既害怕又有着些许的期待。既害怕去面对那些对于我来说已经不习惯的关心，又期待见到那些我思念已久的人们。可是另一方面呢，我又不想错过大学的第一个真正假期，我的离去也许会让我错失融入悉尼主流社会的机会，也错失了拓展交际网络的机会。

如果留在这里，我可以参加一些学校的社团活动，也可以打工，有机会接触到真正的悉尼生活，可是我又有太多的东西需要从国内采购，也确实无法承受对父母的思念，这半年来真的是太辛苦了，我的体重直线下降，我需要回国充电补充体力，才能面对下半年更加艰巨的挑战。罢了，自古鱼和熊掌就是不能兼得的。

## 2005 年 6 月 12 日

站在 QVB（维多利亚女王大厦，悉尼历史最悠久的购物中心）的门口等着朋友，思绪就这样不受控制地飘回了曾经……

一直以来，QVB 都是我喜欢的地方，还记得 2003 年初到澳洲的时候，第一个让我真正爱上的地方就是 QVB。当时被这种建筑所吸引的震撼还深印在脑海中。我喜欢那种古老的感觉，空旷的内部结构，华丽的服装，悠闲漫步在其中的人们……一切的一切都是那么新奇而又让人充满向往，我希望我也可以成为其中之一。眨眼间，两年多过去了，现在的我再也不是那个拥有无穷梦想而不知人间疾苦的 17 岁少女了。这两年多的时间，让我开始成熟，也得以实现自己的梦想——进入悉尼大学学习。

2005 年的现在，再次站在 QVB 门口，看着眼前女皇的雕像，开始发现，我还是热爱这个城市的。还记得刚上大学的时候，可能是不习惯教学上面的落差，突然间觉得生活失去了意义，因为我实现了曾经定下的目标，不知道何去何从。甚至开始不再喜爱这个城市，而现在，我终于发现我还是热爱这里的生活的，这里的冬天没有那么萧瑟荒凉，风也是寒的，可是夹杂了一些海洋的温暖，而树是常绿的，无论何时，都有生命的气息。终于，我读懂了悉尼静谧中的生机。

## 2005 年 6 月 13 日

大学已经上了一个学期了。是时候说说我的大学生活了。还记得 12 月份出成绩的时候，整个人都紧紧张张的，生怕我的希望落空，那所我浪费了两年时光重读高中心心念念想进入的大学，我的梦想啊。结果当我看到成绩，知道自己的愿望得以实现的时候，心里的雀跃简直无法用语言来形容，妈妈说那两天我都傻傻的，天天一个人在家里傻乐。于是我开始期待回到澳洲，去那个我期待已久的地方念书。闲暇时可以坐在 Victorla Park（维多利亚公园，坐落在悉尼大学主教学楼前面）里面读读书，累了就抬起头来看看远方的云或者眼前仿剑桥造的主楼……一切该是多么浪漫美好……

2 月 17 日下午，当我到学校报到的时候失望地发现，我上课的地方离主楼还有一定距离……现实跟理想的差距啊……说实话，我对建筑设计这个专业根本是毫无了解，就这样冲动地选择了它，不能不说是一种缘分。也许冥冥中，有什么东西在牵引着我来到这里吧。

上课的第一个星期，开始知道我在学什么，和我想的根本不一样，以前以为大学会很轻松，课很少，可以去打打工，然后学学车……结果我们的课很紧，有时候甚至要到下午 5 点才下课，而且一个星期有 4 天课。所以说，我根本没有时间去 Victorla Park 读读书，而且也没有书可以读，设计这门学科怎么会有书念呢？每天上下学都会路过那漂亮的主楼，可是我却没有时间驻足，总是匆匆又匆匆。赶着去写生，或者去研究建筑。我们的课很少在教室里面上，经常要出去画画，感觉自己在学艺术。生活被很多颜色包围着。直觉告诉我，这个专业会改变我的人生。我的直觉一向很准的。第一次有强烈的直觉的时候是在初三去人大附中参观的时候，我感觉到那个学校会改变我的命运。结果真的是。所以，可以预见，因为悉尼大学，因为建筑设计，我的人生又会有所不同。

刚开始，我是不喜欢这个专业的，因为所有东西对我来说都是新的，完全没接触过的，我不喜欢这种不能掌握一件事情的感觉，甚至开始后悔学这个，因为觉得不适合。后来我开始想，其实在这个世界上，没有什么专业是适合不适合的，尤其是设计这种东西，真的，没有适合不适合，就像在每个人的内心深处，都会有梦想，那是梦，只要有梦的存在，就有设计的存在。记得有个同学说我不适合学设计，应该转系。那时候我没说什么。可是不想是不可能的，于是我有了我自己的了悟，觉得她的话有点肤浅，真的，一个优秀的设计师是不可能说出这种话的。设计是有生命的，所以有爱的人就会有灵感，而有灵感的人就会有设计，设计是无处不在的，不是一种简单的理念，是一种意念。规划你的生活，那难道不是一种设计吗？打造你自己的形象，那难道不也是一种设计吗？其实人人都懂得设计，只是看你怎么去挖掘自己的潜力罢了。将你的想法运用到建筑上，那就是建筑设计了。

我对这个专业有了我自己的定义，于是我就开始喜欢它了，并且重新找到了奋斗的目标，重新定义了我的大学生活，就开始乐在其中了。所以我会为之努力，没有东西可以阻止我。从现在开始，充实自己，开始真正地投入到这个专业。要做，就要对得起自己，相信自己会出色，这是我的原则，自信，但不自负。永远记得，当你认真去做一件事情的时候，不会不成功的，因为你努力了，在你心里，就是成功了，那时候，结果就不重要了，时时刻刻告诉自己，我会出色。

大学，真的会让人成熟，我想我是成熟多了，并且很快地对自己的人生有了新的规划。我会按着这个路线走，并且在需要的时候做些必要的修正。《生命中不能承受之轻》里说过：我们经历着生活中突然降临的一切，毫无防备，就像演员进入初排。如果生活中的第一次彩排便是生活本身，那生活有什么价值呢？所以人生本来就由无数无法掌握的事情充斥着。人生依旧是灿烂的，我有无穷的斗志去面对未知的未来。

## 2005 年 9 月 7 日

打开电脑里的日记专栏，才恍然间发现我竟然有近三个月没有记录下只言片语了。生活过于充实的时候，我总是会忘记留下些什么。一个半月的归国假期让我乐不思蜀，真的不愿意回来了，去了敦煌感受那神秘的莫高文化，去了西安大唐芙蓉园观摩唐朝的繁盛，见了很多对我来说非常重要的朋友，依旧没有太多的陌生感。回来的飞机上面遇到了一个美国的建筑师，问我为什么中国的大厦感觉都跟没有建完一样，我随口答道是为了停放直升飞机，他竟然相信了。西方的建筑大多都会在摩天大厦的顶楼设计一些奇怪的图形，而我们中国却都是些平台，无怪乎他会觉得我们的建筑没有建完了。

回来以后一直忙于找房子搬家，然后就是接踵而至的大作业，直到今天才算偷出一点空闲。

没有课，本来打算在家里洗洗堆积如山的衣服的，结果意外收到了自己寄出的明信片，只好重新跑了一趟邮局。那张明信片是想赶在中秋之前寄回中国给父母的，结果被打了回来，原来是负责整理信件的人没有看清楚是国际信件就误把我当成收信人给寄回来了。澳洲人真是粗心，我明明大大地写着“TO CHINA”（到中国），还给我寄回来，希望不要再耽误时间了，中秋节前一定要父母收到我的问候。

回来以后小睡了一下，跟妈妈视频，沟通一下近况。然后泡上一杯香浓的铁观音，打开电脑写日记，人生就是这么美好，不用考虑将来，不用回忆过去，就这样好好的体会现在。希望建筑系真的让我回到了属于我的生活，以后都是明媚的心情，不会再无端的郁闷与寂寞。

## 2005 年 9 月 11 日

这学期的任务是设计一个儿童剧院，难度提升得不是一般的高啊！上个学期不过是做一个度假小屋，那时候都已经觉得非常困难了，现在竟然要设计出来一个儿童剧院。要知道可不仅仅是做出一个好看的外形就可以的，要考虑到残疾人的因素，还有观众席的高度与角度，电梯、扩音效果等等，还真是个细碎的工程。罢了，继续泡图书馆吧，要迎难而上呢，我喜欢挑战！

不论你走过什么样的路，做过什么样的选择，人生一定要精彩，这才是最重要的，要像彩虹一样绚烂才可以。又是一个夜晚，最近来写东西的时间似乎都是在黑夜与凌晨交接的时候。也许，已是一种不曾留意的习惯，就像我习惯用中文来写作一样。虽然有时候拿英文写作更加容易坦率地面对自己的感情吧，可毕竟不是第一语言。当你说“我想你”和“I miss you.”的时候的心境多多少少是有区别的。

最近感觉时间过得好快，眨眼间一个星期一个星期就这样过去了，不由得开始疑惑，明明时间长度都是同样的，为什么有时候会觉得光阴飞逝而有时候又觉得度日如年呢？感觉啊，真是奇妙。做设计做累了，跑去院子里面呼吸新鲜空气，夜已经不是那么寒了，雪梨的春天终于快来了，那么夏天也不远了。马上就到中秋节了，没什么过节的感觉，家人不在如何人月两团圆呢，只能千里共婵娟了。这似乎已经是第三个不在父母身边的中秋节了，等到真的有一天又回到他们身边的时候或许还会不习惯呢。明天通宵吧，任务越来越繁重了。

## 2005 年 9 月 18 日

时间匆匆飞逝，眨眼间大一都要读完了。在这样一个九月的夜，我的思绪第无数次地回到了从前。尤记得，三年前的现在，一样的九月却是相反的季节，那时候，时值我爱的初秋，穿着一身雪白的校服和好友站在窗前凭栏远眺，似乎想通过那无尽的天看到遥远而陌生的澳大利亚。那里，寄托着我的梦想，是梦开始变成真实的地方。不知道从何时开始，我希望自己可以乘风飞翔，随风飘，随风落，多么自由。快 3 年了，我来到了这里，梦想一步步逼近现实，曾经陌生的地方已经开始熟悉，而曾经熟悉的地方开始陌生；曾经不曾奢望过有交集的人们已经成了挚友或者姐妹。我想，上天一直都是眷顾我的，从小到大不曾吃过苦，不曾缺过爱。上天是不公平的，在那么多可怜的孩子们还吃不饱没人爱的时候，我却像温室花朵一样享受众人的宠爱与娇惯。我会珍惜我所拥有的一切，认真对待我的每一天，用感恩的心享受上天的恩赐。

今天是中秋节，本应该是团圆的日子，我却一整天泡在学校的 Studio（设计教室）里面努力完善我的设计。既然亲人不在身边，节日对我来说和平常的日子也没什么区别，如果真的想庆祝，反而更显得凄凉。交设计的日子愈发临近，这次的设计是儿童剧院，我以月亮为设计主题，如果不是靠房东的提点，我想我还在瓶颈当中。难得今天灵感顿来，不知不觉竟然持续工作了10个小时，等我意识到不早了的时候夜幕已经降临，还好没有错过回家的最后一班车。只是坐在车上的时候有点伤感，人月两团圆的日子，我到现在还滴水未进，回家还不知道吃什么呢。家里人已经入睡，让我意外的是，房间门口竟然放了一块月饼，顿时心里涌起一股热潮，同胞就是亲人。

## 2005年9月24日

九月的澳洲，正值春天，阳光灿烂却又不会感到丝毫的热气。如此晴朗的天气，我的心情本应该晴空万里，可是不知道为什么到了漫天星斗的夜晚，我却开始莫名地伤感和迷茫。今天是难得的假日，总算从铺天盖地的设计学里面回到了人间，难得闲暇，早上起来看了著名的《蒂凡尼的早餐》。赫本演的电影，总是很容易影响人的心情，想随她哭，随她笑。结果我的心情也因此晴转多云，只是不知道什么时候会下雨。我有点明白了为什么人们都说她是误落人间的精灵了，多么灵秀的一个女子，美已经不足以形容她了。

不得不承认，我是个多愁善感的人，很多人喜欢用林妹妹来形容我的长相，我没有那么美，也不愿意那么软弱，所以是极度讨厌听到这样的评价，尝试着做一个阳光女孩。也许人都是有双面性的，白天的我可以是个乐观积极又阳光的人，只是不知道为什么，当太阳落山以后，我的情绪也随之暗淡，取而代之的，是悲观与低迷。我知道这样不好，我不喜欢在无人的午夜自怜，得找点事情做，让自己忙碌起来，也许是抵御寂寞的最好办法。最近尝试读《圣经》，那么优美的文字，经常可以安抚我烦躁的情绪。我想我需要一个信仰，有信仰的人总是能找到安慰自己的办法。

## 2005 年 10 月 20 日

接了朋友们的电话，都感觉缺了点什么，Final Presentation 就这样过去了。紧绷着的弦松了下来。不需要在睡眼惺忪的时候早起，难得睡到自然醒，起来以后已近正午。开始收拾行李，不久的以后又要再次踏上归程。冬天结束了，刚好把冬天的衣服全部收拾起来，回国的时候要退房，然后把行李放到朋友那里去。不试不知道，一试吓一跳，我收拾行李的本事真是大大提高，一个箱子被我塞得满满的，不浪费一点空间，难道这也是受了设计学的影响？当初选择搬到这里主要是因为房东是个设计师，可以就近咨询一下。说到我的房东，也真是神人一个。他和他太太都是东北人，哈尔滨工业大学土木系毕业的建筑师，育有一女，现读初中。大约十年前，我的房东卖了国内的房子，到悉尼大学建筑系当了一名学生。据说悉尼大学不承认他在国内的学历，因此重新读了设计学的本科，莫名其妙多上了三年学，本科没有奖学金，他准备的资金本来就不够，加上妻女双双过来陪读，这样钱就更不够用了。太太不会英文，很难找到工作，孩子也还小，需要人在身边照顾，因此我的房东只能一边打工一边学习。他的艰辛是可以猜到的，学业上的压力很大，常常忙得睡眠时间只有四五个小时，我不知道他是如何熬过来的，总之到了现在总算拥有了一套可以出租的房子，虽然说租金都拿去还房贷了。他们的日子依旧过得很清苦，搬来两个多月，从不曾看他们出去吃过饭，买来的东西也都是超市里面的特价品。看到他们的生活状况，我不知道自己当初坚持读建筑设计是对是错，一个外来户如何在澳洲建筑业立足？无论如何，已经迈出了脚步，还是要对未来充满信心。话题扯远了，赶快收拾房子、洗衣服。之前由于忙碌衣服积攒了一大堆没洗。阳光很好，洗好的衣服晒了整整一院子，应该很快会干。很久没有好好吃饭了，今晚难得有空可以一展厨艺，可惜没人陪伴。如此忙碌的大学时光看来是没时间谈恋爱了，突然间开始羡慕在国内上大学的朋友们，可以恣意享受青春。

## 2005 年 10 月 28 日

不知不觉，大一已经走到了最后一天。一个学期十三周课，也就是说一年下来我只上了二十六周课，刚好半年。剩下的半年都在放假中，不过对于建筑系的学生来说，是没有假期的。每个所谓的假期我们都要用来观摩和学习身边的各种建筑风格，大概这就是所谓的学无止境吧。不用上课并不意味着我们就可以随意安排自己的时间，毕竟在成绩没有出来之前，谁都不敢冒险离开这里。对于这次的设计，我是充满信心的，以月亮为主题设计出来的儿童剧院既浪漫又华丽，通过天花板还可以看到仿真的银河。别看这个模型很小，可是花费了我很多工夫，双手也因此伤痕累累。老师说过大一是最容易通过的，只要让老师们看到你努力了，就一定会如愿升上大二，毕竟我们都是没有任何设计基础的，能真正设计出一个剧院已经不容易了。我们这组的老师是从研究生院临时调过来的，他主讲城市规划，对我们的要求相对比较严格。因此我们的设计中要加入城市规划的内容。还真是不公平，莫名其妙比其他组的功课多了很多，不过也可以让我们的设计更加完美。

## 2005 年 10 月 31 日

今天早上大晴，太阳很毒，似乎夏天提前来到了。事实上我起来的时候严格来说已经算是上午偏中午了，起来之后迅速洗漱完毕就运送行李去朋友家，这两年我的行李越来越多已经无法自己搬运，打了出租车，司机操着那叽里呱啦的中东英文不停地肆虐我的耳朵，据说他曾经在某个奇怪国家当建筑师，可惜来了澳洲不承认他的资格证书，只好开出租车，也不知道真的假的，总之给我的感觉就是建筑师和出租车司机不过是一步之遥。虽然已经不再上课，但是四天以后还有一份大作业要交，顶着艳阳拍完了所有需要的照片，花费不多时间就整理好了。这次的作业是研究光和色彩的理论，很初级，网上授课，所以作业也是在网上交，在澳洲念书，不会使用电脑是万万不行的。

突然想起今天是万圣节呢，可惜澳洲没有什么过节气氛，只是现在大街上已经开始圣诞布置了，QVB 已经立起了巨型的圣诞树，很漂亮。相信现在北京的年轻人一定又以各种理由来庆贺万圣节了。最近国内过洋节倒是比国外还热闹，商家们打着各种节日的旗号可是赚了不少钱。过大的就业压力和生活压力让人们心甘情愿被宰，也要找个名目发泄一下。当然，生活完全没有压力的澳洲对于这些所谓的节日真的是相对冷淡多了。

## 2005 年 11 月 2 日

新的一个月又开始了，最后一个大作业顺利完成，质量如何我就无法评判了，上了大学以后经常有种心里没底的感觉，完全弄不清楚老师的要求。同昨天一样，今天依旧是宅在家里，没有出门。天气很热，木制的房子被太阳烤过以后好像桑拿房一样让我烦躁不安，更何况面前还有挤压了很久没看的 lecture notes（课堂笔记），所以心情更加烦躁。结果看书的时候，QQ 上还不停地有人打扰，我的鼠标也经不住我的折磨不停的罢工，就这样我的烦躁到了极点。为了不乱发火，我只好保持沉默，果然是天干物燥，小心火烛啊。拒绝了跑来和我视频的爸爸，我也就没心情继续看下去了，终于开始安安静静地跑来爬格子。其实有时候安静是这么可贵，真的开始怀念没有摄像头没有耳机的日子。至少我很安静，心很静。虽然寂寞到痛，但是不至于烦躁，真的不知道是寂寞好还是烦躁好。爸爸妈妈下网去睡觉了，好声好气跟我道了晚安我也爱搭不理就看着他们下了。心里开始内疚然后疼痛，我不是故意要发火的，真的不是。只是最近心里莫名地恐慌，成绩一直不出来，压力无处疏解，于是就变得不可理喻。晚安爸爸妈妈，明天我会记得道歉。

## 2005 年 11 月 3 日

很久没有静静地思考了。于是在今天这样一个艳阳天，在头脑清醒的中午时分，我开始动用很久没有工作的大脑，思索我的过去、现在和将来。

对于很多人来说，北京不过是一个拥挤、嘈杂、人满为患的不怎么讨喜的城市，而对我来说，是一个茧，一个让我蜕变成蝴蝶的茧。蝴蝶，让人联想到的是色彩缤纷，而我，却是一只白色无杂质的蝴蝶，既没有缤纷的色彩，也没有斑斓的人生。平凡、简单，却开心快乐，虽然偶尔忧郁，也是短暂的。

十三年前，爸爸因工作，调到了北京，我和妈妈追随而至。

时间太久，以至于不太记得当时初到北京的感觉了。不过依稀有印象的是：很大，和兰州郊区山脚下那个家属院相比很是繁华。在那一年，我知道了什么是大城市，见到了心目中的遥遥不可及的首都，也告别了光秃秃的白虎山和清凉的小溪、绿油油的菜田，从此我的人生充满了林立的高楼大厦。不过每个寒暑假，我依然穿梭在大院里的每个树丛中，小巷道中，吃着树上未熟的石榴，寻找着自以为存在的秘密基地。那段时光嚣张地快乐。

八年前，小升初考试失误，与首师大附中擦肩而过。倔强的我拒绝接受爸爸找人交钱上的建议，毅然留在了非重点的本校。爸爸的朋友都不认同我们的选择，毕竟我的母校太不辉煌。而我坚信，是金子总会发光，那是我人生的第一次蜕变。经历过失败的我，不再自在地徜徉在大院的每个角落，因为我开始明白，机会是把握在自己手里的。于是，我开始“优秀”，是的，“优秀”。在大院的每个人眼中，我开始生活在鲜花和掌声中，大家开始相信我会创造奇迹，而我也真的做到了。

五年前，我以全校第一的成绩，拒绝了首师大附中的邀请，考入了人大附中。去那里的主要原因是，有美丽宽敞的校园。从那时起，我成了大院里的传奇，也从那时起，我失去了我宝贵的自由。我不可以再嚣张，不可以再放纵，因为，我是榜样……我失去了选择的权利，我必须优秀下去。就这样，我生活在格子里了。我开始微笑，而不是开怀大笑。我有意识无意识地规范着自己的行为，去迎合着别人的希望。也许，就是那时，我失去了自己。那是我人生的第二次蜕变。

三年前，文理分班，我选择了文科。这个决定，再次改变了我的人生。上了文科，结识了知交好友，我的不安分因子开始一点点往外冒，真实的自己破茧而出，不曾克制，因为我怀念那自由自在的日子，也开始厌烦周围人无休止的关心和期望。于是，我选择出国，那是我人生的第三次蜕变。

两年前，出国手续办好，离高考只剩下五个月，犹豫再三，还是选择了离开，去陌生的地方寻找我的未来。放弃了很多，得到的更多。在陌生的悉尼，没有半个熟悉的身影。不曾见过朋友们介绍的朋友，只因我想一个人试着做回那自由自在没有压力的自己。

两年的洗礼，让我成熟了，我的生活不再受他人左右。我爱怎样就怎样，我可以和朋友泡吧，玩通宵，我可以放纵，我可以嚣张，我可以不用学习好，我可以不上重点，我可以做任何我想做的事情。但是我没有，我明白我是为自己而活，我要为自己负责任，别人的眼睛起到的不过是监督作用。所以在悉尼，我可以适度的随意妄为，而回到北京，我依然是众人眼中优秀的我。

如今，我依然是那只从北京飞来的白色蝴蝶，尽管我曾经期望可以在异国他乡染上斑斓的色彩。白色，虽然不漂亮，但是也永远不会丑陋。我欣赏着周围多姿多彩的蝴蝶，也欣赏着自己，毕竟，我有属于我的颜色。

我是在北京成长的，在悉尼和北京的往返之间成熟的。北京，对我来说永远有着非比寻常的意义。有人说它庸俗，有人说它市井，在我心中，它是我的茧，帮助我成长，无论累了伤了都可以躲进去疗伤。

## 2005年11月9日

最近遇到的事情很不顺利，而且出乎我的意料，我自信满满的设计被老师否决掉了，他们无法读懂我的设计——精美外形中蕴含的文化魅力。不能指望他们有多了解中国人几千年来对月亮的咏叹，是我忽略了东西方文化的差异，将自己置于这样一个两难的境地。情绪又有些不稳定，甚至怀疑自己的坚持是否正确，我不愿意为了过关迎合他们的设计理念，因此，想要放弃。这个月亮剧院毕竟是我人生中第一个真正的设计，寄托了我太多美好的希望。幸好，身边有那么多朋友支持着我，鼓励我，我又重拾勇气，去面对，去解决。自己曾经说过永不言弃，做一个把机会紧紧握在手里的人，怎么可以轻易放弃呢？我相信最终我一定能将中西建筑理念在我的作品中达到完美的融合，一如我所有的经历。上天替我祝福吧，亲爱的朋友们也祝福我吧，陪我一起渡过难关，我一定能守得云开见明月的，不是吗？《先知》：倘若你能使你的心时常赞叹日常生活的神妙，你的苦痛的神妙必不减少于你的欢乐，你要承受你心里的季候，如同你常常承受从田野上度过的四时。我坚信，所以要熬过去。

## 2005年11月12日

爸爸来澳洲了，难得找到出公差的机会看看独自在外闯荡的我和我生活、学习的地方。学校已经不忙，设计结果还在等待中，理所当然我一直陪着爸爸认识了一些人，也改变了一些在我脑海中根深蒂固的想法。有时候，也许放弃并不是懦弱的选择，只是给自己另外一条出路。从小到大，我受到的教育都是要持之以恒，选定一个方向就要坚定地走下去，但是事实上我们谁也

Sydney
AUSTRALIA

ESTEE LAUDER

MARGARET MITCHELL
GONE WITH THE WIND
CLASSIC LOVE STORY

AUSTRALIAN LITERATURE & FICTION

不知道路的尽头是不是我们期待的结果。生平第一次，我开始认真地思考我曾经的选择，我想，这次回国我应该会做个决定，无论明天我是否能说服老师们接受我的设计理念，我想我都会做一个决定。选择放弃也许并不是那么难，虽然从小到大我都是横冲直撞，不懂得变通。现在，我突然间明白，选择放弃不一定是懦弱的表现，那需要莫大的勇气。呵呵，很多时候，你没选择的那条路才是你真正应该走的。如果我现在回头，不知道晚不晚，又或者，我是否该回头呢？就这样走下去……不管了，今天心情不错，这些严肃的问题，是要回家静下心来考虑的。祝福我吧。

## 2005 年 11 月 13 日

结果出来了，Tom 完全否定了我的设计理念，也就是意味着我辛苦了几个月的成果在别人眼里是一文不值的。同时也意味着，我这门课的学分是白修了，几个月的努力付之一炬，而我，除了打击什么都没有得到。我不知道该如何形容我的心情，只是当一个人信心满满的时候被人浇了一头冷水的感觉真的是非常的不好受，而固执的我甚至不认为我错了，又是生平第一次，我明白，不是付出就有回报的，我也真正明白了澳洲大学的教育是多么的严格苛刻，完全不给你一丝机会，没有补考，不能上诉。学分重修，学费浪费不说，我还要再等整整半年时间才能继续读这门课，时间就是金钱，女孩子的青春更加是无价的，我没有一年的时间可以浪费，也没有勇气再接受一次挑战。妈妈逮到机会再一次说服我转系，我也开始怀疑自己的坚持到底有没有结果。根深蒂固的中式思维让我不得不动摇，老实说，我确实不愿意委曲求全去附和我不赞同的理念。但是，却又舍不得朝夕相处一年的战友们，一个系 160 多人里只有 10 多个中国人，这一年，大家相互扶持着一起奋斗，要选择离开，真的很舍不得。

## 2005年11月14日

尽管Tom再次否决了我的设计，亲爱的朋友们，还是谢谢你们这些天的陪伴和支持。很遗憾不能参加大家的其他活动了哦。考完试我就直接回国了，明年再见吧。几个月的努力，好多天的不眠不休，就这样白做了。真的是个教训啊，但我也从中学到了更多的东西，比如，如何面对失败。呵呵，还真的从来没有失败过呢，所以体会一下失败的感觉咯。真是几味俱全，独独缺了甜。呵呵，我会想念你们的。

《基督山伯爵》中的名句："开发人类智力的矿藏是少不了要由患难来促成的。"我就当眼前的这一切是为了开发我的智力宝藏好了。套句俗话，不经历风雨怎么见彩虹。

房东听说我的设计被否决了非常的意外，毕竟他也帮我出了不少主意，况且他还是个大牌的设计师。房东告诉我，他也曾经是Tom的学生，Tom在国际上也算小有名气，就是非常自私，心眼小，见不得别人比他好。学校聘请来的好老师只要他不喜欢，就会一个个都挤对走。当时我的房东是建筑系的学生代表，在Tom的利诱下，联名所有学生签名投诉，将某老师，也是著名建筑设计师成功挤对走了，稳固了Tom在建筑系的霸主地位。而可怜的房东却因为知道Tom太多的事情，毕业以后很难在各大建筑公司立足，于是只好开起了私人事务所。也就是现在屈居的小小办公室。更加夸张的是我之前兴高采烈地跟Tom讨论过他在北京参与设计的We House工程里面其实他根本没赚到钱，还在北京吃了不少闷亏，因此对于北京就莫名其妙有了恨屋及乌的情绪，特别讨厌北京人（比如我），当然，这些话到底有多少真实性我实在无法估计，毕竟《伪君子》一书里面提过，自己的行为最惹人耻笑的人，却永远是最先去说别人坏话的人。所以我真的无法判定房东和Tom到底有什么过节，无论如何，我还是很感谢他在这个时候给了我信心，肯定了我的设计，其他的，就跟我无关了。就算真的因为我是北京人导致Tom的评分有所偏颇，我也无可奈何。毕竟我清楚地知道在甜蜜的梦乡里，人人都是平等的，但是当太阳升起，生存的竞争重新开始时，人与人之间又是多么的不平等。

## 2006年1月25日

好不幸，又感冒了呢。想想这次的回国之旅还真是坎坷，先是一场重感冒，还没好彻底扁桃体炎就接踵而至，忍痛挨了八针以后，总算是好了，可惜我的好胃口没了。等到胃口刚好没几天，又得了胃炎，等这胃炎总算是好点了，我就又感冒了。命苦啊我，这么多灾多难的。有人说人一生就生那么多病，小时候病生多了，长大就不生病了。看来我是小时候没生病，所以接着病就多了。怎一个愁字了得！说到生病，我才知道之前在澳洲的时候喉咙痛得无法吃东西不是感冒，而是扁桃体发炎，因为一直没有就医，也没有对症下药，所以导致现在一发炎就变成化脓性的。想想当留学生真的很悲惨，平时自己都是半个医生，有什么症状就“百度”一下，自己吃药，要么就寻找一些偏方自己治病。我看别的学不会，海归回来都成半个赤脚医生了。你要问留学生出国必备什么东西，必然有消炎药、感冒药和胃药。你说我读个设计，精神受到打击不说，还生把自己给熬成胃炎了，何苦呢，国内好好的大学不上，跑去那大老远的受这罪干吗，真是自作孽，不可活。赶紧打针吃药好好养病吧。

在妈妈的顽固攻势之下，我最终决定乖乖转系，去念更加适合女孩子的Accounting（会计）。早知道这样，当初就不该执意去读建筑了，虽然我并不后悔这一年的经历。如果没有这一年，我想我的人生过于顺利，永远不知道什么叫作挫折，也无法面对失败。现在，至少我坚强了，不怕被打败了。一直都是随遇而安的人，既来之，则安之。决定转系了，就不会再犹豫。我会好好过接下来的生活。

## 2006年3月3日

嗯。过了一个长长的假期，终于又重新回到了一个人生活的悉尼。以为自己会很郁闷，会很长时间沉浸在去年的挫折中，无法振作。没想到却恰恰相反，昨天去学校办好所有的事情后，今天的我竟然很振作。恢复了过去的自信，重新找到了生活的目标。唔，还是这种积极向上的感觉好。人生嘛，当然有无数磨难，每次磨难都是最好的老师，所以说啊，我还是很幸运的，不是每个人都能从挫折中学到东西的。

我重生了，也不会再让爱我的人担心。恢复了微笑，生活还是那么美好。

不过令人沮丧的是，澳洲人办事效率还真不是一般的低，改个 Timetable（时间表）都要排两个半小时……累死了……

也不知道今天有多少摄氏度，我的汗哗哗地流啊……抬着一摞厚厚的书回家，都快虚脱了。

唉……不过我的体力也太不济了吧……小细胳膊小细腿的……不行，我得锻炼，今年一定得胖一点啊，还要结实一点，希望我找的房子能有 Gym（健身房），Swimming Pool（游泳池）什么的。

这样我就可以锻炼身体了。

唔，真好，最近心情很好，很振作呢。前面又是一片光明，虽然还是会怀念逝去的日子。逝去的生活，不过既然舍弃了，就不要后悔，向着眼前的目标充满信心地努力吧。

依旧有很多旧的新的朋友在支持着我呢。

## 2006 年 3 月 7 日

在澳洲一般的小区都有完善的配套设施，健身房和游泳池算是最基本的，有的还有桑拿房和台球室什么的呢。出国这么久，最头疼的问题还是租房子，要求太高吧，租金也就跟着高，租金低了，条件也跟着差了好多。这次妈妈要来，不能租太破旧的房子，性价比高的吧，还真不好找。拿着报纸不停打电话看房子，还是没有看到中意的。

今天真是够郁闷的，房子没找到不说，居然在光天化日之下被一个鬼老（白种人在澳洲被中国人称为鬼老）的年轻女人抢劫。亲身经历刑事案件，还是有点恐怖啊。还好，有一中国陌生男青年，好心帮我赶走了那个恶心的女人。你说说，怎么大白天的就有人敢抢东西呢，当着我的面就敢扯我的包。还真是不要面子啊。学校附近还真是不太安全啊。恐怖，还好只是虚惊一场。

话说回来，悉尼大学选的这个地方可真是不好，好好一知名大学，没事干吗建在 Redfurn（红坊，悉尼的土著人聚集地，治安极其不好）啊，天天上学下学净被虎视眈眈的 Aboriginal（土著人）观察研究了。时不时还上个国际版弄个暴动什么的。虽然说人家才是原住民吧，但是好歹我们这些外来人口也是给土著人的生活做了贡献的，他们那些福利不知道多少是出自我们的腰包，怎么就不能友善点呢？

## 2006 年 3 月 13 日

事实上，很久没有认真地写过东西了。依旧是老习惯，回了家，就让电脑尘封。在家嘛，必然是有人陪伴，有人可以倾诉的，于是乎，就冷落了陪伴我多年的网络和电脑。纯粹地享受着在重要的人身边的日子。刚才晃晃当当地逛了几个 space（个人空间）之后，发现我这里还真是贫乏呢。缺了色彩。留下的只有简约。也许，这就是我的生活吧。很久不曾用灵魂交谈了，所以言语贫乏是必然的。罢了，就这样简单地生活着未尝不是一件好事。和亲人朋友们嬉笑怒骂，不触及灵魂深处，就这样嚣张地快乐着。可是，我又回来了，回到了这个我熟悉又陌生的地方，三年了，对这个城市，我爱恨难辨。生活让我不知道何去何从，我属于哪里？在 Sydney 的时候，我可以平静地生活。在北京的时候，我依旧平静地生活，但是在不同城市的我，就似乎是两个不同的人。难道这就是边缘？我无从分辨，无从选择，哪里都有我舍不下的东西。罢了，走一步算一步吧，何必要提前忧愁呢？俗话说得好，车到山前必有路，走我的路，前面总会有坦途的。不是吗？不再在网络上耕耘，真正需要耕耘的，是我的心。努力让自己变回出国前的样子，不再失眠，不再喜怒无常，这些，是我今年要做的最重要的事情。天佑我。

上完课感觉真好。Commerce（商科）真的和 Architecture 有着非常大的区别，课程的选择也多了许多，喜欢数学，最终决定主修 Accounting（会计）。有很多课本要读，有很多笔记要记。很开心呢，真的是一种完全不同的生活，不需要绞尽脑汁地激发灵感，只要记得公式，理解概念就行了。房子也找到了，就准备迎接妈妈的到来了。真好。心情很平静呢，有很多事情要忙，所以也不记得想家，开始觉得一切都好起来了。狗年我该旺起来了吧。很多很久没联系的朋友又重新联系上了。大家应该都还记挂着彼此吧，也许因为都忙，就没怎么联系。我的厨艺有长进了，因为最近都没什么人做饭给我吃。也好，凡事要靠自己嘛。经历过一些事情，也成熟了，虽然有时还会怀念，但是毕竟都过去了。我要看的是眼前，要把握的也是眼前。所以我会努力让自己懂得珍惜，珍惜眼前人，珍惜眼前事。以后每天都要写个心愿，今天愿大家都开心幸福吧。

## 2006 年 3 月 15 日

一连上了七个小时的课，都累疯了，没办法，基本每堂课都在不同的教学楼上，我总是忙碌地穿梭在各个楼之间；同时，基本上每堂课的同学都不一样，我忙着认识新朋友，记得新面孔。这样充实的一天下来结果就是下了火车见到朋友，第一句话就说我看起来很颓的样子，没想到，一回家，腿还真的软了，尽管早饭中饭都有吃，结果还是饥肠辘辘的。唉，原来体力是这样耗费的，不过说真的，我感觉我似乎胖了点儿呢。

最近没什么灵感写东西，也许因为生活是轻松明快的吧，换一种活法果然快乐很多呢。一路走过路上看到很多风景，还会记得最初的那片青草地吗？没有答案，心中总还有期望。建筑系的那一年的光阴会是我埋藏在心底的回忆，我不曾后悔过，毕竟我经历了，就是财富。不过很是遗憾Commerce 没有集体的概念，每天都见到不同的人，看来是不会有相伴三年的同窗了。

## 2006 年 3 月 16 日

今天 Day off（全天放假），很舒服地睡了个懒觉，梦到一些相识不相识的人。睡饱了起来舒舒服服地洗了个热水澡，做饭，吃饭。一个人的早餐（午餐）也有其快乐之处。原来生活就是这么简单而快乐的。

想想去年，难得的 Day off 和 Weekend（周末）都被 design（设计）充斥着，哪有闲情逸致去享受生活。那也是别样的幸福吧，和如今这样的轻闲总是不同的。

打电话叫了搬家公司，明天，就有自己的小窝了。然后，就是安然等待妈妈的到来。虽然只有三个月，但也是出奇的幸福呢。

呵呵，一个人生活太久了。真怕忘记了怎么和别人相处。认识了很多新朋友，很奇怪的，我竟然和上海人特别有缘分，我所交往的上海人与我所听说的上海人还真是有很大差别呢。在这里，也许是因为上海人的过于“精明”以及他们常常鄙视我们这些“乡下人”（在上海人眼里，非上海人都是乡下人），所以口碑不太好，那些过于“精明”的伎俩常常被人们当成笑料。我就大概举那么一两个例子吧。留学生们最流行的租房方式就是大家合租一套公寓或者 House，因此会有很多公用地带，如厨房、浴室什么的。大家用到厨房，做饭必然会把油盐酱醋之类的调料放在厨房，方便使用（当然是对大方的上海人来说，小气的都直接放自己房间，做饭的时候才拿出来），我们曾经见到一位仁兄，不想把调料放回房间，那样显得自己很小气，可是放在外面又不放心，最终想到了一个两全其美的办法——每次用完调料以后，在瓶子上画一条线作个标记，这样就不用担心有人偷用了。说实话，我还真是没见过这么精明的人，想来这位仁兄一定是持家能手。另一位上海大姐，有一次厕纸放在厕所忘记拿回房间，由于厕纸都一样，被室友误用，心里不舍，又不好意思直接说。于是乎，见了室友就说家里闹鬼，室友莫名其妙让她不要疑神疑鬼，那姑娘正儿八经地说，真的闹鬼，不然我的厕纸怎么会少了几截。室友差点喷饭，只好道歉说不好意思误用了，赶紧还给人家几截。关于此类的故事还真是不少，我就不一一列举了，省得人家说我人身攻击，大家还是亲身体会的好。当然，这只是个别现象，上海人大都还是很大气的。我很幸运，结交了很多上海朋友。所以说，不能用地界来区分人啊。当你认识一个人的时候，不要先问他是哪里人，先交往，用心去认识彼此，就不会被蒙蔽了。哪里都有好人和坏人的。

## 2006 年 4 月 4 日

本以为冬天就要来到了呢。结果，夏秋还是很顽固地停留在南半球的悉尼。

叶子还没有开始飘落，依然结实地长在树上。

风偶尔会有些寒意，不过多在清晨和傍晚。

天气依然温暖，还可以穿我心爱的裙装。

每天吃过晚饭，都会去外面散步，住在 City（市区）就是好啊，几步路就到了 Darling harbour（情人港，悉尼最著名的港口，因为多是情人漫步，故此得名），看着热闹的人群，心情也会变好。闲散地翻翻书，记下一些东西；用相机录下生活的细节。

悠闲地走路去学校，看着美丽的校园。开始实现之前的点点期望。

悠闲地漫步在 Victoria Park，看着那仿照剑桥大学建造的 Quadrangle，生活很是惬意。虽然不在我梦想中的欧洲，也少了一条剑桥河。但是 Victoria 的小湖和喷泉也别有一番风味。一直好奇的就是湖上的鸳鸯和野鸭不知道来自何处。

天开始暗的时候,树上的考拉或者浣熊就会发出阵阵声音,真是生机盎然。

站在阳台上就可以看到 UTS（悉尼科技大学），可惜因角度不同看不到悉尼大学，看不到盛开的蓝花楹。

收拾好上课的东西，换换衣服，该去学校啦。

那么，就停止我的思绪吧。审视一下自己的生活。很是美好。果然阳光灿烂。

附上一段我很喜欢的文字：

《天使之城》

人生是条漫长的寻梦之旅

永远不要轻易放弃爱的权利

不管留下多少眼泪和遗憾

他走了你可以把梦留下

总还有个地方等爱飞翔

昨夜谁为谁不成眠

今天谁吻了谁告别

只要曾经拥有就别无可叹

## 2006 年 4 月 25 日

其实真的不想写灰色心情的东西。所以等调整好了心情，才来更新我的空间，或者说，找个倾诉的地方。

曾几何时，我和妈妈再也不像以前的样子了。

我不知道，一路上走过来，我变了。

一直努力试图让自己维持在原样，

原来还是变了，只是自己不知道罢了。

妈妈说我再也不是她原来那个可爱的小女儿了，

那我是谁呢？我以为我是，我一直以为我是。

我以为我是他们的骄傲，原来他们不要骄傲，

就要原来那个可爱听话的小女孩。

记得那时候，我不想再一个人躲在墙角哭泣。

于是我告诉自己，我要坚强。

第一次深深被“友情”伤害，我要坚强。

于是我坚强起来，扬起身上的刺，伪装起来，保护自己。

我坚强了，没有人可以伤害我。

却再一次被我最爱也是最爱我的人伤害。

原来她不要现在的我啊。

INTRODUCTION TO
Corporate
Finance

祝：
新年快乐！
2006.12.30

WHALE
WATCHING
BEST in
Sydney!
WHALES

Sydney
AUSTRALIA

绕了一圈，却只有我回不到原点。

蓦然回首，最可悲的是，我的港湾已不复存在。

妈妈啊，妈妈，在我心里，你还是我原来那个妈妈。

我知道你依然爱我，依然疼我。

可是我怎么样才能做回你要的那个女儿呢。

谁能告诉我。

如果连在你面前我都要天天笑容满面。

到哪里才可以发泄我的伤悲？

罢了，你爱我，你要我开心快乐，那我就开心快乐吧。

累了，什么都不想要，就想要那个原来属于我的家。

就想做回你印象中快乐的小女儿。

妈妈，你还给我机会吗？

出国，带给我的真的不知道是什么，习惯了一个人独立地面对所有问题，却再也找不回曾经的天伦之乐，我再也不是躲在父母羽翼下面的快乐女孩。什么时候变得这么软弱？竟然不知道如何去面对亲情了。

## 2006年4月26日

我知道自己已经练就了金刚不坏之身。

不怕打击，屹立不倒。

昨天严格来说是幸运的一天，是我自己都没注意到。

悉尼突然降温了，天很冷，还飘了点儿小雨。

七个小时的课，忙着奔波于各个教室之间。

偶然间一抬头，我居然见到了一弯彩虹。

坐落在乌云之上哦，是一整座彩虹。

虽然说在悉尼见到彩虹不算稀罕。

乌云里面都可以看见彩虹，说明世界还是很美好的。

可是尽管世界是美好的,下课以后还是要去买菜,幸好有妈妈做饭给我吃。我终于体会到妈妈下班以后还要做家务的辛苦了。

看着妈妈操劳的身影，却不知道如何表达自己的感情，我真的希望自己可以懂事一点，不再跟妈妈起争执，多理解妈妈一些。

妈妈，对不起，我很感谢你在我的身边，我爱你。

## 2006 年 4 月 29 日

那样的刻骨铭心，原来只是一场梦啊

好奇怪，十天之内，我已经梦到那个人至少七次

每一次都要经历生离死别，不同的场景，一样的心痛

我能清楚地看到他的脸，知道不是生活中我认识的人

等我再次醒来，却又会忘记他的样子

那样的呵护，那样的疼惜，那样的痛，只有梦里才会有吗

可是一个陌生人怎么会反复出现在我的梦里

于是我开始相信这是缘分，他总会出现的

十天七次，已经不是偶然了吧

我等待着你的出现

## 2006 年 4 月 30 日

今天晚上决定 Relax 一下，虽然周五晚上还有考试。

终于抽时间把《天生一对》看完了。好多人都说港片是垃圾。

可是我每次看完都会有所收获，不知道为什么。

港片很容易触发人的感情呢，随便一首插曲都会催人泪下。

不知道那英文插曲的名字，只是觉得听起来心会变得很柔软。

我一直都喜欢听很柔软的歌曲，喜欢歌词，喜欢曲调。

地铁站的那段好感人，我都和她一起流泪。好像突然间能体会她的感受。

还有那句最重要的话：用最好的心情，面对最坏的事情。

经典哦，要记在心里才行。

不过最最喜欢还是类似《魂断蓝桥》一样的电影，含蓄而感人。

什么都不用语言表达。播给懂得的人看。看多少次哭多少次。

也会想，如果我是她，我会不会祈求原谅。

不知道，也许我也不会说，保留完美的回忆给彼此。

这样对他公平吗！他自己有选择的权利，不是吗？

好复杂啊……以后还是不要换位思考了。

《雏菊》好像网上还没有可下载的。

考试时间表出来了，似乎有一个月的假期。

不想回去，来回 28 个小时的飞机实在让人难以忍受。

而且交着房租回去太亏了。

上 Winter School（冬季学校），我就等于没了假期。

这样好一些，人忙起来就不会胡思乱想。

嗯，就到这里吧。晚安，我爱的人们。

## 2006 年 5 月 1 日

下课回家了。真是累啊。

上午去上课的时候还是晴空万里，下午就乌云密布了。

悉尼的天变得还真是快啊。

刚才回家的时候小雨淅淅沥沥地下着。

点到脸上真舒服。

路人都匆匆忙忙的，我却悠闲漫步。

难得的小雨天，要珍惜啊。

路上还看到地雷花，想起玩闹的童年。

呵呵，心情真是好啊。

听朋友介绍《雏菊》很感人。

看了剧情介绍，那句“欲语还休”真是经典啊。

东方人一向都是这样的。

所以才有那么多错过的故事嘛。

不然导演怎么有噱头。

开始觉得自己应该是敢爱敢恨的，喜欢就会去追去抢。

现在发现根本就是不可能的。

我们中国女生还是很矜持的，虽说现在是 21 世纪了。

估计我还是“人鱼公主”式的人物。

宁愿眼睁睁看着自己心爱的人投入别人的怀抱。

有人说是因为不在乎，所以没勇气争取。

我却觉得是因为太在乎，不敢去争取。

怕连守在身边做个朋友的权利都失去。

默默守候也是一种幸福。

不是有句话说，一个人的爱情是最完美的。

依旧在梦着那些刻骨铭心，似乎是相识的人、相识的名字。

却在真正清醒后忘记。

罢了，淡然处之，万事皆有因果，总有真相大白的那么一天。

也许我的梦预示着将来吧。

六十亿人，我们能相遇就是缘分，所以我会珍惜这份缘。

珍惜在身边、不在身边的朋友，记得关心挂念问候。

祝大家五一快乐。

# 第三部分

# 酸甜苦辣尝初恋

## 2006 年 9 月 5 日

Delete（删除）掉了旧的 Blog，创建了这个新的。原因无他，只是实在无法在那里写出东西了。生活，总是出乎人们的意料。谁也不承想我就在 Winter School 的第一天遇到了 M。我想如果不是那十天七次的梦让我坚信我命定的恋人即将出现，如果不是妈妈拼命地鼓励，况且我的年纪也确实应该认真地谈一次恋爱，我是不会接受 M 的追求的，不会告别一个人的日子，容许另外一个原本陌生的人走入我的人生轨迹。毕竟，在澳洲谈恋爱是一件非常不理智的事情，谁也不知道对方的未来在哪里。不知道是对是错，只是，不想让自己后悔。

不知道我的幸福会持续多久，毕竟没有人可以预计将来。但是，Anyway（无论如何），既然已经踏出了这一步，我都会彻底地爱，尽全力地努力争取。毕竟一直以来我都相信自己是敢爱敢恨的人。所有的生活都是不一样的，要去试着和一个人生活。

要试着接受很多我不曾接受的东西。

Transfer（转系）之后，本想平静地度过我的大学生活。

没想到，M 的出现，让我的整个计划脱轨。《月亮和六便士》里说感情有理智根本无法理解的理由。所以我开始学着为别人考虑，学着照顾别人。学着真正让自己的生活中融入另外一个人。在心理上，学着让自己进入一个妻子的角色。

很多人会觉得太夸张，太不可思议。毕竟现在的速食爱情那么多，这个年纪谈恋爱会想到结婚是一件不可思议的事情。但是，在他身边的每一刻，我都希望能做他的妻子。

不承诺将来，但是可以畅想将来。如果不能天长地久，我至少曾经体会过。

让一切都停留在记忆中，化为永恒。这新的 Blog，是为他而建。

如果有一天，我不再是陪伴在他身边的人。那么，这里，就是找回我回忆的地方。

当然，我想我会一直是陪伴他的人的。

那么，这里，依旧是找回我们记忆的地方，在很多很多年后。

在我们有幸福的将来以后，回到这里，回忆我们经历过的酸甜苦辣。

遇到他，是上天最美丽的赏赐。永不后悔。

## 2006 年 10 月 3 日

不知道怀念什么。只是有点累。

算起来其实也没发生什么。只是身边多了一个人而已。

开始学着适应他的脚步和生活方式。

并没有太大的差异。

只是我的世界不再只有我一个人。

最近经常性的情绪不高，问原因，不知道。

都是莫名的。也许真的是累了吧。

突然多出那么多我不知道怎么应付的人和事。

其实这生活，不过和国内一样。

当初躲出来，想找到我的自由，厌倦了约束。

自由了三年多，最终还是回到了原来。

要去适应别人的脚步，要约束自己不能随性而为。

我想，人的一生必然都要过这样的生活。

怎么可能躲得掉，真是傻瓜呢。

不知道怎么能让自己开心起来。

真是困难，人越多，心越累。

想念窝在床上抱着电脑的日子。

开心了 MSN 上随便聊聊，不开心了，可以窝在家里一整天。

不用换衣服，不用化妆，不用应酬。

那样的日子永远都不会回来了。

我自己选择了自己的将来，就不可能回头了。

舍不得身边的人，就只好放弃我的任性了。

这两年，发生些许小事，居然有些小小的沧桑感。

很想念很想念高中时期的单纯快乐。

都过去吧，我想要简单的生活。

## 2006 年 10 月 25 日

很久没写 Blog 了，心里很多话想说，却无从写起。

想说的不能写，能写的又不知道写什么。

只知道人长大了，生活就不再简单，甚至不再能控制自己的心情了。

未来，学业，爱情，都不再是我能掌控的事情。

这种感觉很可怕，因为不知道自己将要面对的会是什么。

20 岁开始，人生变得“坎坷”，终归要经历挫折的。

风雨过后，是否就是晴空？抑或还是阴云密布？

无从判断，只能等待，结果的出现。

年少时曾经以为只要努力，没有达不到的事。

谁知才不过一年的光景，心境，竟然差了如此之多。

不想长大，却不得不开始面对成人的世界。

多么遗憾，不再稚嫩。

要学会去争去抢，只因为不想放弃。

开始改变，甚至戴上面具，去做我不想做的事情。

一切只因，不想忘记。

伤害不想伤害的人，也在自己心中埋下伤痕。

等待着，慢慢痊愈，不知道那疤痕可否淡去。

那平静，真的再也回不来了。

我曾尝试，让心态回到从前，却做不到。

原来，生活的底色早已经改变。

晕染上的颜色如何能轻易消失。

上天依旧眷顾我么？

那么，就请不要把赐给我的幸福夺回去。

让我安稳平静地生活。

天佑我，万事顺利。

## 2006 年 10 月 28 日

心乱如麻，却不知如何下笔

想找人聊聊，一个旁观者，却找不到这样的人

厌倦这种心情，却又无能为力

曾几何时，Blog 是我最忠实的听众

而现在，却再也找不回这种心境

原来，心不是我的之后，会带来一系列的后果

都是我当初不曾设想到的

不知道怎样过两个人的生活

当我的世界不再只有我以后

一切回不到原点，却也找不到继续下去的轨迹

飘在云端，不知道方向在哪里

而我深爱的你，会等我多久？

会等我找到方向，还是直接给我一个方向？

在迷失中，痛到不能自已，害怕，丢掉了自己
我爱的人也深爱着我，可是为什么还是会心痛呢?
难道是因为我太贪心了?
想要的越来越多，得到的只能越来越少
一向都知道，是成反比的
不曾奢求的时候，什么都会来到我身边
真正想要的，却不知道能留住多久
我想要，找回那个洒脱的我
你，到底在哪里
我，不要在爱情中迷失方向，不要

## 2006 年 10 月 31 日

眨眼间，已经走过了九十八天
我无数次问自己，如果给我重新选择的机会
我是否还会在了解爱情的煎熬后，紧紧地握住你的手
没有答案
而当我问你的时候，你总是肯定地告诉我
就算时光可以倒流，我依然会留在你身边

我无数次想起我们初识的那段时光
短短的一个 Winter，你带我看遍了悉尼的每一片海景
那属于我们的小天堂，大天堂，海天一线，别有洞天
还有我们定情的老地方
永远记得那个雨夜，初次见到老地方，被那美景震撼
心在那时候开始不再平静

蒙蒙细雨中，坐在车里，听着舒缓的钢琴曲

身边坐着我欣赏也欣赏我的男人

曾几何时，这景象只出现在梦里

还记得，第二次一起吃饭，去 The rocks（岩石区，悉尼著名风景区）散步的情景

愉快地忘记了时间

你这男人总是有心计地帮我实现点点愿望

然后再一片一片地夺走我的心

整个 Winter，你我在揣测和挣扎中度过

猜测着彼此的心意，试探着彼此的感情

谁也不想在这场爱情游戏中失去了先机

我们暧昧，我们快乐

还记得你说：永远不要被别人追上

是啊，追逐的过程永远是最美好的

因为彼此间还存在着那薄薄的面纱

很久不曾那样欢笑过，是你，帮我找回了我的快乐

曾经以为，不过是 Winter 的一段美丽邂逅

不会有结果，不会有将来

放任自己快乐，不去奢求什么

谁知道，上天最终还是把你送到了我身边，成全了我

你的手触摸了我的发

从那一刻起，我的心完全沉沦

从前的一幕幕在眼前闪现

尤记得，等待日出时你沉睡的脸

通宵未眠的你为了帮我实现看日出的小小愿望

早早地出现在我家楼下
虽然看日出找错了地方，但你疲倦的容颜却深深印入我心里
尤记得，小天堂的那棵天堂树下的闲谈
让彼此的心慢慢接近
你说我带给了你前所未有的平静
我说，你带给我的，是前所未有的波澜

终于，你放弃了挣扎，伸出了你的手
终于，我撤下了心防，交出了我的心
你我之间，从此不再有距离
我放任自己的感情流泻，放任自己的心追逐着你
爱，在点点滴滴中体现

相爱，相守
适应，珍惜
争吵，然后比以前更加恩爱

你不再带我去看海，看日出
日子开始在柴米油盐中流逝
浪漫的定义开始转换
我喜欢，每次和你一起做饭一起吃
我喜欢，洗碗的时候你从后面轻轻环住我
我喜欢，你开车的时候紧紧握着我的手
我喜欢，你和我一起设想
将来属于我们两个人的天地
……
我真的好喜欢好喜欢好喜欢……你

所以，陪在我的身边

在有限的生命里，用无限的时间

我想说，如果上天再给我一次选择的机会

我依然会毫不犹豫地留在你身边

因为，你就是那个我等待了二十一年的人

执子之手，与子偕老。

## 2006 年 11 月 1 日

深夜，难以入眠

想起过去和将来，一点轻愁围绕心头

人是应该活在当下的

道理都懂，心绪却不能控制

大考临近，感情又将面临着考验

情绪低落在所难免

MSN 上无人

朋友们都不在。只好找我最忠实的听众

刚刚走过一百天，不知道人生中有多少个一百天有他相伴

不相信永远，却又希望永远在他身边

人，果然是矛盾的

## 2006 年 11 月 20 日

本以为考试过后就不会失眠

谁知道，还是要睁着眼睛到天亮才能沉沉睡去
很多事情积压在心里
没有人可以说，也没有人会懂
回国的日子临近
我却忘记了喜悦的感觉
爱情，似乎会夺走人的快乐
也许，当你真的爱上一个人的时候
你的喜怒哀乐，就不再由自己控制
不敢期盼，甚至不敢想将来
是从什么时候开始，把自己放在如此卑微的位置上
等待着另外一个人来主宰我的命运
曾几何时，我相信，命运掌握在自己的手中
曾几何时，我相信，我不会为任何人做出任何改变
曾几何时，我相信，我的未来会由我自己决定
曾几何时，一切的一切认知，离我越来越远……
从什么时候开始，勉强自己去接受一次又一次的审查？
从什么时候开始，像待宰的羔羊一般等待着一次又一次的评价？
呵呵，清高如我，什么时候开始微笑着面对那些挑剔的眼光？
因为爱情，因为爱他
原来，人真的会变
那么，我到哪里去了？

## 2007年1月9日

又回到悉尼了，Summer School已经开学一周左右，尽管在国内努力耗到过完元旦，还是有些依依不舍。自从M出现后，可以陪父母的时间是越来

越少了。书读完了，就要开始尝试着经营两个人的生活了，建造一个属于自己的小家。那么，就真的是时候要脱离父母身边了。恋爱的甜蜜冲淡了对父母的想念，有人陪伴的澳洲让我的思乡情绪不是那么浓烈了。我竟然比 Susan 晚了整整四年才体验到这种有归依的感觉，而可怜的克克到现在都还没有机会去体验。

两个人住着三室一厅的宽敞房子，还养着一只可爱的狗，这种生活不正是我在电视中曾经看到的国外生活吗？我想，上天是眷顾我的，赐予我如此体贴的他。

两个人的生活虽然少了些热闹，却多了些亲密，每天一起做饭，一起洗碗，一起聊天，只是保守的我们暂时还不能接受一起睡觉罢了。毕竟热爱自由的我们还是需要留给彼此一定空间的。

## 2007 年 1 月 15 日

今天阳光不错，虽然艳阳高照，却难得不热。11 点有考试，9 点半起床，梳洗，却没有打扮。女为悦己者容，有了 M 以后化妆精致地出门在我已经变成了一种习惯。可惜昨夜眼睛周围长了些小疙瘩，虽然看不太出来，还是担心继续恶化下去。疑是皮肤过敏，不知道是化妆品还是美白精华素引起的。唯一的办法就是清水洗脸，什么都不涂，停止使用一切可能引起过敏的物品。照照镜子，看惯了自己化妆的样子，素颜竟然不习惯了。呵呵，我就是这么一个人，生活总有约定俗成的习惯。比如，在家一定要戴眼镜，出门一定要戴隐形，如果改了习惯就会头晕。废话不多说了，换好衣服，准备好考试的东西，10 点整。

开始叫我的懒男人起床开车送我去学校。

等他起床的间隙，发现可怜的 Curry 没有狗粮了。我真是个失职的主人。赶紧倒了些狗粮和清水给它，蹲在旁边看着它津津有味地吃东西，突然间有种类似母爱的情怀在我心中酝酿。宠物啊，有时候真的跟自己的孩子一样，虽然我还不知道有孩子是什么感觉。

找出我的墨镜戴上遮丑，出门的时候已经10点20分了，如果是在北京铁定考试要迟到的，这个时候真的无比庆幸我是在地广人稀的悉尼。经过Birkenhend point的时候，从桥上俯视的风景真是漂亮极了。有种欧洲小镇的感觉，正是我心目中的理想居住地。说实话，这样的生活以前都没敢想过。不曾想过在悉尼会有一个人介入我的生活，一直以为这里对我来说不过是一个中转站，一个暂时停留的驿站。谁承想，会出现我的Mr.Right。一起去超市购物，一起访友，一起郊游，一起生活……爸爸妈妈说恋爱过后，一起生活的日子才是对两个人感情的真正考验，磨合好了是一对幸福鸳鸯，磨合不好也许会变成一对怨侣。特殊的背景、特殊的情况给了我们这个彼此磨合的机会，我宁愿相信我们会变成一对幸福鸳鸯，最终修成正果。于是，我开始学习如何打理家里所有的事情，如何洗衣、做饭、整理房间，如何包容迁就……日子虽然烦琐，但是很幸福。也会吵架，不过吵过之后会更加甜蜜。时间还长，我会慢慢适应。

## 2007年1月16日

看过医生，惊魂总算安定下来，原来真的是过敏了，不然我还真的担心要破相了。中午下课的时候可真是把我吓坏了，莫名其妙脸上、脖子上都开始一片一片泛红，眼眶周围的小疙瘩也愈发明显。

赶紧打电话叫M陪我去看医生，诊断结果就是过敏，原因不明。我猜测是紫外线过敏，因为当我躲避阳光的时候红肿明显消退，唉，美丽天空中的臭氧破洞啊！之前听说澳洲人得皮肤癌的多还觉得夸大其词，亲身经历一次过敏事件让我不得不回忆起地理课本中关于澳洲的臭氧破洞的描述，天杀的紫外线可是我娇嫩皮肤的天敌。以后不管再不方便，我也会记得带遮阳伞了。

人人都道澳大利亚是美丽的世外桃源，365 天中至少有 300 天都是蓝天白云交相辉映，阳光灿烂。可是在那碧蓝的天空以外，肉眼看不到的地方却隐藏着大面积的臭氧破洞，过强的紫外线给人类的生活造成了很多不便。据调查澳洲每年有 1200 人死于皮肤癌，而因皮肤癌去医院治疗的人却有 27 万之多。由此可见，任何事情都拥有两面性，澳洲美丽的蓝天因为空气没有污染终年太阳高照导致紫外线穿透力强，无形中变成了夺取人们生命的隐秘刽子手。与此相比，中国空气污染严重，但至少还可以控制、治理，而天然的臭氧破洞却很难让我们做后天的弥补。

知道是过敏，医生却没有对过敏源进行解释，我也向来是个迷糊的人，只要能治好，也就不关心是否还会复发。拿着开好的处方去寻找最近的药房买治疗过敏的药膏。在澳大利亚，医院和药房是分开经营的，也就是说，你不可能在医院里面找到药房，只能拿着处方单到别处寻找。得到 M 的承诺，夏天结束以前他都会开车接送我上下学，心里美滋滋的，有人疼爱的感觉真好。

作为报答我晚上独自下厨，做了芹菜炒香干，皮蛋豆腐和番茄鸡蛋汤，还特地帮 M 煎了两个单面熟的鸡蛋。做饭的时候 Curry 一直像小跟屁虫一样地跟着我，置它真正的主人于不顾。是谁说猫是奸臣，狗是忠臣的？这 Curry 明显就是个大奸臣嘛，谁给它食物它就跟在谁后面，完全不顾及以前的情面。可见这“狗格”和卢妈妈的北七差远了，不过我很欣慰，真是没有白疼它啊。

## 2007 年 1 月 17 日

悉尼的夏天真的让人很难忍受，假期的课程反而比正常学期还要忙，不过想想也是，本来应该 13 周完成的课程现在得在 6 周内完成，压力必然是相当的重啊。压力非常的大，家里的事情也很忙碌，一整套房子的卫生比起以前的一间来说，真的是脏乱程度倍增，更何况还有两个添乱的男性动物。

Curry 本来是一只西伯利亚雪橇犬，听名字就知道畏惧炎热，不停地掉毛不说，两只耳朵上面还被澳洲恶毒的巨型苍蝇叮伤，经常流血不止。养宠物就跟养孩子一样，虽然我和它建立感情的时间并不长，却着实心疼。实在没有办法带它去看医生，只好每天尝试用碘酒或者红霉素软膏之类的帮它消炎，倒也小有成效。M的父母准备下个月过来陪我们过新年，家里住客搬走以后尚未进行过大清理，这些任务都留待我俩解决。

这些暂时还不足以造成我的困扰，最麻烦的是学科中的一门商业金融让我很是头疼，课本通读，公式记牢，还是一副似懂非懂的样子，第一次小考的成绩尚未出来，心中已经不报什么希望。也许，天生就少了一根挣大钱的神经吧。

尝试着做戴安娜牛排，两个人忙碌了几个小时，还是以失败告终。我对菜的要求向来是色香味俱全，少了卖相，好吃也没什么太大的心情，酱汁没熬好，下次要改进。

## 2007年1月21日

最近严重失眠，睡眠质量很差，夜夜沉浸在怪梦中。我想最近的精神状态真的是非常不好，恋爱的甜蜜也无法治疗我的顽疾。我想我需要看心理医生了。本来指望M能给我些许安慰，没想到热恋初期已过，他已经粗心到开始忽略我的心理状态了。我也知道不能怪他，男人本来就神经大条，不能指望他随时体察女孩子细微的心理变化。

心情焦躁，无法踏实下来看书，感觉浑身都刺痒刺痒的，四年来第二次体验澳洲的夏天竟然无法适应。悉尼虽然属于亚热带季风和季风性湿润气候，可是由于近两年“温室效应”的影响，悉尼的夏天温度经常高达40多摄氏度，我们租住的木结构House里面没有空调，木材吸热，经过一整天的日晒以后，房间里面像蒸笼一样闷热难忍，风扇吹出来的都是热风，找不到一丝凉爽。这样的温度轻易影响了人的情绪，突然无比怀念北京寒冷的冬天。

## 2007 年 1 月 26 日

又是 1 月 26 日，澳洲国庆节。

自 2003 年 1 月来澳洲后，这是我在这过的第二个澳洲国庆节。

四年前的记忆已经不复存在。

只知道今年，真的很热。

总算知道什么叫炎夏了。

House 里面没有空调，风扇吹出来的是热风。

我像死鱼一样瘫在床上哭闹。

我家男人心疼地抱着我哄，决定带我出去买个 Cooler。

两三天以后，我们买回了 Cooler。

结果自那天以后，天就凉快起来。

妈妈说上天就是想让我们破财。

热恋期过后，漫长的吵架期来临。

才半年呢，已经开始摩擦不断。

我家男人笨拙地表达歉意，哄我开心。

小牛脾气的我就是偏不满意。

生气的我跑回房间呼呼大睡。

谁想到两个小时后被他叫醒，看到的是一桌美味佳肴。

这个笨蛋，做饭也不叫我。

心里甜甜的，加上一点点歉疚。

感情，在吵架中升华。

原来，这就是生活。

## 2007 年 1 月 27 日

体重又开始下降，现在只有 43.7kg。

不知道为什么，零食也不想吃。

臭男人领了妈妈的懿旨，如果我不乖乖吃饭他可以“用刑”。

哼哼，谁怕谁，大不了我就哭给他看。

不想吃就是不想吃嘛。

谁知道他做了我爱吃的炒饭，再配上可口的土豆丝。

端来满满的一盘，一口一口喂我吃。

满满一盘哦，真的被我吃光光。

虽然胃撑撑的，不过心里甜甜的。

还说晚上再带我出去吃夜宵。

嗯，这男人虽然每次故意惹我生气的时候很讨厌。

但是爱我疼我却实实在在。

从国内回来自己什么都没买，又给我买衣服买鞋还有化妆品 Sunglasses。

说只要我乖乖的，我想要什么就买给我呢。

不过嘛，我就是不要乖乖的。

什么都有了，多不好玩。

偶尔闹腾闹腾，才有生活乐趣。

## 2007 年 1 月 30 日

刚出了 FINC2011 的成绩，悬着的心放下了一点

不过心火还是没降，天实在太热，浑身黏黏的

刚刚得知许伟伦过世了，真可怜，年纪轻轻的

真是红颜薄命啊

所以说各位开车的同志们，一定要安全驾驶

炎炎夏日，读两门课还真累

一周要去学校四天，ECOS 还节节课都要交作业

每份作业才 1%……

唉，这都不能放弃

为了我的毕业大计，加油吧

FIGHTING FIGHTING！

就到这里吧，继续去跟 Finc 奋斗

天气快点凉下来吧

## 2007 年 2 月 3 日

打印机不知道为什么坏了，Lecture notes 打不了真是不习惯。

昨天我家 M 考试，我在 City 等他。

逛了一个小时，看上了将近 AUD 1000 块的东西。

全部都是化妆品护肤品的，还好最近 harajuku 的东西没更新。

不然再看衣服真要吓晕了。

郁闷至极只好乖乖回到 Market City 找地方坐坐。

省得经不住诱惑管不住卡里的钱。

唉，我左等右等怎么时间过得这么慢啊。

City 也不敢逛，喜欢的东西太多，可惜没有 Budget。

我家 M 还以为我是 City 东西看不上，想去 Martin place 逛名牌。

天知道，我可贤惠了，才不会乱花钱。

虽然他说，你喜欢什么就去买嘛，卡都在你这里。

可是当家很辛苦，那么多账单交得我心疼。

也就不舍得给自己买东西了。

可怜我家 M 连着三天考试，今天总算解放了。

可惜我下周一就要考试，不然他就带我出去度周末了。

讨厌的 Finc！

为了让我乖乖复习，我家新新好男人正在厨房做我最爱吃的红烧肉。

还是挺幸福的，不用我做饭也不用我洗碗。

嘿嘿，那就让考试来得更猛烈些吧。

好了，我得乖乖复习去了。

## 2007 年 2 月 9 日

看到一些关于北京的照片。

开始疯狂想念北京，那个我住了十几年，我视为家的城市。

在我尚未来得及探索她的时候，我就已经选择了离开。

除了熟悉的大院以及我念过的学校，逛过的商场，吃过的饭店以外，我对北京甚至可以说是一无所知的。

但是毫无疑问，我爱她。

我想，喜欢一个城市，就如同喜欢一个人一样是没有理由的。

风沙飞扬的春，我爱她盛开的樱花、桃花，爱她吐出的点点绿意。

炎炎的夏，我爱她傍晚的那一丝丝凉风，爱她低垂在湖边的棵棵妖娆的柳。

树叶飘落的秋，我爱她堆积在路上的片片落叶，最爱踩上去以后那厚实的感觉。

萧瑟的冬，我爱透过不甚清晰的玻璃看着光秃秃的树和斑驳的墙面。

很多人，无论是否了解北京，是否生活在北京，都不喜欢这个地方。

是啊，没有上海的经济发达，没有南方城市的典雅清幽。

而我依然爱她，混杂着些许崇敬。

并不因为她是首都，是政治中心。

而是因为那沧桑的历史。

在我眼中，北京就好像是白发苍苍的老爷爷，和蔼而且睿智。

白发苍苍，并不代表老迈，就好比 Harry potter 里面的邓不利多。

我总是感觉，有很多很多的故事隐藏在很多地方，等着我们去发掘。

北京，也是个有故事的地方。

而这些故事，我甚至还没有来得及去读，就已经放弃了阅读的权利。

那些小巷，砖墙，站牌似乎还在向我诉说着什么……

而我却再也听不到了，看到的只有匆匆忙忙的人，听到的只有嘈杂的声音。

那纯净的故事和过去终究也埋藏起来了。

世俗蒙上了我的眼，蒙上了我的心。

离开北京后，我甚至已经不曾认真地阅读她。

而在今时今刻，从别人 Blog 看到关于北京照片的一瞬间。

似乎，什么东西又回来了。

期待着，再次寻找童年的北京。这次，我会用心去读每一个等着我去发掘的故事。

THE END，想念北京。

## 2007 年 2 月 10 日

这两天沉迷于电视剧 *lost*。

剧情讲述一群空难幸存者 lost（迷失）在荒无人烟的小岛上。

生还者形形色色，国籍、人种、文化背景、个性各异，有父亲、儿子、朋友和敌人。

他们不仅迷失在热带丛林的荒岛上，

更迷失在自己的内心和灵魂中。

每个人都或多或少有些意图埋藏的往事。

拼命想遗忘，却偏偏遗忘不了。

躲藏，隐姓埋名，不停地换地方，想重新开始。

其实都是没用的，因为那些记忆永远存活在自己的心里。

让自己没有办法重新开始的，其实根本就是自己。

自己打了个结，把自己套在里面。

肉体走到哪里，心灵和灵魂就套在那里。

看着想着，我也把自己套进去了。

爱思考，是件好事，可是思考过后，会钻进死胡同就不是好事了。

而很不幸，我偏偏就是这样的人。

所以，我 lost 在自己的记忆中，或远或近的记忆总是在折磨着我。

我是一个极其矛盾的人。

内心深处想做一个善良温柔的人，而事实却总是事与愿违。

有时候，我甚至不知道我是谁。

有时候又会突然对自己感到陌生，觉得这个似乎不是我认识的自己。

茫然啊。

我想我是有间歇性情绪低潮。

而现在，刚刚好发作。所以身边的任何东西都很容易触动我的情绪。

真糟糕。

不过还好，有他在，想着办法哄我开心。

## 2007 年 2 月 11 日

昨天很开心，收到了他的意外惊喜。

我去上课，他就趁着这个空隙买了情人节礼物送给我。

很漂亮，是一颗黑珍珠的吊坠。

项链有很多很多，不过没有珍珠的。

总觉得我只有一个脖子，要那么多项链干什么用。

珍爱一条，一直戴着就好。

可惜幸运如我，依旧有很多的选择。

各式各样，各种质地，贵重或不贵重……

但是却很少有能让我真正珍惜。

尤记得，第一条对我来说非常珍贵的项链

是爸爸从香港买来的。

十五六岁，人生中第二条铂金项链，

爸爸送给我后，就没离开过我的身边。

那是我人生中第一个对我意义非常的男人送的，一出生就疼我爱我的男人我的爸爸送的。

而现在，我收到的第二条珍贵的项链就是这颗珍珠吊坠。

这是我人生中第二个对我意义非常的男人送的，是一个疼我爱我的男人。

两个人的日子有些不习惯。

没有约会，没有甜言蜜语，不像以前一样花前月下。

再也不曾去过小天堂，大天堂，海天一线，别有洞天……

这些记忆在我的脑海中甚至已经开始慢慢模糊。

似乎我们两个从一开始就是这样相处着。

我渐渐开始忘记很多事情，开始不记得以前是如何相处。

我不知道这是好是坏,但是我知道,所有幸运的情侣总有一天会变成这样。

一起洗碗，洗衣，做饭，收拾房子，开始吵架，闹别扭，然后……

我没有厌倦，只是开始不适应，还有些小小的害怕。

因为生活开始不再只有我一个人。

你要信任他，照顾他，两人的心要一起跳动。

而这些，都让我感到恐慌。

不曾愿意让人分享我的全部，包括父母在内。

而现在，有个二十多年不曾相识的人冒出来。

要分享我的所有内心世界，让我有些无所适从。

有时候看着他，我会突然感到陌生。

这个人，就是我爱的那个人吗？

就如同，我对自己感到陌生一样。

也许，我只是需要时间去习惯。

我不想闹别扭，也不喜欢任性，可是，我还是一直这么做。

是不是故意，我已经不知道。

我只知道，虽然我很害怕，但是我会 Find the way。

## 2007 年 2 月 20 日

时间过得真快。眨眼间，已迈入人生的第二十二个年头。

先来说说我的 Surprise 吧。

那是 15 号考试完，M 给我的惊喜。

日本的木质首饰盒，很喜欢很喜欢。

更喜欢的是 M 的心意。

看我最近上课压力大，就哄我开心。

昨天去 City 办事完，又买了漂亮的化妆品给我。

还买了三件衣服。

然后去 The rocks 吃西餐，虽然是和叔叔婶婶一起。

夜色中的悉尼还真是很漂亮呢。

今天呢，就是大年三十。

本来说好回家，可惜房子需要打扫好才能迎接我未来公公婆婆的到来。

所以只好留在这里了。

这么说来这两天可忙了呢。

明天请了清洁公司来打扫。

后天又要去挑张床。

……

唔，看来我们两个人的 Hunter valley 之行又得取消了！

安排暂时就是这样的。

没有什么特别的乐趣。

晚上要去阿姨家吃饭，和爷爷奶奶叔叔阿姨等一起过年。

唔，其实还挺不自在的。

不过人多总归是热闹嘛。

就到这里吧，祝大家新年快乐哦。

## 2007 年 2 月 23 日

大扫除总算告一段落。

这叫一个累啊。

我们家终于完成了猪窝——狗窝——家的进化。

有个住人的样了。

家具总算采购齐全了。

可怜 $ 也是越来越少……

当家还真是难啊，真难想象妈妈是怎么完成这些任务的。

还伤了我的右手小拇指。

可 M 一点也不心疼我。

我不过趁他不注意的时候偷偷动了尚未组装完成的家具一下嘛。

谁知道就把手弄破。

悉尼今天真是热啊！！！

接机回来都下午了！太阳简直是曝晒啊！

刚刚发现我家门口有只走丢的狗，真可怜。

喂了点狗粮给它，我家 Curry 就不乐意了。

狗也是很霸道的嘛！

好了，就到这里吧，我要被烤熟了。

## 2007 年 2 月 25 日

这两天深刻体会到我们中国文化的博大精深

几十个省，几百个市，几千个县，每个地方都有不同的方言

那么，中国到底有多少种方言呢

不知道，只知道在与 M 和他的父母交流时什么都听不懂

真是比日语都难懂

偏偏大家还都要跟我说话，害得我只好见人就笑

所以说，我一定得学会听宁波话！

可怜的我每天的睡眠时间从 12 小时，减到现在的 6 小时

还要不停地东奔西跑，被太阳曝晒

不过感觉挺好，不然在家都长毛了呢

而且，还收到压岁钱可以自己支配买喜欢的东西

哈哈，我心爱的东西们，等着我哦

我很快就来了！

明天晚上我会第一次踏进悉尼歌剧院的大门

真的不知道里面是什么样子啊！

## 2007年2月26日

有些不太开心，因为终于要面对一些我不想面对的问题。

我不喜欢长大，因为我对未来感到很迷茫。

有时候我会问自己，我感到幸福吗？

我想应该是幸福的吧。

身边的这个人我爱他爱得心都在疼。

而他的爸爸妈妈也确实把我当自家人在疼。

很好的家世，将来也许都不需要我做事。

只要当好我的有内涵的花瓶，相夫教子做个好主妇就好。

不过，那应该还是很远的将来。

因为，我身边这个人，得去做他和他父母想让他做的事情。

因此，我也许就会失去了做我想要做的事情的资格。

我不能再随心所欲去计划我的未来。

要学会看公公婆婆和他的脸色。

变得贤惠，学会做很多很多事情，虚心接受很多很多意见。

我不喜欢化妆，也不喜欢穿很高很高会脚疼的高跟鞋，也不喜欢被人评论来评论去。

我明明可以有很多很多的选择。

选择一个平等的家庭来安排我们共同的未来。

一个毫无条件接受我全部的家庭。

可是，我还是选择了他。

努力让未来的公公婆婆接受了我。

努力让那些挑剔我的人认可了我。

为他，我做了所有我不屑去做也不愿意去做的事情。

去对那些我明明不喜欢的人微笑。

像个傻瓜一样坐在那里笑着听那些我听不懂的方言评论我。

我有点迷茫，这是我要的生活吗？

他说我应该把他培养成一个成功的男人，妈妈也一直是这样做的。

可是妈妈从来没说有这么多的人要求妈妈那样做。

我不想定居澳洲，也不喜欢一年才能回国三四个月。

我想回北京，回我的家，生活在我熟悉的人们周围。

走我熟悉的路，过着我熟悉的生活。

不需要锦衣华服，不需要金碧辉煌的住宅。

只要和乐、平定的生活。

澳洲这片土地不属于我，尽管我的美好时光是在这里度过。

箭在弦上，不得不发。

我已经不得不接受这样的生活和未来。

虽然我知道我可以做得很好，但是我需要勇气去做。

陪他，一起努力。

## 2007 年 3 月 3 日

时间过得真快，下个星期二就要开学了。

本来今天去改 Timetable 的，结果时间又耽误过去了。

最近对于我的将来想了很多，很快就要毕业了。

却还没有一个很好的 Plan。

Summer 的成绩出来了，我非常担心的那门课也 pass 了。

感觉良好的课成绩却让我有点小小的失望。

不过无妨，已经是意外的惊喜了。

所以说我的 Summer 也没有白读呢。

这样就不会太遗憾没有回家过年了。

Curry 已经到新家第二天了。我想它一定很伤心我们把它送到别人家养。

我也很难过，送它走的时候眼泪都在眼睛里面打转。

不过，这样的结果对它是最好的。

带它回国的话，也不一定会受到妥善的照顾。

而且，我一个人也照顾不了它。

很想念它，毕竟它是我的小跟屁虫呢。

相信它很快就适应了，新主人对它也很好。

生活还是在继续，虽然我很迷茫，但是也会勇敢地面对每天的生活。

## 2007 年 3 月 4 日

昨夜，收拾好行装，想离开这个男人，这个家。

他沉默，看着我整理属于我的东西。

叔叔阿姨送的，他送的，一样都不想带走。

真的累了，不想一天天枯萎，不想一天天失去我的快乐。

转身，准备离开，他拉住了我的手，拥我入怀。

如同往常一样，我无力挣脱。

走了，又如何？谁都知道我无处可去。

倔强的我是绝对不会向任何朋友求助的。

流浪？流浪！只是想离开这个让我窒息的地方。

可是他拉住了我，抱住了我，一句话也不说，拒绝让我离开。

无论我说什么，他都不肯放开他的手。

终于，我累了，放弃了挣扎。

眼泪开始不听话地流下。

他说，既然说不爱我了，为什么还会流泪？只要你还爱我，我就不会让你离开。

我依然坚持要离开，他问我理由。

一句一句脱口而出，他淡淡笑着，为什么不早告诉我？

“你的无奈我都懂，都知道，但是，你也明白，我们没有选择。”

泪一串一串流下，他的眼眶湿润。

留下我，只因为他爱我，而且他知道，我也爱着他。

辛辛苦苦走到今天，我的笑却越来越少。

真的累了，想放弃了，想不负责任地走我自己的路。

也真的决绝地要抛弃，可是，最终，还是留下来了。

和好，然后一切又回到从前，似乎什么也没发生过一样。

可是，我的心依然迷茫。

爱他，是肯定的。

可是，真的就要这样一直过下去吗？

## 2007 年 3 月 5 日

大家都为我担心了吧！

放心，我生命力顽强，过得很好。

前一篇 Blog，只是记下生活中的点滴。

这个男人，很爱我，也很疼我，

就如同我对他一样。

很多事情不曾写出来，是因为他觉得没面子。

对我的好啊，只有我知道就可以了。

想离开，确实慎重考虑过，

因为不想活得有枷锁。

跟妈妈谈过后赫然发现，

其实这就是我一直过着的生活。

绕了一圈回到了原点，

不同的是身边的爸妈，

换成了他和未来的公婆。

有人问我宁波话听不懂怎么办？

偷偷告诉你们，

只要我用功听，还是懂得大部分的。

不过还是不懂为好，这样就不用关心他们讲什么，

不知者无罪嘛。

请别担心，我知道自己选择的是什么。

我也是有野心的，我想成就一个成功的男人。

就像妈妈一直做的那样。

与其做个女强人，我更想帮助一个男人成功。

然后再创造一个幸福的家庭。

未来公公婆婆对我很好，但小辈总要孝顺，所以不敢太嚣张。

对物质的要求，其实我不是很 care，

有能力追求好的，我当然会追求，

没能力追求，我也安于现状。

今年嘛，就是快点顺利完成学业，

然后把车学会，这样如果 M 回国的话，我就可以自己开车。

如同妈妈说的一样，当初就知道后果的我，自己做了选择。

坚持到底，半途当逃兵不是我的风格。

对他，对父母，对他父母，对我自己负责。

就到这里吧，要出去了。

## 2007 年 3 月 10 日

开学了，应酬也告一段落

明白了什么叫爱情，学会了体谅与沟通

房子还在持续寻找中，不过 31 号之前一定得搬出去

加课的申请批了下来，这个学期要读 5 门课

M 说等搬好家之后就去打工，不然这段等待的时间也太无趣

两个人还在试着磨合，不知道可以走多久

只知道每次他抱住我的时候，我根本无法离开

为什么要离开呢?

其实，人活在世上谁不用去适应别人呢

选择了他或者是别人，都是一样的

也许，我更适合自己一个人生活

但是，那不是我的希望，也不是父母的希望

不想担心太多，也别想得太多，其实只要换个角度想

我已经足够幸福，比起别人，得到的太多

就这样吧。M 在做饭，我去陪他了

## 2007 年 3 月 14 日

该睡觉了，决定上来溜达一下

叔叔已经回国，阿姨再过十天也要走了

磨合还在继续，不良反应还有很多，不过需要适应

这个学期要努力学习

愿望就是目标，目标就是梦想

一达成目标，不可以有任何闪失

其他的都已经不想了，一切都顺其自然吧

跟妈妈谈心，觉得我还是不适合和别人一起生活

妈妈说爱一个人，就要学会包容

简单的道理，我懂，却很难做到

对他，对我，都很难，但是我们都在做

已经做了决定，毕业以后回北京，回到父母身边

自私吗？

很久没有和父母在一起

虽然，我知道，一切已经回不到从前

但是，我想回到爸妈身边

所以，现在的一切，都是为回到父母身边做努力哦

对他，还是爱着，深深地爱着

我想，我们还年轻，都有想要去做的事情

爱情，不会消失，我们会小心地珍惜，但不要互相牵制

爱他，但是也找回自己

这种感觉，真的很好！

## 2007年3月15日

上课的感觉真好，过了太久糜烂奢华的生活。

终于回归学生的纯朴，真的很喜欢。

决定回北京以后，突然间斗志昂扬。

想念曾经熟悉的一切，鞭策我更加努力向前。

每天都开心地去学校，也不打算翘掉早上的课。

回到我的生活，不再被男人牵制住。

该打理的还是在打理着，该爱自己时还要爱自己。

学会让自己的心情保持平静，我想，这是爱的最高境界。

平淡着，没有起伏，

M 不喜欢我现在的状态。

因为理智得似乎回到最初不够爱他的时候。

曾经理智地帮他分析，一起渡难关。

不吵不闹不要求也不曾责怪，所有的忍让换来了我的幸福。

然后所有的回忆开始让我抱怨，甚至憎恨。

争吵，和好，争吵，和好，就这样一直循环。

难得我可以一瞬间放下一切，

平淡地生活着。

是又关上心门了吗，

还是学会了逃避？

都不知道，反正我还在他身边。

我们还相爱着，他也不允许我不爱。

开车时还是握着我的手，无论我怎么抽也抽不开。

像个孩子一样，紧紧握住。

呵呵，原来换种方式相处一切就不一样了。

对于感情，还是顺其自然，

担心太多未来，谁都不会快乐。

而我，干脆决定不去想，也不去希望。

上天自然有它的安排，不是吗？

## 2007 年 3 月 16 日

房子还在持续寻找中，明天有 N 套要看

中介一听是 Couple 找房，显然积极很多

最近居然两次被问到，我们何时结婚

看来澳洲早婚是很正常的事情，所以都认为我们应该结婚了

我可不打算早早跳进围城

失去单身的自由我已经头痛

相信他也抱有同样想法

待在同一个房间，各自抱着各自的电脑

偶尔斗两句嘴，偶尔又甜言蜜语

我也不知道我们现在什么状态

外人面前我们亲密如常

剩下两人，我继续坚持不动摇

而他只要求我每天对他温柔 15 分钟

剩下的时间，是我的自由

也许这就是生活

## 2007 年 3 月 18 日

从早上 10 点到下午两点一直在看房

最后那套房子还真是挺满意的

9 楼的 Apartment，无敌海景

不知道抢不抢得到

早上那套也还凑合，阳台上也可以看到 Harbour bridge

不过我还是比较喜欢新一点的公寓楼

可惜都是太贵了，City M 又不喜欢

挑来挑去北区也就那几个地方

超级贵得让人咋舌，价格合理的又抢的人多

头痛啊！无论如何也要 31 号之前搬出去

## 2007 年 3 月 20 日

非常不幸，今天 Agent 来电话了，

两套房子全部泡汤。

十天后我们就会被房东踢出。

早知道就不这么快退房。

上课的感觉真好，

只是 Engine 的 building 真是太破。

没有空调不说，甚至有间教室连风扇都没有。

有没有这么穷啊。merewether 的空调都要冻死人，

怎么这边还热成这样，简直是不可思议啊。

开始认真读书了，虽然很多课都还没什么头绪，

不过我已经在努力了。

lec 虽然有时候还是会翘，但 Reading 我已开始做，

虽然进度有点赶不上。

我的中文和英文水平似乎在同时往下降。

词汇量贫乏，连词永远就那么几个，

体重依旧在 42.9 kg 和 44.1 kg 间徘徊，丝毫没有上涨趋势。

相当郁闷。

废话没有了，就这样吧，念书去也。

## 2007 年 3 月 21 日

有多久，不曾在这静谧的夜思考

有多久，不曾独自抱着电脑窝在床上耕耘我的 Blog

有多久，不曾用灵魂和人交谈

有多久，不曾闭上眼，心中一片平静

……

一切似乎都归于平淡，我的生活开始变得庸俗

觥筹交错的尘世遮掩了我的淡然

那曾经让人羡慕的淡然竟然被我埋藏在心灵深处

怪不得，修炼的人要排除七情六欲

怪不得，佛家弟子有七戒

摘掉左手中指的戒指，手指已经留下淡淡的戒痕

我明白，一切都不可能回到从前

断线的风筝，终于停滞到了苍天大树上

若叶无情，也已经消失无踪

17 岁的我，经过漫长的过程，终于蜕变

告别了若叶无情的日子，有些许的怀念

毕竟，留在我心中的，是一个美丽的故事

关于擦肩而过，关于朦胧的爱恋，关于我追求了很久的无情。

毕竟是红尘中人，脱离不了情的诱惑

最终没能做到真正无情

这枚戒指，是从认识他开始
收到的最为廉价也最为珍贵的东西。
价格很便宜，价值无可比拟
关乎一个承诺
他的承诺
而他手上那枚我抢也抢不回来的戒指
也关乎一个承诺
我的承诺

有时候真的想放弃了
因为那一层层掩盖住我的光芒的铅华
因为那一把把锉掉我棱角的锉刀
痛而且黑暗
这个时候，妈妈说，只要两个人相爱，没有过不去的难关
这个时候，爸爸说，坚定目标，坚持到底，没有理由放弃
这个时候，他说，只要你还有一滴眼泪，我就不会让你离开
而我，偏偏就是水做的骨肉，永远都会有一滴眼泪
而我，是不头破血流不会放弃的
而我，深深爱着他，他也深深爱着我
那么，注定要坚持下去了，不是吗？
尽管知道爱情必然会伤筋动骨
尽管知道心会隐隐作痛
可依然抗拒不了互相依偎时的温暖
那么，怕什么？大胆地坚持下去吧
他需要我，而我，也需要他
从来都是有勇气的，他说最欣赏我的勇敢
我是敢爱敢恨的，为什么要裹足不前？

人早晚都要戴上面具，怎么可能一直活得那么纯粹

人人都说我变了，是啊，外貌变了

不再清汤挂面，以本来面目视人

用胭脂水粉遮掩住了清丽的容颜

不再有人看到默然坐在教室角落拒绝沟通的我

不再有人有机会被我的特别所吸引

这一切，都被掩藏

外表变得艳丽，而且平庸

而我的心，从来没有变，依然纯粹

懂我的人会知道，我依然是我

夜深了，心静了

有些困乏，该睡了

## 2007 年 3 月 25 日

重新认真阅读了转贴的内容，

真的是字字珠玑。

对于这些忠告，曾经许是读过的，不过未曾入心。

读到最后一句，让我想起了《飘》里面的最后一句，

经典的台词：没关系，我还有明天。

是啊，有什么比希望更重要呢？

活着就是希望。

爱的人离开了没关系，总会遇到更适合自己的。

在人生路上摔倒了没关系，自己爬起来也许过得会更好。

没有什么东西什么人，是可以让自己抛弃自我的。

有时候，我相信冥冥之中有种力量在主导着一切。
当你失去什么的时候，一定会得到另外的东西。
那么，抱着希望吧。
乐观开心地面对每一天。
奇迹，就在不经意间出现。

好了，感慨发完了，来表扬一下我家男人好了。
场景一：
Chatswood（施华洛士奇水晶店）。
挑选妈妈的生日礼物。
试戴手链，看中两条，一条适合自己，一条适合妈妈。
买了适合妈妈的那条。
心里惦记着另外一条适合自己的。
M 说暂时不买，等搬家以后再来。
小小的失望。

场景二：
Chatswood the body shop 门口。
M 要求去 ATM check 一下银行的 Balance，
借机拿走了放在我包里的钱包，
又说肚子痛，要去上厕所，
要走了我的手机，
让我在 Body shop 逛着等他。

场景三：
Body shop。
每样东西都被我研究过了，

实在无聊，打算去厕所那边找他，
刚出门几步，就碰到了迎面过来的 M，
手里还拿着施华洛士奇的袋子，
里面安然躺着那条我中意的手链。

真没想到 M 这么有心，
平时马马虎虎，感觉上完全不懂得我的心思，
居然能做出这么 Sweet 的事情，感动。
谢谢你哦，亲爱的。

场景四：
乐极生悲。
回家以后一直很高兴，对我的礼物爱不释手，
终于肯乖乖放下，看会儿碟，
看了一半想吃柿子，打算像往常一样拿刀削皮。
谁知道这个柿子特别的硬，叶子那里怎么也抠不出来。
稍一用力，刀就从我的手上狠狠地划过，
血瞬间流了出来，
叫 M 来帮我包扎好，
阵阵疼痛从手指传来，
可怜我的左手大拇指被划了一厘米多长的口子。

所以说，不能太高兴，
乐极一定生悲。

## 2007 年 3 月 27 日

腰酸背痛腿抽筋是我目前的最好写照

搬个家咋就这么累呢

真不知道当初跟爸爸妈妈几次举家迁移是怎么做到的

可怜我明天还要上一整天的课

后天搬家完了继续上课，大后天还请了清洁公司来打扫

搬完之后必然有一堆衣服要洗啊

光想想手就已经在发抖了……

老天爷啊，来救救我吧

说来好笑，澳洲待了 N 年之后，我和 M 竟然又搬回了 Homestay

虽然是 M 的阿姨吧，不过毕竟还是 Homestay

饭也不用做了，家也不用我全打扫了

事省了不少，钱也省了不少

所以说嘛，又可以买自己喜欢的东西咯

暂时就到这里吧，明天一大早还要上课呢

在这里小无奈一下我的方向感

门口明明有走 5 分钟就到的 Bus 站，我非得走 15 分钟去远的那个

这不是纯粹有病嘛，唉唉唉，可怜我小细胳膊小细腿儿的

浪费了多少时间啊，10 分钟也可以多睡会儿

好了，就到这里吧

## 2007 年 4 月 13 日

心开始隐隐作痛

打算看看自己的心路历程

我想，从痛苦看到甜蜜

应该最后会停留在甜蜜吧

谁知刚刚看到三月，就已经无法继续下去

不知道心为什么会痛

他爱我，没有变

我爱他，也没有变

那么，是什么变了？

我想回到那种他不喜欢的淡然

因为这样，就不会痛

但是，真的回得去吗？

我想，忘却尘缘

## 2007 年 4 月 15 日

人要学会放下。

真是很容易说，却很难做。

## 2007年4月22日

又是深夜，夜精灵在月光下翩翩起舞的时刻。

可怜的小女子我，刚刚写完法律作业，大脑已经进入沉睡状态。

在梦乡中，我的灵魂神游到了美丽的天鹅湖畔。

很多人都应该看过电影《茜茜公主》，也许还记得国王的表弟，就是曾经送给年幼的茜茜戒指的那一位伯爵吧。

就是这样一位贵族，始终坚定着自己的感情，终身未娶，并且为美丽的茜茜公主建造了一栋美丽的城堡——德国著名的天鹅堡。这样美丽的传说，这样忠实的感情，吸引了我的灵，为之赞叹。

爱情，亘古不变的话题。

据说每个人的小拇指上都系着一根红线，红线的另一端，就是命定的恋人，只要相遇，无论发生什么，都不能把他们分开。

有些人，终其一生都在寻找红线的另一端。

那么，我红线的另一端，系着的，是你吗？

## 2007年4月25日

淅淅沥沥的雨，终于停了。在黎明即将到来前的黑暗，我无法入睡。

往事一幕幕浮现眼前。有些，痛彻心扉。

当爱已不在，那么，就学会爱自己吧。永远记得，无论你多爱一个人，都要爱自己更多一点。

那红线的牵引，我不知道有没有找到你。

如果注定无缘，上天请允许我遗忘。

如果这就是命定的缘，上天请不要让我的心悬。

我不过是俗世中的红颜，执着于天长地久的心愿，请赐我心安。

## 2007年4月28日

两个星期的忙碌总算过去了，今天开始可以小休息一下，可惜下周五还有考试。

最近发现我是很富有的，那些好朋友们，真的如我相信般的一直在那里，只要我需要帮助，就会义无反顾地站出来。

心情指数一路高升，郁闷了很久以后，突然想起曾经的单纯。开始期待即将来澳洲的老友；期待没有爱情，友情长伴的日子。

尽量不让心情有太大的起伏，学着很爱很珍惜自己，学着放下。

如同有位博友所说，放下，不过是一念之间。

人们，总是相信自己愿意相信的。比如，你告诉自己，你很爱这个人，然后你就会更爱他。

反之，如果你告诉自己，你不爱他，那么也许有一天，就真的不爱了。

所以，伤心难过的时候，我开始告诉自己，我不难过，我不伤心，我不痛，然后，就真的不痛不伤心不难过了。也许有人会说，自欺欺人。那又怎样？至少我可以让自己快乐。

突然很怀念梳着两个小辫子，戴着框架眼镜，穿着校服的单纯日子，不过我知道，我再也回不去了。

那么，就开始努力让自己变得优雅而有魅力吧。

如果喜欢花，等着男人送，不如自己去买。

明天，嗯，就是明天，去买一束我喜欢的白玫瑰吧。

## 2007 年 5 月 3 日

12 点的课，决定坐 10:33 的车。French Forest（法国森林）的公车一向都很准时。

出门前有点饿，吃了几个水饺，外加一个苹果，涂好口红，完成出门前的最后一个步骤。

外面阳光灿烂，持续阴了一个多星期后，我终于见到了阳光。

选择了靠窗，不会被晒到的位置，安然坐好，拿出考试练习题来做。

几个选择题后已然开始头晕，只好放弃。学习嘛，不需要只争朝夕。

车速很快，我似乎能听到风的声音。

斑驳的墙，泛黄的叶，形形色色的人和车，从我眼前呼啸而过。

车准时到达终点，离上课还早，决定去附近的书店逛逛。

《追风筝的男孩》被放在畅销书柜，喜欢封面设计。

还有我最喜欢的《傲慢与偏见》，犹豫再三，决定买回来。

我已经拥有它的各种版本。

只是很喜欢很喜欢简·奥斯丁的文字，喜欢伊丽莎白，喜欢自信真实而且傲气的女性。

高兴地带着我的战利品走去转车去学校的车站。

脚步不算快也不算慢，可是和澳洲的人比起来，竟然显得匆匆忙忙。

这是怎样悠闲的一个国家啊！

11:59 到教室门口。我很准时，一向如此。

## 2007年5月6日

鲜花，无法绽放太久；假花，却可以一直绽放

然而，假花永远也不可能代替鲜花。尽管生命短暂，那美好已深印人们心间

喜欢随身带着相机，拍摄下生活中的点点滴滴

人生的每一天，都是如此与众不同

喜欢写博客，描绘下心中的所有感情，留下些文字的记忆

我是如此拼命的，想留下点什么，真的，不想忘记

多少个昼夜，我是如此的幸福甜蜜

生活，可以在瞬间美好

我相信一切童话

关于红线，关于等待，关于心心相印……

喜欢用心相印的纸巾

从听到这个名字开始，就开始我的执着

尤其喜欢去年的新包装

金黄色的背景，一个女孩迎风玉立

“爱你时，一切美好，怨你时，人生灰暗”

打开以后，淡淡清香，却无法停留太久

一如爱情

## 2007年5月9日

早上乘车，计划坐10:33的那趟。梳妆打扮完毕，没看时间，直接出门。

走出小巷，就看到公车已经停在对面，只要我招招手，横穿过马路，就可以坐上早一班的公车。

终于没有横穿马路，生命比什么都重要。而且，这不是我等待的那一班车。

茅塞顿开，生活何尝不是一个等公车的过程。

不是你等待的那个，就算出现，就算强求，也依旧不会是你的。

学业，事业，爱情，友情，都是一样。

于是，我安然于世，享受该我享受的，争取该我争取的。

坦然面对，不属于我的，离我而去。

塞翁失马，焉知非福。

## 2007 年 5 月 19 日

查收邮件，竟然除了垃圾邮件和学校外，还有封很久不见的友人的来信。欣喜，然后认真回复。

花了两个小时教阿姨家的 8 岁儿子英文和数学，意外地发现我很有耐心。

《追风筝的人》和《傲慢与偏见》的阅读在同时进行中。很喜欢澳洲人在坐公车时阅读的习惯，所以效仿。

相信我会像伊丽莎白一样得到幸福。毕竟，我也是有思想有主见的女子。

呵呵，是不是有点自恋呢！

离考试还有一个月的时间，小有压力，要加油了。

同样，离回家的日子就剩下一个半月了，非常期待。

## 2007 年 5 月 23 日

周五有篇 2000 字的论文要交。虽然字数不多，可是查资料和阅读资料要花去很多时间。

尤其是在这门《政府，商业和社会学》中，专有名词太多，阅读起来很是困难。

写了一半以后，终于发现我无法进行下去，只好来到我的博客爬格子。果然中文写作比较适合我。

下午出门上课一时走神，忘记招手，竟然眼看公车呼啸而过。

如果等下一班车的话，必定迟到。

唉，本来就觉得来回两个小时的车程去上50分钟的课，非常不值得。

无奈步行回家，M刚好无事，央求他送我去学校。

等他洗澡的时候，悠闲地啃着苹果读着该读的书。到学校的时候还提前了10分钟。

唉，我为什么不会开车呢？

下课后有人等的感觉真好。可惜这家伙已经很久不肯等我下课了。

外面寒风刺骨，匆忙上课。发现M诡异地笑着，毛骨悚然。

一不留神，一个袋子已经跌落我的腿上。打开一看。赫然是范思哲淑女香水。

乐开颜。

## 2007年5月27日

生病了呢，很严重的感冒，喉咙发出的声音嘶哑难听。

突然想起了很久以前，在人大附中读高中的时候，也总是得这样的感冒。

一年之中，总有几天不能发出声音。于是用纸笔交流。

几年后的现在，纸笔交流似乎已经快要绝迹。

很多很多人已经忘记如何写字，生活在电器化的今天，我们不知道应该感到幸福还是不幸。

我喜欢写字，喜欢写信，喜欢握笔的感觉。

还记得很早以前读过一篇文章，类似于介绍“手信”这个名词。

很喜欢。手信，就是用你的手传递的一种信息。也许是文字，也许一些转送出去的心爱之物。

天性生活随意，仔细想想，似乎从未执着于任何东西。

有个朋友很喜欢小熊，很是迷恋，让我羡慕。

身边的 M 就喜欢圣斗士，也达到了痴迷的程度。

而我呢，喜欢什么？钟爱什么？我却不知道。迷恋欧洲古典名著只能说明我向往一种生活状态。

从小到大，都没有那种很想很想要一样东西的感觉。

因为我要的，总是很快就会出现在我眼前。

那么，我是不是有点太幸福了呢？

总会听到别人说：如果我有很多很多的钱，我就把所有的 ××× 都买回来。

那么如果我有很多很多的钱，我要去买什么？

## 2007 年 6 月 3 日

蓦然回首，一切已是沧海桑田。

年幼懵懂时，一杯香茗，一曲国风。尽管不解其意，依然深深迷醉。

那日路过纪伊国屋，《诗经》映入眼帘，那情景依稀闪现。带回，重温。

“蒹葭苍苍，白露为霜；所谓伊人，在水一方。”

“青青子衿，悠悠我心。”……朗朗上口，朴实无华。

那意境如同电影般，出现在眼前，无须华丽的辞藻，画面已经栩栩如生。

## 2007年6月8日

今天的天气真是异常恶劣，狂风骤雨，不曾停止过。

脊椎附近的肌肉一直在酸痛，大概是坐着的时间过多吧。

十天之后就要开始考试了，真是紧张。复习的时间，真的不太够。

晚上11点准时逼着自己喝一杯牛奶，然后12点左右入睡，凌晨两点半到3点起床。

开始复习，直到凌晨6点，再次入睡。这是我能想到的能让我静下心读书的唯一办法。

效率也相当高呢。

关于明年，有了很多计划。从小的梦想呼之欲出，决定去试试。

给自己一个机会，如果失败，也甘心了。

## 2007年6月9日

悉尼时间凌晨3点24分，外面依旧狂风暴雨。

Acct（会计）看得有点郁闷，登录MSN，赫然发现悉尼和我一起熬夜的都是Archi（建筑系）同胞。

昨日约见了Ingrid，听闻之前已经有一个星期没有睡觉了。

想想我来，还是幸福的。睡眠时间还算得到起码的保障。

现在任务艰巨，在保持体重，没有黑眼圈的情况下刻苦复习。

今夜9点睡觉，12点起床，吃夜宵补充足能量顺道努力增肥。

看书到现在，才半个Chapter（章节），做题还是生疏，有些心慌。

上线，小聊几句，去BB（电子黑板）看看Discussion（讨论）那里有没有我的问题的解答。最终决定留下自己的足印。

熬夜，依旧进行。

在风雨交加的悉尼，夜未眠。

## 2007 年 6 月 10 日

考试临近，相信不用我说，大家都知道我很忙。

博客上只能留下只言片语，因为脑中充斥着太多专业词汇，影响了我的思绪。

只有在复习得很累的时候，才会拿起读了一半的《追风筝的孩子》。

心很痛，在我知道哈桑死去的时候。我相信阿米尔一定更痛。

在你做了错事，一直没有勇气道歉来取得原谅的时候，唯一可以救赎和原谅你的人死去了，对你来说，将是最大的惩罚。

生命的流逝相较于时间的流逝，对人来说，更加不可逆转。

当生命没有的时候，时间已经没有任何意义。

那么多年过去了，阿米尔始终逃避着，不敢面对自己的懦弱。而他的心里一直思念着被自己驱离的哈桑，终于有那么一天，他要去面对了，他却已经失去了人生中最重要的朋友。

所以，朋友们，珍惜每一天，也珍惜别人的每一天，也许你有一辈子的时间来犹豫，来后悔，可是，那个等待着你的人也许等不到了。那时就算嗟叹：早知今日，何必当初！又有什么意义呢？

## 2007 年 6 月 13 日

悉尼的冬天对于在北方长大的我来说，真的是别样的寒冷。

北京虽冷，室内总是有暖气的。

而在海洋性气候的悉尼，我就只能 24 小时靠一只热水袋取暖了。

黎明前的黑暗，我坐在桌前温习，台灯的光看起来很温暖，而身体却丝毫感觉不到暖意。

隐隐地，觉着膝盖发凉，真担心会因此患上关节炎。赶紧捂上热水袋。

不一会儿工夫，双手又瞬间冷却，腿上的热水袋也终于温度不在。

是懒，也是冷，不想离开坐暖了的椅子去换热水。

唉唉唉，叫冰的我，怎么会这么怕冷呢？

## 2007 年 9 月 13 日

从来没想过，是怎样开始我的 22 岁年华

在一切都来不及计划的时候，时光已经匆匆流过

那些过往，就这样在心上，在脑中留下痕迹

没想到，22 岁以后的我，竟然还如孩子般不谙世事

而那设想中会守护我的骑士却并没有如我预期中的出现

来的那个，是高高在上的王子……

从记事开始就相信王子和公主必然会幸福生活

真正成了心中的童话

可望而不可即

身边的一切弄得我措手不及，甚至不愿意承认惊慌失措

曾经的我可以那样洒脱不羁，冷然处之只因不在乎

真的用了感情，明白了何为关心则乱

好心，总是会不小心办了坏事

就那样生活了 22 年，却突然有人告诉我，我坚信了 22 年的东西都要舍弃

## 2008 年 1 月 27 日

今天似乎是某人的生日，不过某人是谁我也不知道。

明天就要告别一个人的生活，妈妈要回来了。

短短的一个星期，什么也没做，只是一个人逛西单，一个人逛书店，一个人坐在季诺喝下午茶，一个人看着花店的玫瑰。

晚上大多数时间都很乖地待在家里，除了被人拖出去听别人倒苦水之外。

其实我也想倒苦水……可惜不会有人懂……也无法得到安慰。

正如我昨天所说，这个世界上唯一可以依靠的人其实还是自己。

流过的泪，受过的伤，只有自己会记得，偶尔的关心，偶尔的安慰，都无法抚平心底的痛。

爱一个人，如果失去自我，那自己也不值得爱了。于是，我开始重新享受独自一个人的生活。

旁观着别人的故事，淡然地分析，却不再对自己的爱情抱有憧憬，一切都顺其自然的好。

总有一天我会穿上嫁衣，也许不是你，但是总会有个人愿意给我婚姻的承诺，照顾我一生。

所以，现在，当心灵空虚的时候，我开始沉默，不再依赖你，因为会受伤。

我发现信仰是多么的重要，难过的时候，读过《圣经》让自己的心灵平静下来。

现在开始读禅，读四书，读五经，汲取人生的智慧。虽然偶尔依旧会悲伤，但是不再沉浸。

甚至，不再流泪，因为要重新坚强起来，去面对我的人生，一个人也可以很幸福。

走在路上，坐在餐厅，总是喜欢看着来来往往的人，猜测着他们的故事。

一直想放纵一下，想约个朋友去酒吧，却始终没有这种勇气。

听着周围朋友们的生活，很羡慕，却学不来，都是些新奇的东西，我估计我这种动物世界上都绝种了。

不会唱歌，不会跳舞，不会打台球，也不会玩，所以没有渠道可以发泄，除了我的博客。

真的厌倦了，好想一个人去旅行，想念拉萨那么肃穆的庄严，想念泸沽湖那种可以洗涤人类灵魂的空灵。

有时候也想找个寺庙静养一阵子，不过似乎有点匪夷所思。

哎，马上就要 23 岁了，青春就要逝去，所以多培养些内在气质吧。

所谓的 Charming（迷人）指的也是修内吧，所以加油加油，做独立自强的智慧美女。

然后自己挣钱买奢侈品，自己挣钱周游世界，当然有人资助我也不反对。

然后立个目标，2012 年前把自己嫁出去，我不要当个有皱纹的新娘。

## 2008 年 1 月 31 日

现在交通真是发达，两三个小时的光景，我已经在荒凉的戈壁了。

没有高楼没有大厦，白茫茫的雪，整齐的白杨。

说实话，并不期待这次旅行，在我刚刚重新爱上北京的时候。

可是一下飞机，轰隆隆的“雄鹰”声音就带给我了惊喜。

我想，总归有些不同寻常的东西吧，毕竟这个地方并不是人人都有机会来到。

回到我的新家，很喜欢，非常的温暖，家门口的湖水已经结冰，据说高兴了随时可以去滑冰。

暖暖的阳光加上白白的雪，很干净。

房间里面一切配备齐全，窗帘是我喜欢的金黄色，有种金秋的油画的感觉。

我的房间采光很好，真的很喜欢阳光。

没带我的笔记本电脑，所以无从继续我的写作或者休闲游戏。

翻出早上收拾好的材料，开始准备我的 Surprise（惊喜）。

呵呵，静心加耐心。

有人问我，你打算一直这样漂着吗？

第一次开始思考这个问题，因为从来没有人问过我，我也从来没有问过自己。

17 岁的时候的志愿是做断线的风筝，因为不喜欢束缚。

毅然决然离开了父母去了澳大利亚，单纯地以为这就是我要的自由。

可是很多依赖是在心里的，很多束缚也是在心里的。

五年整了，我竟然依旧茫然地不知道自己的归属。

理理清楚，打算换个城市继续漂泊，但是我知道自己厌倦了。

中国北京，有父母和朋友的地方才是我的归属，而且，也将有我的爱。

虽然还在追寻风的感觉，不过倦鸟快回林了。

期待一个等待着我的属于我的家。

怎么现在电视里演的男人都是以自我为中心的啊。

《在悉尼等我》那个白痴李念真没看出来哪里好，先是让贝壳跑到澳大利亚来找他，接着让遥遥背叛朋友，欺瞒母亲，供养他吃穿。

真是无耻。偏偏那个笨蛋贝壳拿着米乐借给她的最后 10 万澳币匿名给了李念。

那我们的小白脸李念做了什么？不可一世，对待着这个傻瓜女孩。

爱情真是盲目，身边那么好的米乐不要，却跟那个心里只有自己的小白脸。

一个连怎么做人都不知道的男人将来也许某些方面很出色，但是总归不能算是成功的。

希望我不要变成这个傻瓜女孩，真的。

爱是有尊严的，比如米乐，不强求，默默奉献，然后消失。

我身边也有个米乐吗？

## 2008 年 2 月 1 日

在看《在悉尼等我》，贝壳似乎经历了所有倒霉的事情，同时也是无敌好运。

有些想念那些写满曾经的风景，以后故地重游的机会已经不多了。

不会惆怅，也不会缅怀，因为自己说过，路的尽头是阳光灿烂。

不该属于我的东西，得到了，只会失去更多。

左右摇摆，举棋不定，对我并没有任何的好处。

不够勇敢，不够无私，不够坦然，不够成熟，不够理智。

很郁闷地发现我是这样一个家伙，不过似乎并不影响什么，毕竟我还年轻嘛。

和妈妈的相处进入了另外一个模式，不讨论任何的敏感话题，比如我的学业、事业、感情。

效果似乎不错，严肃的问题还是喜欢和爸爸讨论。

我想这就是父母在孩子成长中扮演的角色吧。

最近碰到的长辈总是问我打算什么时候结婚，个个都等着要参加我的婚礼。

不知道朋友们有没有经历相同的处境，很麻烦。

事实告诉我，文化差异很多时候是无法逾越的鸿沟，但是并不影响两个人相爱。

但是爱情并不是这个世界的全部。我知道很多人都在面临着差不多的问题。

问题总有解决的办法，也并不是什么都无法舍弃的，不是吗？

人生若只如初见。

刻骨铭心的爱未必就深刻，有时候平平淡淡才是真。

我也曾经拥有过那些刻骨铭心、海誓山盟，但是到最后依旧被现实磨得平淡。

曾经一味执着于誓言的实践度，而某人的一句话让我明白了没有想到的东西。

人是不可能为了自己的一句话而限制自己的未来的，我也不会。

所以誓言不过是当时一种心情的体现，说的时候也许真的是这样想的，但是做到真的很难。

想通了，也就不必执着，看着未来吧，别让过去的种种影响自己现在的生活。

## 2008 年 2 月 2 日

冰岛,国如其名,仿佛是造物主在在创世过程中遗忘在角落里的一块碎片，给人一种彻头彻尾的寒冷、孤寂与距离感。

是的，这里确实不是凡尘，这是一处世外桃源般让人恍惚的仙境。

这样一段描写把我带到了那个梦想中的国度。

第一次爱上冰岛，是因为那个冰字和我同名。

总觉得是冷清的，孤傲的，看来事实也确实如此。

总希望有朝一日，可以踏上那片我向往已久的土地。

一个有着冰冷的外表，火热的内心的地方。

今日出门去了最近的城市酒泉。

很喜欢沿途的风景，可惜没有带相机拍下来。

一望无际的平原白雪皑皑。

起伏着芦苇和骆驼刺。

笔直的公路看不到尽头。

给我一种空旷而神圣的感觉。

突然想念也拥有一条这样公路的拉萨。

绵延的喜马拉雅山和清澈的雅鲁藏布江。

原来，我还是适合漂泊的人。

## 2008 年 2 月 3 日

在阳光中醒来的感觉真好，近在咫尺的天很清澈。

除了网络，几乎和外界断了一切的联系。

悠然地坐在电脑前绣花，电脑里播放着电视剧，任由窗户外的阳光洒在身上。

我知道，这悠闲的日子是偷来的。马上，就要回到战场，去继续战斗，面对无休止的考试。

但是，在这样一种环境下，我宁愿忘却，去享受这难得的清闲。

时而看看书，时而绣绣花，时而看看窗外覆盖着雪的湖。

真的很舒服。

马克·吐温说过，澳大利亚就像一个穿着美国衣服的英国姑娘。

何解？因为美国人认为澳大利亚是最接近美国的国家。

希望我有机会去体会这其中的差别。

## 2008 年 2 月 7 日

澳洲时间，已经告别了猪年，迎来了鼠年。

在冰天雪地的西北，还有 2 个小时 11 分钟，才真正开始辞旧迎新。

对于猪年的结束，我用一顿丰盛的年夜饭感谢父母恩。

虽然我可以报答父母的很少，但是我会尽力。

心中的结已在慢慢地解开，虽然速度缓慢，而且时而反复，但是我相信总有消逝的一天。

在鼠年，不为你，不为他，不为朋友，不为父母，单纯地为自己。

做好我自己，走我自己想走的路。

不会被任何人所左右。

年终盘点，发现我拥有很多，庆幸我在遇到挫折的时候发现，站在那里等我的人，很多。

还有亲爱的你，陪伴我走过 2007 年，一起面对挫折，面对爱情的流失，一起让一切归于平淡。

拥有的很多，可以真正抓在手里的很少，那么，就用心去体会吧。

用绣线将郁结于心中的烦恼、愁绪、痛都绣在了美好的祝愿里面。

我相信，新的一年，我会找到自己的路。

鼠年是爸爸妈妈和 M 的本命年，我祝福你们，为你们祈祷，顺利度过，发财的发财，升官的升官，嘿嘿嘿！

还有身边所有的朋友都诸事顺心，快乐永远哦！

面对自己心底最真切的愿望，努力去实现，作为朋友，我永远支持你们，也相信你们支持我。

所以，也许我会面临一些选择，做了些决定，不知道对错，但是我会勇往直前！

谢谢你们一直以来的关怀，我，不会放弃。

## 2008年2月12日

今天真是不知道是什么日子，人们的肝火旺盛，小女子不幸被波及。

睡了个大大的懒觉，这两天回温，雪开始化了，暖暖的阳光晒在身上，不会容许任何人破坏了我的清静。

十多天待下来，竟然爱上了这个地方，出乎意料之外。

不知道大家有没有听过胡杨的故事。

关于三个一千年，一千年不死，死了一千年不倒，倒下一千年不朽。那么神奇的树木。

不过和这里八字不合倒是真的，手指又莫名受伤，彻底无奈。

当心静如水，没有起伏的时候，不知道是幸还是不幸。

感觉好像又去了一次布达拉宫一样，是这样的平和。

和爸爸商讨，决定记录一些故事一些人，他们是那么的伟大。

突然间觉得心里面容纳了好多好多的憧憬和希望。

真的有点迫不及待去一一实现。

那么，就一起祝福吧。

为我苍白的人生染上色彩。

## 2008年2月13日

对白玫瑰的钟爱是很多朋友都知道的。有人说白玫瑰不吉利。

但是鲜少有人知道表达爱情的最初，就是白玫瑰。

相传爱神捧着一束白玫瑰赶去救自己的爱人，因为着急，路上总是摔跤。

手脚流出的血染红了玫瑰，从那以后才有了红玫瑰。

所以还是喜欢那圣洁的最初。

## 2008 年 2 月 24 日

心情指数依旧时高时低。依旧喜欢每天把自己打扮得漂漂亮亮。

上上网，看看菜谱，不过懒得出门，实在是不喜欢澳洲。

至少刚从北京回来是这样的，蓝蓝的天，蓝蓝的海，依然勾不起我对这里的一丝喜爱。

也许是因为在这里发生过太多我不想记起的事。

也许是因为在这里失落了我那么多的希望，

也许只不过是因为我喜新厌旧的性格让我厌恶了这个我生活了五年的城市。

所以，就那样开始想念那些人，那些让我每天开怀地笑，乐观积极地迎接太阳的那些人。

喜欢坐在车里看着沿街的人们和风景，喜欢过着我优雅自在的生活。

喜欢一个人或者和妈妈和朋友穿梭在北京各大购物中心。

喜欢约个朋友去代官山喝上一壶名为红粉佳人的玫瑰鸡尾酒。

喜欢逛累了新光就去一茶一座叫上两杯红葡萄酒冻饮。

喜欢浅浅的酒味，浅浅的甜，然后，浅浅地醉，在那个热闹而拥挤的城市，我的家。

于是，寻找各种借口滞留。我知道很多想见我的人依旧等待着。

我也期待着和你们重逢，我深爱的北京，有着所有我深爱的人和记忆。

奥运会，是归期。只是不知是否还会再离去。我这样一个随性的人，也许，会停留。

## 2008 年 2 月 28 日

又是凌晨，了无睡意。落地窗外灯火通明。静谧无声。

学校的事情总算是告一段落。接下来要准备续签，然后申请移民的各种资料。

一边在寻找工作，想去工作了。

一切都按部就班地进行着，没有什么起伏。

偶尔做一顿丰盛的晚餐，然后清理很长时间。

做了个 20cm 的 Lemon cheese cake（柠檬芝士蛋糕），一个人吃不掉，不过做的时候很开心。

没有买到新鲜的玫瑰和菊花，所以菊花糕和玫瑰粥暂时做不了。

找一个密封的瓶子才可以腌制我的玫瑰糖精。

M 今天做了我喜欢的红烧肉给我吃。

毕业很好，感觉那种压抑都没有了。决定的事情，就不可以回头看哦！

那么，就前进吧！

## 2008 年 2 月 29 日

2 月 29 日，四年一度的日子，和 M 去了 Neutral bay（悉尼地名）吃烧烤，不知道下一个 2 月 29 日会和谁一起度过。

日子只能说是得过且过，不想想太多，也不想计划，就这么过着，然后走该走的路。

决定把长发续下去，无论发型师说什么，也坚决不会削去长度。

偶尔还是会悲伤，所以最近沉默了很多，很多时候都不想说话，希望忙碌起来吧。

然后呢，不可以再失眠，要早早睡觉。

喜欢化妆，用漂亮盒子装漂亮颜料把脸涂得漂亮而虚伪。

面对很多人的时候，脸上都不会有太多的表情。

面对有些信任的人，却又可以笑得很开心很无邪，我喜欢这样笑着的自己。

好了，就到这里吧，没有太多可以写。

## 2008 年 3 月 1 日

越来越不懂自己了，贫乏而没有任何的思想。写不出什么东西来。

那些空灵的文字，在失去生命，没有灵魂的东西，真的没有意义。

想写博客，却在控制了情绪之后无法控制文字，于是变得空洞而荒芜。

当那些期望和快乐远去的时候，我无法假装什么都没发生过一样，却又说不出来发生过什么。

依然是这样一个纯粹的人，依旧懵懂不知道如何去掩饰自己的喜怒哀乐。

因为纯粹所受到的伤无法轻易释怀，谁都没有错，错的是在错的时间相遇。

于是，我释然，不去企盼什么，呵呵，我的傲气啊，怎么可以轻易低头？

别人不给的东西，我从来都不会去要，怎能就这样折腰？

年华会很快流逝，我无法控制什么，但是，我可以制造自己的记忆，至少在现在，让他朝着我希望的方向发展。

那么，太阳升起后的每一天，都天遂我愿，好吗？

上天，我知道你一直都是眷顾我的。

## 2008 年 3 月 3 日

用老爸老妈的话说，我彻底被腐朽了。回来澳洲也有半个月了。

搬到了北边的 Chatswood，房租是非常的贵，环境也就一般而已。虽然高层的 Appartment（公寓）有我喜欢的落地窗，还可以看到 Ocean view（海景），不过只有一点点。

我还是不能用喜欢两个字来形容。哎哎，彻底腐朽了。

今天第一天去学校，昨夜竟然失眠到天亮，因此错过了第一堂 Lecture（大课）。

不可以再失眠，今晚说什么也得在 12 点前睡着，明天得去学校改课表，还得到移民局拿表格。

我的大学生活就要结束咯！最后一个学期要发奋读书！

好了，懒得写了，就到这里吧，过两天把相机找出来，拍照上传。

PS，某人最近表现很好。

## 2008 年 3 月 7 日

恍然间想起来一件事情，今天去银行 Open new account（开新账户），遇到一个鬼佬女士。她的银行卡被 ATM（自动提款机）吃掉了，得重新申领一张。等待的时候，她就坐在我旁边。不多久，就听到旁边有抽泣的声音，那女士就在大庭广众之下哭了起来，边哭边说她 Feel upset（感觉伤心）……周围的人只是冷漠以对，不曾有人去问候她到底发生了什么事情，包括我在内。

出门在外，太多的自私想法，让我想到的是保护好自己，遇到这种事情只会静静地躲开。

毕竟澳洲的精神病患者实在是太多了。有时候又在想，也许一句友好的问候，可以挽救一条生命。

但是显然，我和在银行的所有人都错失了这个机会。那么，就希望不会有什么事情发生。

不记得是多久以前，沉浸在悲伤的情绪中时，也会拼命忍住夺眶而出的眼泪，那时候，就抬头看天。

人生在世，十有八九并不如意，但是如果你沉浸其中，就会错失身边小小的美好。

所以，现在，我选择平淡地去面对，不悲观，也不会乐观。不回首，也不会期盼将来。

夜深了，品酒，入眠。

Korea black rasberry wine（酒名）真的不错。

得出一个结论，楼下的游泳池我游四个来回就会很累。

红酒喝一杯就会很困了。知道这个量，以后会严格控制，在不能困的时候，坚决不超量。

## 2008 年 3 月 10 日

爱玉，所以一直相信玉是有灵性的。昨日任性地摔烂了心爱的玉镯以后，右手一直处于麻痹状态。

我想这就是所谓的报应吧，很不容易寻到的那只属于我的镯子，就这样葬送在我的手中。

烂都已经烂掉了，就算捡回来那些碎片，也拼不起来，就算拼起来，也不完整了。

这样倔强的个性，不知道要吃多少苦头，宁为玉碎，不要瓦全啊。

悉尼时间凌晨 3 点 11 分，最终决定放弃睡觉跑来写博客。

最近失眠的情况越来越严重，甚至违背了自己的诺言，在 2008 年还是流了眼泪。

我真是个坏脾气的孩子，摔烂了那只戴了两年多的玉镯，对不起。

作茧自缚，就是我的强项，我估计我不是狮子座的，倒是有点像处女座。

对事情对人都追求完美，见不得一点瑕疵，不然就会闷在我心里，挥之不去。

看到这里估计朋友们又会担心我了，呵呵，你们都是了解我的。

我一直都是坚强乐观的孩子，没心没肺，不会发生什么事情。

送走一颗又一颗的流星，却碰不到那颗应该出现的恒星。

又或者那颗恒星早就出现，却被愚蠢的我错失，那么下一个相交的日期，就不知道在何时了。

静静地躺在床上等着天亮，要去移民局续签，希望事情顺利。

少了镯子，少了戒指，不再留指甲，守着我的长发，等待着。

等待着新的镯子，新的戒指，新的生活。

## 2008 年 3 月 12 日

无数次失眠之后，终于决定用极端的办法改正自己的作息时间。

一夜未眠，凌晨 6 点看着太阳缓缓升起，洗澡提起精神，换衣服收拾房间吃早饭。

一切完成也不过 7 点，移民局 9 点才开门，8 点半出门足矣。于是认真翻看报纸。

8 点 10 分出门，9 点 03 分到达移民局。本以为当天就可以拿到签证，原来 In person（本人去）和 Mail（信件）的区别就是不用付邮费。

早知道是这样的话，上个礼拜我就寄出去了，还多等了这么久。

很早就完事了，11 点才有课，难得的天气不错心情也不错，决定从移民局步行去学校。

走在走了无数次的 City road，突然有点感伤，茫茫然间，就要结束我的大学生活了，突然间有点不舍。

眼前的大榕树、咖啡店、便利店都是那么熟悉，还有那家我很喜欢的油画店，虽然从来没有进去过。

Archi（建筑系）旁边的停车场似乎竣工了……还记得和 Ingrid 一起来拍照研究它的结构。

路上有位先生在修剪院子里的花，看到我路过，友好地送上一枝，嫣然一笑，心情暴好。

买了 Tax Law( 税法 )的书，真的是非常的重，所以就暂时放弃买其他的书。

认真上课，认识了些新朋友，打算好好珍惜我的最后一个学期。

还在犹豫要不要参加毕业典礼呢。

## 2008 年 3 月 23 日

今天心情不好，我睁开眼睛的时候心里就闷闷的。不知道有没有第二个人和我一样，心情受梦境影响。

上午的时候阳光明媚，下午就乌云密布，但没有下雨。最近持续做梦，梦里的故事估计可以让我去当编剧了。

说不定还会因此获得奥斯卡最佳编剧奖，真的，每一晚，都是一部很好的电影。而同时，每一晚的电影，都毁了我的美容觉。

昨天和爸爸视频，说我瘦了。我很好，真的，只是被梦境折磨着。不得不正视，如果一直这样下去，这些梦绝对会毁了我的生活。

沉浸在噩梦中无法醒来的感觉非常糟糕，幸运的是每天都会有个电话解救我。

不能在家里面待着了，我需要阳光，驱散我心里面、梦里面的乌云。

## 2008 年 4 月 8 日

现在自己还很闲，所以可以抱着电脑一气儿发几十封求职信，当然回复的可能性也不大。反正闲来无事，离着急找工作的时候还早，就当小试牛刀吧。目前为止就接到一个电话，一听说我不是 PR（永久居民），就直接给挂掉了。接下来就是 mid–sem 期中考试了，最后一个学期的考试，我还是相对重视的。毕竟要暂时告别学生时代咯。填完了 Graduation Form（毕业表格），犹豫半天还是 Tick（勾画）了参加 Graduation（毕业典礼）的那个 Box（方框），反正到时候不想去了也可以不去。下午去修了电脑，估计最近小说看多了，病毒相当厉害，等待维修的过程中，还是跑去买了雅诗兰黛化妆品。嘿嘿，每次都是看中 Gift 才去买东西，郁闷地说，Visa 总算是续好了，到明年四月底，哈哈，这样的话我八月回国就可以多玩一会再回来。突然变成自由人的感觉真好。嗯，七月份回国也可以试着在国内找找工作，省得假期无聊。就这样吧，爱好文学的女孩彻底变成一个只会写流水账的俗人。俗人快乐，不清高了、不傲气了、爱谁谁吧。

## 2008 年 4 月 12 日

在国内的时候总是上一些爱国主义教育课程，记得那时候大家对这类政治课常常不屑一顾。

因为这门课学起来确实没什么意思，本人就是政治课的忠实憎恨者。

出国之后才发现爱国情结是发自内心的，于是我总是跟别人戏称自己是被红色思想洗脑的。

每次在唐人街看到那些 ×× 功摆摊儿的老头老太太们，如果不是秉承尊老爱幼的精神，估计在他们递给我诋毁我们可爱祖国的资料的时候就不是只瞥他们一眼了。

那天看了奥运圣火传递中有人抢圣火的新闻就跟某男说，如果我也离那个坏人那么近，肯定会趁乱打他几下。

结果某男带我去堪培拉的时候，让我远离人群，因为他害怕我有潜在的暴力倾向。

不过真的很感动，也许在国内的朋友们暂时感受不到，不过身在国外，留学生们的举动真的是让我万分感动。

先是维护圣火行动，再是“反藏独”游行，都是自发组织，积极参与的。

我相信我们的祖国会越来越强大。

## 2008 年 4 月 22 日

难得早起（凌晨 2 点），所以很勤奋地跑去学校上那堂俨然不记得老师长什么样子的课。

显然，很多同学都选择了在课堂外学习（怀疑中），于是少少的六七个人就变成了老师的目标……怎一个惨字了得！

老实说，早起的感觉非常好，空气清新。无论如何，这次都得把生物钟调回来，我可不希望睁开眼睛就看夕阳。

发现一个小秘密，Electronical Engineering（电子工程）的图书馆每天可以免费上网 8 个小时，不是 Intranet（校际网）哦，是绝对的 Internet（互联网），嗯，学过 Infs（信息系统）的人应该还记得区别吧。

大学念到现在，其实还真有点舍不得，虽然这几年已经磨砺得越来越冷漠，当真的走出校园的时候，还是会不舍，颇有点悲冬伤秋的味道。已经决定了不在本校读研，也就意味着，还有七个星期，我就告别悉尼大学了。不会再有闲情逸致坐在草坪上画画，不会再走过 Victoria park 的小桥时淘气地捉弄湖里水禽，不会拿着相机拍下一朵朵绽放的花，不会抱怨 finsher（学校图书馆的名字）的空调太冷，Computer lab（电脑房）的电脑太破，也不会在走过 Wilkenson 的时候回忆那酸甜苦辣的一年，因为，所有的，都将变成回忆。

和 Archi 朋友们没日没夜的同甘共苦仿佛就在眼前，和 M 一起走过的地方依旧深印在脑海，Education（教育系）的相逢，梧桐树下的相知，分享着 E&B（商学院）的一切，依稀还可以看到，手挽手穿梭在各个 Building（教学楼）之间……对过去的缅怀，幻化为对未来的憧憬，希望有一天，可以带着我们的孩子，告诉他，这里，就是爸爸妈妈相识的地方……

哈哈，当然，只是个美好的愿望。

## 2008 年 4 月 26 日

早起，和莎聊天，无法克制地怀念起人大附中的日子。

也许四月是回忆的季节，身边的朋友，或多或少都在怀念那段时光。

人大附中，对于我们来说，是一个深印脑海的名字，溶入骨血。

离开多年，依旧无法容忍别人说北京四中是北京第一，总是自豪地宣扬人大附中的种种优秀。那些可爱的人们总是在脑海中徘徊，离开五年了，还依旧习惯性地在大街上寻找熟悉的影子，还是依旧关心着人大附中的点点滴滴。

人大附中啊，你到底是怎样给了你的学生们这种情节？

每次当别人问起我曾就读的学校时，我都会无法抑制地产生一种自豪感，因为我是人大附中人。

每次听到人大附中这四个字，耳朵都会不自觉地竖起来，于是产生了把留学澳洲的人大附中校友都聚集起来的想法。

还是那么亲切,尽管也许我们以前并不认识,但谈论的都是互相熟悉的人、事、物。

想念那些亲如姐妹的她们。

想念那些飞在楼道的纸飞机。

太多太多的回忆无法用语言描述。

那么灿烂的青春永印我们心间，我深信，无论在哪里，无论过多少年，我们依旧会自豪又回忆地跟人们讲起曾经的种种，依然会每次路过校门口的时候依依不舍再三回头，然后告诉身边的人，那就是我的高中。

最近开始狂恋黑色，不再喜欢艳丽的颜色。

走过商店，不会再把目光停留在曾经钟爱的桃红或正红。

不再喜欢蕾丝、蝴蝶结之类的小女生装饰。

偏爱单调简单的款式，半低胸或者露肩，纯正的黑。

就这样包裹着身体，于是发现，原来，我也可以适合黑色的。

化粗粗的黑色眼线，不用眼影，淡淡的腮红，自然的唇色，一瞬间喜欢上了这种装扮。

镜子里的我，苍白而憔悴，嗯，我要恢复规律的生活。

做回那个冷傲的我，傲视人生一切。以前的我从不郁闷，因为没心没肺。

也许，真的可以冷艳一把。那么，去买瓶黑色的指甲油吧。

## 2008 年 4 月 27 日

睡觉睡到自然醒的感觉真是相当好，自从上大学开始，大都是睡到自然醒的，当然，这也是导致我越来越懒的原因。

懒得出门，我的假期通常都是在家里面度过，洗衣服、收拾房间、做饭，然后看电影，或者看小说。这样应该会被称为宅女吧。我还真够典型的。

不是不爱玩，就是单纯地懒得出门，在家可以穿着舒服的棉质的家居服，懒得化妆，当然偶尔心情特别好或者特别不好的时候也会化一化，尤其每次某个家伙惹我生气的时候，我就会故意打扮得特别漂亮出门（不过长相有限，漂亮程度也有限，哈），然后不费吹灰之力气死他。

其实这样一成不变的生活也曾经想过改变，不过还是那个原因，我实在是太懒了，所以生活照旧。只是偶尔意兴阑珊地去逛街，或者心血来潮地拖着某人去旅行，但是显然他不怎么配合。

也想养只宠物，可是我们这种国内国外飘来飘去的生活导致我不能保证做个好主人。那么，养些小盆栽吧，还可以去去房子里面的油漆味，最好能有什么花圃可以让我去挑选挑选，哈。

## 2008 年 4 月 29 日

我现在特别想说一句话：“我简直是个天才！”哈，别误会，此天才专指厨艺。

据某男说，今天是个什么纪念日。虽然我百思不得其解，也只好乖乖煮顿饭来寻求答案。

鉴于家里食材有限，本姑娘懒筋抽着不想出去采购，只好利用有限的资源做了三菜一汤：

1 号，可乐鸡翅。拜我可爱的小砂锅所赐，前所未有的好吃（上次做此菜是在五年前），代价是烫伤了一根手指，花费了一个半小时，还牺牲平时美女形象，穿着家居服戴着围裙出现在楼下便利店老板的面前——因为可乐没有了。

2 号，东坡肉。第一次尝试绝对成功，饭店级水准（据说饭店不可能花两个小时来煮一道菜，客人绝对跑光了），肉嫩滑而不腻。

3 号，西芹肉片。西芹脆而不老，肉片滑嫩鲜美，色泽也不错。

汤品：酸辣汤。（实在是材料有限啊！）

可惜的是，做完后只因肚子实在太饿，没来得及拍照留念，无法和大家分享了。唉，只好等下次了……只是不知下次是什么时候啊！

天才解释完了，该说说谁是倒霉蛋儿了；别怀疑，就是我！真是奇了怪了，每次去学校都要受伤，哈……

上上次是摔跤，两腿膝盖惨烈受伤，最要命的是面子彻底没有了，就这么当着众人的面整个人趴倒在地……疤才刚刚掉。

上次考试被大雨淋，整只脚连同鞋子踩进水坑，天生脚血液循环不好，为了不受凉，只好当众人面脱鞋擦脚，唉，据说在古代，女孩子的脚是不能随便给人看的哦。还好，大家都在复习，估计看到的人也不多。

这次嘛，就手指被划伤，还买不到创可贴，回家做饭又把另外一只手的手指烫伤，两手都是无名指，5555。

看吧，天才加倒霉蛋的完美结合。

## 2008年5月4日

穿黑色的天鹅绒加呢子的连衣裙，黑色的丝袜，黑色的高跟鞋，灰色的外套。把长发尾端束起，黑色的眼线、黑色的眼影，没有腮红、亮白色的唇彩。苍白而娇弱，极易得到别人的怜悯。买一盆绿色的小盆栽，开洁白的花，名字叫作 Lily。

## 2008年5月5日

我不知道大家会不会有这种感觉，当一个曾被你伤害过的人给了你帮助的时候，你会突然发现自己是个糟糕的人。

最近不断地在发生一些人生中也许本来就应该经历的事情，病患、离别等等诸如此类的事情。

从最初的悲伤、难过、担心过后，冷静下来，生活还是一样在继续，一样要面临分别和病患，现在也许只是生离，而总有一天，还要面对死别。

我不是一个可以坦然面对的人，伤心、难过、彷徨的时候，总是习惯性地寻找依靠和安慰，将自己的不快乐强加给了别人。

如果说以前幼稚不谙世事，那么现在，真的该成熟起来，谁对谁，都没有义务不是吗?

曾经的曾经，我是那么幼稚地追寻风的感觉，不断地伤害着真心对待我的人，也许我真的是不能答应，但是如果给我机会，我会选择另外一种方式拒绝，至少不是那么幼稚的伤害，对于那些，受到我这样伤害的人，我只能在这里说，“对不起”，不管你看到或者看不到，至少我是真诚的。

从小到大，我都无法坦然面对自己或者别人的感情，不知道如何去处理，要么逃避，要么就横冲直撞，直到大家都伤痕累累，只能说，我的情商非常低。

心里其实很明白，我知道谁可以带给我我想要的生活，却还是那么义无反顾地丢弃，去追求那虚无缥缈。

我想，也许真正很难稳定下来的那个人是我。

这样的我，还有人敢爱吗?

## 2008年5月7日

迷迷糊糊地睡了一整天，睡了醒，醒了睡，无法长时间地看书或者看电脑屏幕，头疼欲裂。

病来得毫无征兆，昨天做法国菜的时候还精神百倍，睡到凌晨两三点的时候喉咙如火烧，全身发冷，发低烧稍一动就浑身冒虚汗。只有在这个时候才会庆幸，身边还有个人可以照顾。

不知道病因，也懒得去看病，大概就是扁桃体发炎或上呼吸道感染之类的疾病，吃了阿莫西林，喉咙好多了，头却依然痛，最糟糕的是没什么胃口，平时最喜欢吃的贵妃鸡也就吃了一口。上天啊，你要么就让病来得更猛烈些，这样我可以推迟周五的考试，要么就让我赶快好起来吧，不然真的没办法看书。

不过生病真好，可以有人疼有人关心，有人疼爱。

等我病好了要去 Luna park（悉尼唯一的游乐园）玩，然后还要去动物园，还要去 Pancake on the rocks（著名的 Pancake 店）吃好吃的 Pancake，还要去吃 Bistro Paris 的法国大餐……

上次买的盆栽有个好听的名字叫圣母百合。

谢谢某男锻炼完拖着疲惫的身体悄悄去买我喜欢吃的菠萝罐头和蜜桃罐头。

谢谢某男买的贵妃鸡、香酥蛋挞和香甜小面包。

沦陷就在一瞬间，酸酸甜甜的菠萝。

## 2008 年 5 月 9 日

迷迷糊糊起床，发现“感冒”似乎有加重迹象，我今天还真得去看医生了啊……很好，拿 Special Consideration（请假条），今天就不去考试了。

虽然不用考试，下周二还是有两个 Assignments 要交，都不好应付，真是什么都赶一块儿了……

在医院的时候状态非常糟糕，困得眼泪直流，整个人晕晕的。

医生看过之后说是病毒性感冒，还被医生说了一顿，因为自己吃了阿莫西林，所谓的抗生素。然后就有的没的跟我说了些应该注意什么，最后帮我签了 Special Consideration 的 Form（表格）。

不知道有没有 Further test（退后考试），如果没有的话，估计 Percentage（百分比）会直接算到 Final（期末）里，这赌得可真大。20% 不是个小数目啊，今天去了也危险，所以还是等 Final 好好复习吧。

做了会儿 3013（会计）的 Assign（作业），KKD 的 Case（案子），写了几百字还没什么头绪，所以决定去做饭吃。

别怀疑，虽然已经夜里 11 点了，我这个人就是这样，心情特别好的时候和特别不好的时候就会想做饭。估计这就是今天刚知道的疗愈系娱乐的一种尝试吧，当然化妆对我来说也是，可是这么晚了，化好了妆也没力气去超市。

听说吉本芭娜娜是日本著名的疗愈系作家，人气堪比村上。一直没有拜读过她的著作，有空去 Kinokuniya 买来看看吧。

今天的菜单是清炒鸡柳。食材有西芹、蘑菇、芦笋、鸡胸肉。为了好看，我加入了几片切成心型的胡萝卜片。

葱爆牛肉。食材是嫩牛肉、大葱和红辣椒。不一定会成功。

0 点 21 分，吃饱喝足，很成功的一次尝试，感觉比上次法国菜还成功。

哈哈，谁娶到我可就发财了，琴棋书画样样不会，唱歌跳舞行行不通。

个人爱好就是待在家里看书，看电影，看杂志，然后研究菜谱。

今天的甜点是芒果布丁。

## 2008 年 5 月 10 日

悉尼时间凌晨 1 点 37 分，胃有点不舒服，初成稿的 3011 也无法再进行下去。

不能睡觉，因为头发还是湿漉漉的，于是上网，翻看小说，言情。

一年中总会有那么几天，我会去不停地浏览这些被人称作没营养的东西。

看看亦舒或者席绢、张小娴或者其他一些根本不知名的作家或者写手的作品。

不会真的逐字逐句地去读，只是大概浏览一下故事情节，俗气而没有营养，是真的。

但是，它们能抚慰我暂时飘忽不定的心。喜欢悲剧，也喜欢喜剧，当阅读的时候，我总是会想象那些都是真的，是一种习惯，一种祝愿。

一些港台的言情小说家真的还是不错的，很善于描写感情，可惜我却总是无法记住他们的名字，甚至是小说的名字。

恍然间想起最近一直在跟某人讨论红颜祸水的问题，谈妹喜，谈妲己，谈武则天，谈杨贵妃，谈慈禧，谈潘金莲，也许因为我是女子，所以总是同情她们。

男士们在认为自己主宰世界的时候，却把亡国的责任怪在女子身上，总是让我觉得好笑的。这话说出来，估计要有很多人来反对了。笑。

以前一直不怎么在意外貌的，清高的不知所谓。现在却突然想做一个优雅而精致的女子，温润而从容地做所有的事情，面对所有的人，不想做清莲，想做妖娆而带刺的蔷薇，只是，不知道有没有先天的条件和后天的机会。

是夜，想去纪伊国屋买书了。真的，很喜欢买书，虽然最近大多时候都虎头蛇尾，看了开头，总是不想去触及那结局。

## 2008年5月13日

谁曾想奥运年的中国有这么多的灾难。

胶济铁路竟然发生碰撞，上海公交爆炸，东航不停地出事故。

冬末时节全国天降大雪，灾情严重；EV71病毒蔓延十几个省市，染病儿童不在少数；就在昨天，四川发生地震，波及范围广，是为天灾。

当天灾人祸连连袭来的时候，我们看到了什么？

是人和。是祖国母亲体现出来的凝聚力。是下一代的爱国心。是中华民族的善良本质。

也许有人会问，中国到底遭遇着什么？当你身在此山中时，不曾去看山外的世事，其实这些事情，整个世界都在频频发生，雪灾覆盖的是整个北半球，四川地震之前，缅甸才刚刚经历热带风暴的袭击。

一桩桩灾难过后，我们看到的是我们稳固的国之根本——民心。

那么多将士们奔赴救灾前线，我们的总理在第一时刻飞往随时会发生余震的灾区，指挥救援活动。有人不屑地说，这都是做戏，亲民的表现。那么请你们想一下，你们70岁的外公爷爷在做些什么？

所谓屋漏偏逢连夜雨，祖国的现状大概已经可以这样形容：一边奥运的准备工作如火如荼，一边天灾人祸个个都来搅局。作为一个中国人，我们只能尽我们的微薄之力远观着这一切的发生。但我相信，每个中国人，都关心着祖国的一举一动，都在为灾区的人们祈祷。我更相信，现在的中国，有足够的能力去面对这一切，去处理这一切，势必更加强大。

远在他乡的游子，会用最真诚的心，祝福我们的祖国。

强烈的地震和没完没了的灾难，绝对不可能动摇我们国体，只能更加体现我们的凝聚力。

上天保佑那些失去联络的人们平安。天佑我国。

## 2008年5月16日

看着那些战士们义无反顾的身影，我什么都不能做，只能眼含热泪，默默地祝福。

对于很多人来说，那些空军的战士们是英雄，可在我的眼里，他们都是亲人，对他们不是单纯的崇拜，而是揪心的牵挂。

我是空军的孩子，自小就和空军结下了不解之缘，于是，从我降生于世的那一天开始，空军两个字就溶入了我的骨血，这就是大院孩子的情节。

从他们写下遗书的那天开始，或者说从地震发生的那天起，我就关注着他们的一举一动。我知道他们一定会这么做，没有人会退缩。不到国难当头，没有人会知道我们的军人是多么伟大，我们的军队是多么强大，也没有人知道我们爱的力量是多么地强大。这一切已经发生了，全民都在自动自发地为灾区做着力所能及的一切。去灾区支援的部队医疗队从来没有想过自己会怎样，他们心中只知道，灾区人民需要他们。

谁说80后的孩子不长进？那些前线上的战士全部都是80后。他们年轻的肩膀扛起了救援的任务，扛起了受灾者的希望。

同为80后的我们，只能祝福。

## 2008年5月18日

太多太多的感动，让我无法付诸于文字，在这个时候，才知道，语言是一种多么贫乏的东西，有很多很多的感情，你永远无法用语言来形容，也许这就是所谓的只能意会，不能言传吧。

形形色色的人在灾难中发生了形形色色的故事，不需要华丽的文字，用最简单易懂的描述，都可以催人泪下。“亲爱的宝贝，如果你活着，一定要记得我爱你。”

沙特的慷慨，美国的“大方”，让我们看到了中国的崛起。列强们畏惧我们的崛起，于是用各种卑劣的手段打压，孰知竟然一手促进了全球华人的团结。

一支支蜡烛，一滴滴烛泪，也许实际上改变不了什么，但是我们放飞了我们的祝福，我们的牵挂。

2008年不太平又怎么样？我们的主席、我们的总理，带领着全国人民，众志成城，面对所有困难，奥运势必空前成功。

有谁？能在地震发生的两个小时内奔赴灾区，甚至不知道接下来又会面对怎样的灾难？是我们的温总理。美国飓风发生的时候，据说布某人是估测过没有危险了，才去了灾区。

## 2008 年 5 月 22 日

昨天给妈妈打电话，真的觉得妈妈就是个宝。说到各界捐款多少的时候，妈妈对 LV 颇有微词。我难得公道地来一句："好歹人家还捐了 200 万。"结果妈妈接下来一句话让我彻底绝倒："不就捐了 200 个包嘛，200 个包才多少啊！"从此我的印象中就是 LV 只捐了 200 个包……汗颜，听起来 200 万也不少了，200 个包数量就确实很少的感觉。紧接着妈妈说："我决定以后再也不买 LV。"说到这里的时候我还真觉得妈妈要变成有志气的好中年，结果一句"我就专门去各种地方买各种 LV 的假货，气死 LV"。我彻底无语。

一直对各式各样的戒指情有独钟，不知道是不是女生们天生就有戒指情节，可惜因为手指太细，看上的款式总是很难有我的 size（号码），我又是那种没有耐心等待 resize（调整大小）的人。昨日终于试到一款不需要 resize 就可以戴在手指上的戒指，非常的开心。M，我很喜欢很喜欢这个戒指哦。谢谢！

偶然间想起前阵子看的连续剧《我们无处安放的青春》，主角蒙蒙总是喜欢叫自己的男朋友"小爸爸"，听起来感觉好好，我也想有个小爸爸，你是我的小爸爸吗？我也要有一个小爸爸才行！

很困很困，可是醒来就是睡不着，今天早上也是到 6 点钟就被电话吵醒，然后就再也睡不着了。等下要陪 M 去 City 买东西唔。回国真好，我也要回家！要有几个月没有人抚着我的头叫我丫头了，应该会想念的吧。你这个骗子，说好带我去动物园玩的，结果就骗我说现在动物园的动物都睡觉了，因为天太冷了，以至于我至今都没有去过动物园。动物真的都在睡觉吗？

我可能真的不会好好吃饭，因为我现在才知道一个人吃饭好寂寞。曾经的曾经，那么那么喜欢独处，不被人打扰，现在的现在，真的害怕孤单。

北京有那么多人牵挂我，我要努力学习，快点回到你的怀抱。

## 2008年5月23日

今天M拿到绿卡回国了。一个人回到家，才发现想念是这么强烈。两年来，已经习惯了身边有你，第一次尝试待在没有你陪的澳洲。你的嬉笑怒骂还在耳边，身边却已经没有你温暖的怀抱。几分钟后，你就要飞回遥远的北半球，剩下我一个人留守在孤单南十字星守护下的国度。我假装自己很坚强，没有很依赖，尽管心里再恋恋不舍，还是毫不犹豫地转身离去，我没有回头，相信你也没有。

我一直都知道你是爱我的，尽自己的能力给我安排最好的生活，但是在你的心中，梦想永远都是第一位的，我知道有多少人在观望着你的将来，我的将来，你我的将来。我们没有选择，学生时代的终结就意味着我们甜蜜二人世界的终结，因为我们不甘于平庸。

那么，我最最亲爱的，勇敢地冲向你的梦想，别回头，别犹豫，我会尽我最大的力量去支持你，也请你，别揭穿我心里浓浓的依恋。对我来说，那套在无名指的指环，就是你的化身，看到它就会想起你，想起你的陪伴，想起我们共同期待的将来，那会给我力量，使我不再软弱。所以，亲爱的，加油。

这条路是那么艰险，两个人中，如果一定有一个人要付出多一点，那么，从现在开始，我希望那个人是我。了解我的你，请别在意我偶尔口头上的恶言相向，只是我别扭得不愿意赤裸裸地袒露我的心情。我会学着长大，不再任性，既然注定了聚少离多，就让我们珍惜可以联系的任何机会，沟通彼此的生活，不吵架。

无论如何，你要记得，我们是相爱的。就算没有日夜相对，也会在梦中相拥。

去努力吧。一定会成功。

## 2008 年 5 月 25 日

你说英文一个单词怎么就这么多意思呢?

Miss:小姐,错过,想念。

红颜多薄命。

上天是公平的,给了你一样东西,必定会取走另外一样。

那么是才貌兼备却命运多舛好呢?还是资质平平却安稳度世好呢?

如果是你,会选择什么?

人生本就一世,如果可以选择,我宁愿选择前者。

短短一生,活要活得轰轰烈烈。

## 2008 年 5 月 27 日

有你陪伴以后,还真不习惯一个人吃饭。昨天晚上犹豫再三,终于到楼下的韩国店去吃饭。

唔,一个人真是太不好点菜了,超级想吃以前总和 M 一起吃的 Seafood hotpot(海鲜火锅),可是我一个人怎么能吃那么多,又不能 Take away(打包),只好点了个 Tofu soup(豆腐汤)和煎饺。三天来的唯一一顿饭,总得吃饱喝足不是。唉,一个人吃饭真的好无聊,没有你跟我斗嘴,还真是冷清。

如若不是今天有事情必须办,估计我还是没有出门的打算。连妆都懒得化,所谓女为悦己者容,没人管我,也真的懒得化。不过昨天好像在哪里看到一句话“你永远不知道会在什么地点遇到什么人,所以出门永远要打扮精致”。好吧,等下要出去前,一定会精心妆扮。

顺便说一句，没有人与我共餐，也就没心情做饭，小女子金盆洗手了，不然只是浪费食材，做出来都倒掉就太可惜了。

不知道为什么在不吃饭的情况下还会变胖，可千万不能再瘦下去了，可是吃饭又没有胃口。

## 2008 年 5 月 28 日

最近 Blog 更新比较快，不是我想更新，只是生活有了些改变，我需要一个渠道把想到的东西写下来，需要一个交流的平台。而写日志，从来都是我选择沟通的方式。

身边少了个人，真的是很不习惯，以往与他分开的时候，身边好歹还会有父母陪伴，不会一个人守着一套空荡荡的房子。M 说像我这样当留学生已经很享福了，有自己的空间，不需要跟别人 Share（分享），可是当整套房子里面只有我一个人的时候，还是会寂寞。

Apartment 里面不允许养宠物，所以也就没有弄只狗狗或猫咪来养，而且这几年我们经常往返于中国和澳洲两地，也没有能力照顾一只小宠物，于是乎，只能这样守着房子。M 打电话让我叫朋友来家陪我，可我觉得朋友来了还得应酬，很是麻烦。因为家里该收拾的都没有收拾，该洗的也还没有洗，实在提不起精神再招呼人。

白天看到一家日本饭店在请 Waitress（侍应生），离家很近，决定去玩玩，实在需要忙碌起来让自己没有时间东想西想，这种累死人的活儿比较适合我，肯定回家倒头就睡觉，虽然被日本人剥削很不爽，还是去 Interview（面试）了。上天保佑，千万不要录取我，我并不是真的想去。

等 Interview 的时候，跑去 Westfield 逛街，看了宠物，以往都是 M 陪我，我常常赖在那里不肯走，突然觉得很难过，没有人再不许我闲逛，拖着我回家了。亲爱的，其实我不是真的想逛，只是很喜欢你每次强行拖我回家的霸道。

不想出门，不想见到阳光，喜欢家里温暖的灯光。还有不到八十天，就可以回家了，可是像这样自由自在的甜蜜日子却一去不复返。

莎说为什么要长大呢？是啊，为什么要长大呢？长大了有很多不得不做的事情。必须要去努力，没有选择，因为想成功，就不能沉溺于儿女私情风花雪月。

那么，快点，让一切都顺理成章吧。

想念，埋在心底。

忘记浇水，我的小盆栽蔫掉了，倒了整整一大杯水，下午再看，又绿意盎然了。

没找到饭友，我想胖点，所以买了 Pizza，很难吃。

## 2008 年 5 月 30 日

如我所料，睡得不是很安稳，打了半个多小时的电话，看了两部电影，再睡觉的时候已经是凌晨 4 点钟了，本以为可以一觉睡到闹钟响起，谁知道 7 点多就醒来了，努力了半天才又睡着。今天的课，必须去上。

到学校的时候还有 10 分钟才上课，决定顺便在学校解决午饭问题，找了张桌子一个人坐下，貌似很奇怪，因为路过的人都会回头看我一眼，难道我的背影看起来像美女？哈哈，似乎有点自恋的说……我知道，是因为在学校一个人吃饭确实很奇怪。没办法，我是兴致所致，也没碰到朋友可以陪。幸好后来 W 同学过来招呼一下，吃饭吃得才正常，也不至于太凄凉。不过，我这个没脑子的家伙，居然就冒冒失失拿着买的 Peach tea（桃子绿茶）赶去上课，然后把刚刚看过时间的手机丢在了 Wentworth 的桌子上。走过了红绿灯，快进 Madson 的时候突然想看时间，才发现整个包里没有手机的踪影，于是乎，毫无淑女风度地踩着我那 8cm 高的小细跟高跟鞋以百米冲刺的速度跑回刚才坐的桌子，确实有失风度，但是失而复得的感觉相当好。我那可爱的手机正孤零零躺在桌子上。拿回手机，上课迟到了10多分钟，不错，这样一个小时就不会太难熬了。

同理，每周二下课我都会去 Town hall 逛逛，因为上课的地方离 Bus 站比较近，也就懒得走到 Redfurn。去 Kinokuniya 买了两本书，中文的，没兴趣看英文。买了情侣衫，喜欢那家 Graphic design（图画设计），便宜而有特色。

如无意外，晚上不会出门吃饭，有酸奶和柿子。

就到这里吧。

## 2008年5月31日

被亲人爱人说服以后，终于决定接着在澳洲把研究生读完。唉，下决心也不过是一瞬间的事情，不过九月份开学还不错，也就是说我怎么都可以回国待两个多月，五年来终于可以在国内过生日。

最近早起的感觉相当好，无论几点睡觉，7点多都会醒来，然后睡个回笼觉，10点钟左右起床。不过，还有一个月就可以回国了。加油吧，这个月。

## 2008年6月1日

记得刚出国那会儿，就一个小小愿望，租整套属于自己的房子，Studio or one bedroom（单身公寓或者一居室）都可以，就希望有自己的空间，不受人打扰，天性还是喜静的。

大概就因为自己从小到大没有自己睡过，在家的时候也要求家里所有门都打开，不然就会害怕。现在好了，整套公寓给我一个人住，完全没有别人打扰，却发现一个人这么寂寞。也许在北京会好一点，总会找到事情做，在这里，就只有孤单下去。

每天出门回来，打开门，家里只有我一个人很是失落。真是寂寞啊，原来我也是怕寂寞的主儿。于是就越来越留恋外面，家里没有一个等我回家的人，早上也不赖床，晚睡早起。

恍然间想起两年前的这个时候，也是妈妈陪我三个月以后离开，就剩下我一个人，突然间很寂寞，就拖朋友来一起住，现在竟然连拖朋友来的欲望都没有。

下个月27号就可以回国了，再过一个月，很快了。然后回来的时候一定得拖妈妈过来陪我。

## 2008年6月3日

其实一直想做一个成熟优雅的人，偏偏本性就是迷糊可爱型的，让我相当的郁闷。

你说那么多女子怎么就那么有味道，真是学也学不来，也不符合我的个性。

本来至少还是淡淡的，冷冷的，偏偏被人拖回了人间。

既然这样，那么，我不要郁闷，不要忧伤，不要心痛，不要想念，我要继续没心没肺下去，永远浅浅淡淡地笑，谁也看不到我的眼泪，可是，做不到了，怎么办呢？

很想做回原来的自己。不要热情如火，会灼伤人。

我需要降温。

## 2008年6月4日

其实不是很好。最近似乎总是在安慰着别人，事实上，在安慰别人的同时，也在安慰着自己。

未来是那么的不确定，我不愿去想，想到会痛。

A打来电话，心情不好，聊着聊着就开始哭，极尽可能地去安慰，讲些笑话，直到笑出声来。寂寞得害怕，可是没有流过一滴眼泪，不能哭，说好要坚强。

欲哭无泪的状态大概是最难过的吧。

B一向潜水，MSN竟然打招呼，因为看《妈妈再爱我一次》不会流泪了，恐慌。继续安慰。我想我也不会流泪了吧。曾经一些很心痛的事情，想到也只会心痛而已，泪就是不会落下。

什么叫幸福？很想一直一直幸福下去，为什么这么难？

那么多那么多的坎儿，要一个一个过。无欲无爱，才是最幸福的。研习佛法圣经，也许才能得到安慰，我需要信仰。

让我忙碌起来吧，不想胡思乱想。我想充满信心，对你，对我，对未来。真的。

## 2008年6月5日

心情不是很好，无意中在校内看到一篇日志，写于5月28日07：57

这个时间一过，一条鲜活的生命就这样逝去。

他没有等到朋友们的劝慰，就选择了一条不归路。

活着，比什么都好。

那么多的灾民，失去了所有，却依旧顽强地活着。

100多个小时，没吃没喝，还受着伤，怎样的疼痛都能坚持下来。

而一个在北京的孩子，不缺吃不缺喝，却选择了这样的方式，心疼。

不知道从高楼跃下的一刹那，他有没有后悔。

跌倒了，没关系。失恋了，没关系。破产了，没关系。

只要还有一口气，就还有希望。

永远不要放弃，因为你不知道前面的路有多美好。

攀爬崎岖的山路，到达目的地，一定会给你意外的惊喜。

相信自己，相信人生，相信爱，相信希望。

## 2008 年 6 月 6 日

你让步越多，别人就会更加得寸进尺。

## 2008 年 6 月 7 日

外面依旧是铺天盖地的雾，昏黄的灯，隐隐流进的雾光，恍然间让我模糊了生命的概念。

隐匿在屏幕后面，游走在形形色色的人的日志和照片中，旁观着。你不懂我的故事。

依旧会被语言所伤害，关上手机和电脑的同时，孤寂。翻开电话簿，我需要聊天，而那个人，竟然不是你。

是你，将自己剥离了我的生命。

翻开的书页，五彩缤纷的句子错落着，那么熟悉却又语意不明。

讨厌雾天，我需要阳光照射进我的心里。

明天，阳光灿烂吧。今日关机，隐身，我不会说话。

终于下定了决心，那些都是真的。

开始沉默。

再见。

我需要北京的空气，北京的温度，北京的繁华与苍凉。

## 2008年6月8日

不知不觉竟然就到了最后一个星期，这个星期结束后，我的大学也就结束了。

准备考试，考试完就回国，总算是熬完了一个阶段。

还是浑浑噩噩的，脑子里没有清晰的思路。

不知道接下来要做什么，只好听从父母继续读研。

从六岁读书，到今年竟然已经十六个年头了，真的是有点想吐的感觉。

算了，再熬熬吧，以最快的速度拿到硕士学位，估计这辈子都不想再念书了。

也许工作厌了的时候会怀念学生时代，那就再去读个硕士也无妨，坚决不读博的，最多就双硕士咯。

说看书说看书，打开来就停留在那一页，真的是没有心情。

Anyway，总得复习的，如果不想挂的话，那就开始看吧。

## 2008年6月9日

不知不觉又到了雨季，悉尼连天的雾和不停的雨。RTA（交通局）没找到，所以车的年检还是没有贴上，估计以我的技术能开出车库已经是万幸了。

去看了宠物，自从M回国后再也没有进过名狗，都是些小破狗，看起来像毛绒玩具一样，无法引起我的怜爱。

悉尼又开始打折了，每年六月都在考试和逛街中纠结，K来我家复习，最后还是忍不住去逛了街，买回了那双中意了很久的鞋。唉，六月份打折，然后要考试，考试完呢，打折就基本上完成了。一年中，也就这个时候打折最多，买名品最好。

试了条上班族穿的连衣裙，纯黑色，鱼尾，最终还是没买，无法接受自己变得那么成熟的样子，算了。

明天得去买台洗衣机，然后一定得去 RTA 交保险，交年检费，还得去把车照翻译了，以防将来要开车。

如果，不用考试就可以毕业就好了。唉，梦。

## 2008 年 6 月 12 日

我但愿，我不曾降生于世，不必受这轮回的苦。

上天，你的眷顾去了哪里？

## 2008 年 6 月 13 日

复习了半天，我得出了一个结论：我对金钱这东西还真是没什么概念……

当我用白花花的银子鼓励自己的时候，发现还是看电影比较有趣，而当我告诉自己，复习完，考试完，我就可以用心写东西的时候，突然间就精力无限……

因祸得福的事情啊，果然继承了老爸的传统，喜欢精神追求胜于物质享受。

现在的美好愿望就是，快快考试完，然后利用回国的两个多月时间，把留学五年来的日志啊、文字啊整理好交给老爸。

人生中的第一个宏愿，是在 25 岁生日以前，在市面上看到我的书。

呵呵，加油吧！

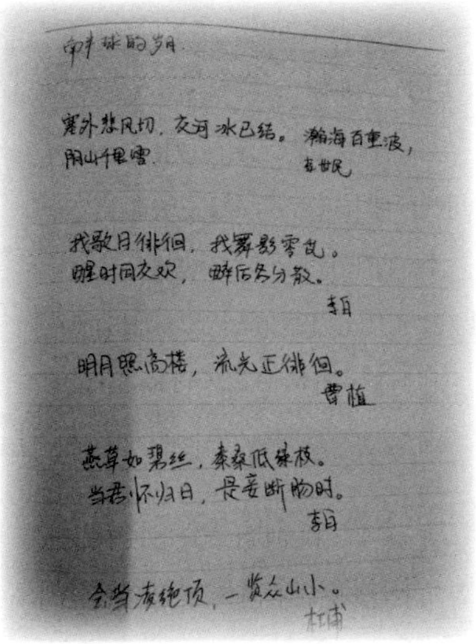
塞外悲风切，交河冰已结。瀚海百重波，
阴山千里雪。
李世民
我歌月徘徊，我舞影零乱。
醒时同交欢，醉后各分散。
李白
明月照高楼，流光正徘徊。
曹植
燕草如碧丝，秦桑低绿枝。
当君怀归日，是妾断肠时。
李白
会当凌绝顶，一览众山小。
杜甫

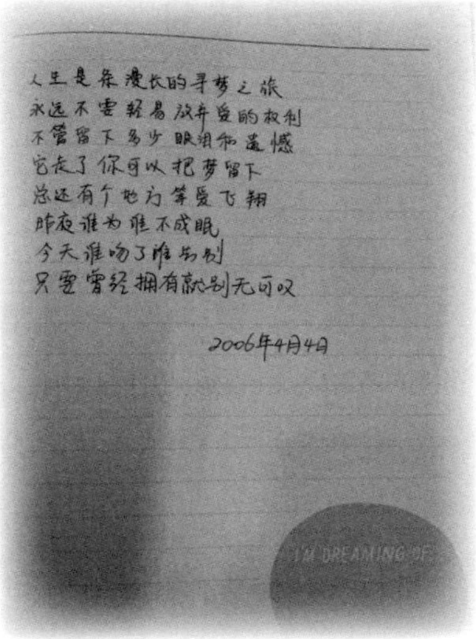
人生是条漫长的寻梦之旅
永远不要轻易放弃爱的权利
不管留下多少眼泪和遗憾
它走了你可以把梦留下
总还有个地方等爱飞翔
昨夜谁为谁不成眠
今天谁吻了谁告别
只要曾经拥有就别无可叹
2006年4月4日
I'M DREAMING OF

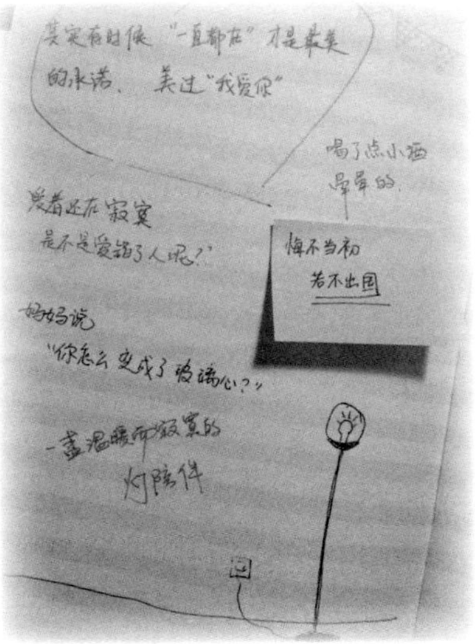
其实有时候"一直都在"才是最美的承诺，美过"我爱你"
喝了点小酒
晕晕的
爱着还在寂寞
是不是爱错了人呢？"
悔不当初
若不出国
妈妈说
"你怎么变成了玻璃心？"
一盏温暖而寂寞的
灯陪伴

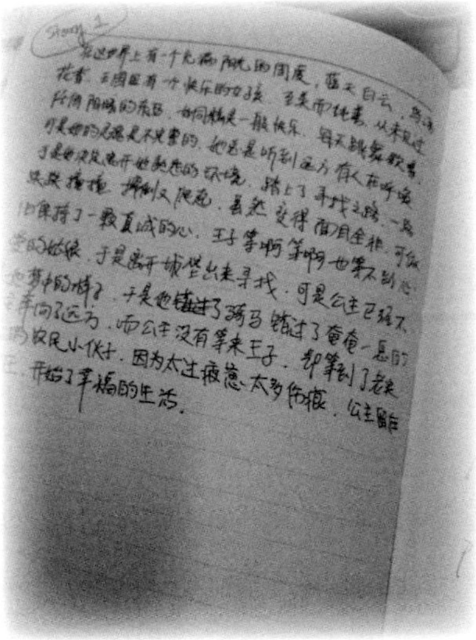
Story 1
可是公主已经不
而公主没有等来王子
因为太过疲惫、太多伤痕
开始了幸福的生活。

## 2008 年 6 月 16 日

上学上了这么久，第一次有看书看到想吐的感觉，不知道是不是因为自己不够刻苦。

总之现在看到那些还不如蚊子大的 Notes 的时候胃开始翻滚……

外面铺天盖地的 Sale，我都知道，但还是意志坚定地窝在家里，虽然也没怎么认真复习，虽然我不出去的大部分原因是我太懒。

出生到现在二十多年，突发奇想想当美女，一个二十一年都对外貌不怎么在意的女子恍然间关心起自己容貌真是一件奇怪的事情。不过在乎归在乎，还是懒得打理那已经长得盖过眼睛的刘海儿和杂毛乱长的眉毛，还是懒得花时间做面膜，也依然在不停地使用电脑并熬夜……我看这样的状态确实无法成为美女。不行，得改变。看着人家美丽而优雅的样子，真是艳羡。

就到这里吧，胃依旧在翻滚，所以也该休息一下，再尝试继续复习，明天是第一个结束，上天保佑我吧。

## 2008 年 6 月 17 日

时光匆匆，总是在不知不觉间溜走，当你不曾留意的时候，已经留下了岁月的痕迹。

早上坐 435 路过 Victoria Park 的时候，才发现不知道什么时候开始，SYDNEY UNI 也有了校车，虽然车票的价钱一样。

从第一次走进人大附中到现在，竟然已经过了八个年头，离开也已经五年，同窗们已然分布在世界各地，岁月也在我们身上镌刻下了不容忽视的痕迹。

栀子来到澳洲有一年多了，不曾料想在高中只是泛泛之交的栀子竟因同在悉尼而变成了闺中密友。

时光为什么流逝那么快？明明记得昨天中午大家还围坐在一起吃着班里仅存男性削的苹果，明明记得准儿哥还在语文课上叫嚣“痛苦都是想象出来的”，明明还能闻到雕刻时光那一壶浓郁的薰衣草茶香，明明还在课堂上面传递着风花雪月的《明氏语录》……

而我们，却已经不知不觉长大，告别了那张狂的青春岁月，为爱愁，为前程忧。

如果现在让我许一个愿望，我希望大家能回到云姐的课堂，穿着校服，再当一回学生。

忆往昔，峥嵘岁月稠。

## 2008 年 6 月 19 日

一个人生活的第 28 天，我终于拉开了百叶窗，任阳光洒进房间。

从你离开悉尼的那天开始，房间里就没有进过阳光，我喜欢把百叶窗拉得严严实实，遮挡住日出日落，开着那盏你最喜欢的台灯，依存着那一点点温暖。

原来，适应一个人的离开，只需要 28 天。不再昼夜不分，早起，梳洗，复习，间歇着弹弹钢琴，现在在练习 *Tears*，我最喜欢的钢琴曲，尽管听起来那么悲伤，我却已经将自己从悲伤的深渊里面拉出来。

悉尼连连绵绵下了近两个星期的雨，今天终于大晴，我喜欢不太强烈的阳光和浅浅淡淡的云。隐隐约约可以看到远处的海，多久没有人带我去看海了，一个人去的话，也没有你抱着我遮挡海风，害怕怀念，所以我有意识地避免去所有我们两个人一起去过的地方，那么，偌大一个悉尼，我还可以去哪里？

昨天终于把你的衣服都洗好叠好收好，房子里面就剩下我一个人的痕迹，嗯，等到再回来，打算改变一下布局，增添一些小配饰。

当被迫去做了不想做的事情时，没有别的选择，那就从中寻找乐趣吧。所以再回来的时候，我不会告诉自己有多么想念北京，多么不想留在这里，用最后一年去发现悉尼的美，毕竟，这是我生活了五年的城市。

## 2008 年 6 月 21 日

睡眠越来越少，恍惚的梦中穿插着 CGT 或者 FSA，我想我是走火入魔了，不够专心的复习竟然也可以入梦。

离回国的日子越来越近，却第一次仿佛没有了感觉，大概是因为之前没有努力读书，眼前只想到如何应付考试。

去见了一个久未见面的阿姨，36 岁，滔滔不绝抱怨着眼前的生活，除了儿子，竟然没有其他追求，暗暗警示自己，我的 36 岁，一定要做一个有魅力的优雅女人。就算相夫教子，变成温柔的家庭主妇，也要精致而优雅才行。

在梦中爱上了一个人，梦醒后很回味那种感觉，拼命睡着，却再也续不了梦。

30 岁的时候，开家卖花的咖啡店吧，贩卖梦想。

## 2008 年 6 月 24 日

假如上天给我重新做人的机会，许我一个愿望，那么，我要求过目不忘。

## 2008 年 7 月 4 日

五年多的独自生活让我天真地以为自己已经长大，却没想到面临困难的时候，第一个想到的人还是妈妈。在眼前这一刻，我突然间不知道自己五年前的选择是对是错，完全无法精确计算是收获多还是损失多。

当我对眼前的一切无所适从的时候，恍然间觉得现在的我比 17 岁的我远远要迷茫得多，哭肿的双眼依然无法让我的心情平静。我不知道是应该留在我深爱的北京还是应该继续留在悉尼，去走那条人人都认为对我更好的路。我终于明白，没有选择的人，其实是最幸福的。当你的人生出现太多的选择时候，总是会摇摆不定，而当你犹豫不决的时候，别人已经走了太远。

为了上更好的大学，为了得到更多的鲜花和掌声，为了继续当别人眼中的榜样，为了让父母更加骄傲，我背井离乡，独自承受着寂寞与孤独，却失去了最初那份简单的快乐。很多时候我都在想，如果当初我没有选择离开，一切会不会不一样？安稳地走着父母安排的路，我会不会比较幸福？而不是像现在这样挂着闪亮的光环，笑着接受别人的肯定却偷偷在心里质疑着自己的能力。多少个夜里，莫名的痛苦让我无法入睡，寂寞和恐慌啃噬着我的快乐，我怎么会把自己搞到这般境地。我找不到我的方向，唯有写作可以平定我紊乱的心。不记得从什么时候养成写作的习惯，当我拙劣地无法用语言表达的时候，我都选择电脑当我最忠实的听众，记录下来当时的感受。

## 2008 年 7 月 23 日

最近无数次被问到什么时候结婚，同龄人和长辈们似乎都在等待我的婚礼，总觉得我是那个现在该嫁的人，而事实上我还不足 23 岁。

每一次我觉得唾手可得的幸福其实离我还很遥远，而我也早已经过了相信童话的年纪。我不是不想穿上嫁衣，事实上是非常地想，可惜新郎的面孔由清晰逐渐变得模糊。爱情，由激情回归平淡，也许有一天逐渐消失，恍然间不知道婚姻的含义，我爱的那个人，真的是可以共度终生的吗？

我相信一定有一个人愿意陪伴我终老，可以包容我所有的缺点而不会尝试着去改变我、约束我，在他心里我一定是最好的，没有人可以取代。这个人曾经出现过，不过我没有珍惜也不想珍惜，因为我不愿意陪伴他终老，也无法包容他所有的缺点，在我心里他从来不可能是最好的。最后的事实证明，我也并不是无可取代。我不相信这个世界上会有一个人无限期地等待着一份等待不到的爱。单恋迷恋的期限也不过二年而已。那个口口声声说如果我无法爱他，他永远也不会爱上别人的人，还不是轻易放弃了自己的坚持。

而现在，我愿意陪伴你终老，努力包容你所有的缺点，不曾尝试改变你、约束你，虽然在我心里不是最好的，却相信总有一天你会变成最好的。你告诉我这份坚持不会持续多久，我现在相信了，谁没了谁都可以生活得很好。我想披上嫁衣了，我想当美丽的新娘，可以与爱情无关。反正爱上一个人不过是一瞬间的事情，就算将来也许需要一生的时间遗忘，我也认了。等你，等到不能再等的时候。

真是个糟糕的家伙，疲倦，因为太多的苛求。我宁愿抹去一些记忆，当有些人从来没有出现过。我不要改变自己去迎合别人，我要做我自己。骄傲而嚣张又怎么样？疼爱我的人不会减少一丝的疼爱。

我等着，在最美丽的时候，做最美丽的新娘。

## 2008 年 8 月 21 日

时间过得真快，当我开始还在北京的灯红酒绿中的时候，竟然又要踏上征程。

我知道这次一去要有一年之久，我会很长时间见不到我想见的人们，在那样一个被我视为美丽而没有生命的地方生活。如果没有发生那些事，我想我不会厌恶一个地方那么彻底。我知道我的好恶向来是有些极端的，但是我并不想改正。

我以为我会去向往以久的凤凰古城，我以为我会逛遍北京每个我想逛的角落，原来我还是怕寂寞的，习惯一个人做的事情，在北京竟然无法接受。

在有些年龄相仿的朋友脸上见到了皱纹，恍然间想起我们无法抗拒时间的印记，才意识到自己曾经想耗上自己所有青春傻傻等待一个人是多么愚蠢的想法。

爱情其实不过是一瞬间的事情，习惯了梦里的刻骨铭心，而那样的轰轰烈烈终究不应该出现在我的现实生活中，毕竟我只是凡人一个，不可能不受伤。梦醒了，一切都不曾真实发生过，我突然间意识到曾经的甜蜜已经是很久很久以前的事情。突然间想起有人跟我说过，你爱的那个人不一定是适合你的那个人。相爱又怎么样？这俗世之间早已经没有了单纯的恋情吧。

还有一年时间，不应该再优柔寡断。明年，陪我去散心吧。我必将感激不尽。

## 2008 年 8 月 25 日

传言是这个世界上最不可靠、最可怕的东西。

最近频繁有人问我是不是结婚了，我想我应该庆幸的是还没有人问我是不是离婚了或者生了孩子之类。

相比较传言，另外一样不可靠的东西大概就是我的记忆了吧。

下了飞机，上了出租车，我竟然忘记自己住在哪里，街道的名字、楼层、房间号都忘得干干净净，可见我是多么地没有把这个应该称为家的地方放在心上。

我的圣母百合果然已经枯死了，最终在临走前没有来得及寄养到别人的家里，我想我不是个好主人，尽管现在想养只宠物的欲望是那么强烈。

下午小睡了片刻，12 个小时的航程让我的时间彻底颠倒，葡萄酒再也没有办法帮助我睡眠，下次在飞机上也许该尝试一下烈酒。

一本《花溪》、一本《爱人》消磨着我的时间，等到那些爱情故事看得我心有余悸的时候终于决定睡觉，却无论如何也无法入眠，我知道我还在中国境内，可是我看不到那些熟悉亲切的脸，眼泪就这样滴落，真是越大越没有出息。三个小时后终于放弃入睡，也不想继续沉浸在这样的心情中，两部电影消耗了接下来的时光，我总算开始面对我要回到澳洲的事实，也开始期待回到这样阳光明媚的地方，我这个人一直就是这样，如果无法改变，那就尽量享受吧。

没什么压力的一年，我要找很多事情做，要让自己很忙碌才可以。就这样吧。

## 2008 年 9 月 1 日

辗转反侧，还是睡不着，东看看西看看，只是想说为什么这么多人都步入了婚姻的殿堂。看得我烦闷，外加该死的羡慕。

我不知道爱情之于婚姻是不是充分必要条件，可是我却知道多数相爱的人并不能一起走上红毯。我想我不够勇敢到看着我爱的人娶了别人，所以，如果真的有那么一天，我宁愿背弃誓言的人是我。

那些撕心裂肺的疼痛已经过去，最后一次擦干为你我留的眼泪，让一切随缘吧。有时候，其实幸福就在眼前，如果你没有把握，就算后悔也不能挽回什么。

我想我总算弄明白了我要的是什么，不过是一双在午夜梦回的时候可以倾听的耳朵，原来，陌生人可以做到的事情你都无法做到。

今天，真的该走出房门了。

## 2008 年 9 月 6 日

世界这么小，我遇到了你，你遇到了我。

## 2008 年 9 月 14 日

朋友聚会，很开心，醉的醉，哭的哭，也许失态，但是我看着很羡慕，我就是这样一个懦弱的人，连醉的勇气都没有，清醒的可悲。

一次次地希望，一次次地失望，我不知道哪一天走向绝望，我从来就不如自己以为的坚强。回来的 Taxi 上，司机一直不停地跟我讲话，而我已经厌烦得不想应酬，我不知道为什么心态的转变那么大，片刻之前还是那么的愉悦，片刻之后已经低落到极点，只希望自己消失在尘世间，我知道活在别人世界的时候至少我可以忘记自己。一下子告别了那样的喧哗，面对的又是独自凄凉。

不想睡，不会醉，甚至开始没有泪，看着窗外的天一点点变化，很美很美，可惜与我相伴的影子也渐渐消亡。这样的孤寂我看不到边际。

很思念很思念一个人，可是却不能让他知道你的思念。有谁告诉过我，看着天，眼泪就不会流下来。我没有泪，不会哭，很坚强，我从来不怨你抛下我独自前行，因为我，希望你飞翔。于是，仰望天，永远没有泪。

其实我从来不想这么的清醒，看不到未来，看不到结局。我的世界，下着大雾。

但愿人长久，千里共婵娟。

## 2008 年 10 月 2 日

没想到去了一趟墨尔本，心境竟然会发生如此之大的转变。命运的事情真的很难说，纠结了我一年多的问题就这样豁然开朗了。

那天捧着热热的 Hot chocolate，栀子问我，如果可以给你三次重新选择的机会，你会如何。没有丝毫考虑，我说，如果重新选择的时候知道现在的结果，第一次机会我会选择出国。

第二次机会我会用在遇到你的那一刻，选择强硬地转身离去。还记得当初的那句戏言，你要我50岁的时候都还记得你，也许就是我这破记性挑起了你的征服欲。

那一幕一幕的甜蜜都还印象深刻,却已经一眼千年,我们再也回不到过去。还是想“执子之手，与子偕老”，可惜你再也没有牵过我的手。

本来是一个很阳光的女孩，总是有人说我温煦的笑可以照耀他们，可现在，我竟然暖不了自己的心。也许爱得太沉重，一直活在你的阴影中，现在，我想晒晒太阳了。

天很蓝，云很白，阳光很灿烂。不再期待你的花，喜欢的话我会自己买。等不到你挑选的蛋糕，等不到你设计好的生日 Party，没有周年纪念，我都不要再等待了。

等一下，自己去买个漂亮的蛋糕，点亮蜡烛，开始新的生活。我总是一次次发誓一次次都做不到,一点点放低自己的底线,一点点失去我原有的光芒。

这一次，真的要坚定了，我不想再失眠，不想再悲观，我要开开心心的，把自己养得胖胖的。其实你一直都比我清醒，现在该我醒来了。真的还爱我，就想办法让我快乐吧。

我要好好听话，不谈情，不说爱，好好学习好好玩。世界很大很大，人很多很多，我要为自己而活。

斯嘉丽说“明天又是新的一天了”的时候是为了挽回一个男人的心；而我现在说，明天又是新的一天了，是要挽回我自己。

也许我会很难过很难过，不过我会坚强的，要笑着对面对未来。你说过，是我的跑不了，不是我的强求不来，那么，就让上天决定吧。

# 第四部分

# 感怀雪梨忆流年

## I deserve 我值得

不记得在哪里读过，让一个女孩快速成熟的方式，就是经历一次失恋。

曾经很爱很爱一个人，爱到以为没有他，生命就不再美好。于是，愿意为了他放下身段，忍受孤独。等到失去自我的时候才发现，其实一直爱的都不是他，爱的不过是爱情而已。

因为据说如果你真的爱一个人，你满眼都是崇拜和欣赏，觉得任何人都无法和他相比，可是我没有。我活在文艺小女生编织的童话世界中，拼命忽略两个人之间的一切差异，认为爱了就一定要结婚，就一定要一直在一起。可是，互相折磨的两个人一直在一起，真的是一件幸福的事情吗？更何况，对于身为独生子女的我们来说，也许还存在着家庭的差异。

总是听到朋友说，谁和谁相恋几年，最终还是因为父母不同意而分手了。这种故事，层出不穷，相信每个人的身边都发生过类似的事情。这样看来，我的故事，没有任何特殊性，只不过是我无法和他还有他的家庭和谐地一起生活罢了。有一种人，他对你好的方式就是给你花钱，为你安排他认为对你好的生活，因为他一生都是这样对别人好的，所以他从来不知道开口问问你的需求到底是什么。有另外一种人，偏偏什么都不缺，最喜欢就是被尊重，最不喜欢就是被漠视自己的需要。

于是，当这两种人碰到一起的时候，生活想和谐，其实是一件很难很难的事情。

放弃一段努力了很久的感情确实需要勇气，很多时候都在放与不放之间挣扎，只是，人生就这么几十年，为什么要执着一份不再美好的感情呢？我是个很纯粹的人，也不喜欢被人左右，所以当我明白这不是我要的生活以后就决然地放开了我的手。这世界上，谁没了谁，都可以活得好好的。

我值得拥有纯粹的幸福，每个人都值得。

I deserve。

## He is just not that into you 他只是没有那么喜欢你

每一次当女人开始对自己的男人失望的时候就会安慰自己，这男人还年轻，所以不够成熟。等他成熟了以后总会知道我的好，总会懂得珍惜的。于是，一年又一年的光阴过去，那个本该成熟的男人却幼稚如昔。

这时才恍然大悟，成熟是无法等待来的。于我们的父辈来说，24~25 岁早已经开始承担起一个家庭的责任，可是为什么同样年纪的他却依然毫不可靠，说出来的话就像泡沫一样，转瞬即逝。有些人选择傻傻地等待他成熟，年复一年，直到青春不再。我曾经以为，一个男人，不愿意 24~25 岁结婚，是为了创造更加美好的未来，直到他成熟了，稳定了，婚期便会如约而至。可是我错了，一个男人，忽略你的希望，不愿意结婚的唯一理由，就是他不够爱你，根本没有准备好承诺你一辈子。就像我们看的那部电影 *He Is Just Not That Into You* 一样，他只是没有那么喜欢你，如果一个男人真的那么喜欢你，你一定可以感觉得到。他不会让你在他父母那里受到一点委屈，也不会一直让你等待他的电话。如果他让你一直等待他，答应你的事情又没法做到，经常推迟你的约会，时机成熟了却不肯结婚，那么，请你相信他真的没有那么喜欢你，不要再欺骗自己。请相信，男人的成熟度与年龄无关，与经历有关；如果你的男人到二十四五岁还不成熟，那么，你的等待是遥遥无期的。同时，一个男人愿不愿意和你结婚与男人的成熟度无关，他只是没有那么喜欢你而已。至少没有喜欢到愿意和你相伴一生。

当你开始怀疑，开始挣扎，开始痛苦，开始不停地找理由安慰自己的时候，为什么不愿意相信，也许他只是不再爱你了？也许曾经爱过，但是过去了就是过去了，爱情的保质期可长可短。爱，本来是一件很纯粹的事情，既然已经糅杂了那么多不合，再也找不到当初的美好。那么，没关系，就放手吧。至少曾经爱过，大方潇洒地祝福对方，然后去找一个真正喜欢你的人吧。

要记得，幸福始终把握在自己的手中。

要珍惜，但是只珍惜懂得珍惜自己的。

要执着，但是只执着值得自己执着的。

## 寂寞

想养只活泼可爱的小猫

或者一盆自然清新的小盆栽

朋友说，养宠物的人，感觉特别寂寞

下午的天还是蓝的

现在却有点阴阴的

于是

突然觉得寂寞

## 珍惜眼前人

“在吗？”

“嗯。”

“最近好吗？”

“还不错。”

“你男朋友对你好么？”

“很好。”

“还记得我说过要给你写的歌吗？”

“嗯。”

“我真的在写。”

“呵呵，你还记得啊。”

“是啊，我不是所有的诺言都做不到，我是真的希望你幸福。”

“谢谢。”

“知道我为什么不再回到那个城市吗？”

“为什么？”

“无论你相信不相信，我们曾经的感情在我心中一直是最美的回忆，那个城市有太多太多的回忆和错过，我想等到有人可以分享那些回忆的时候再回去。”

“哦，那祝福你。”

“我想这个世界上也许我再也遇不到比你更了解我的人了。”

有些人，总是在错过以后才开始发现什么是值得珍惜的。

有些人，总是在错过以后才开始意识到曾经是怎样的错待。

有些人，总是在错过以后才开始明白心底的那个人也许再也不能被取代。

可惜，错过就已经错过，谁也回不到从前。

珍惜眼前人，才是我们应该做的。愿大家都幸福，多一分包容，会离幸福更近一步。

## 童话

盛大的婚礼，华丽的礼服，美丽的公主，英俊的王子——童话的结局。

而我们从来都不知道生活在一起的公主和王子是否幸福?

那一日，紫色梧桐树下的公主和王子终于走上了道路的彼端，远远地遥望着彼此。

相隔着两颗心的距离。

华丽的宫殿给不了公主需要的温暖，笼里的金丝鸟终会失去飞翔的翅膀。

也许，平凡的日子对于公主来说才是真正的幸福。

只愿做你一个人的公主，只愿依靠你一个人的肩膀。

飞翔，栖息在参天大树，而不是精致的金丝笼。

小小的幸福。

## 你说

你说

她的习惯性格什么什么都跟你一样，对我很好

可是我已经麻木了，因为曾经的你，对我太好了

你说

一直以为不愿意付出是没有找到真爱，你走后，我才明白，真爱是要自己去努力维系的，可是已经晚了

你说

我偷偷看着你的日志，你痛我也痛，你笑我在痛苦中欣慰，我才明白我失去了什么

你说

回首，原来爱情是一点一点被剥落，刽子手是我

我说

有一种人，明明知道不会再回首，却也放不下爱过的人

无情的人，最是深情

我就是那种人，可我们都知道，我们再也回不去了。那所有的过往都葬送在时间的长河中，化作云烟

破镜，从来都无法重圆

## 坏记性

不记得从什么时候开始厌恶菠萝这种食物

只记得每次买回来的水果沙拉中幸存下来的只有菠萝

于是，朋友问我，你为什么不喜欢吃菠萝?

皱眉思考，却怎么也想不起来原因

明明记得去年还狂爱菠萝的啊

没有新鲜菠萝的时候总是吃不够菠萝罐头

一个人的喜恶怎么可以变得这么明显?

大半夜雨停了跑去 COLES（澳洲的连锁超市）搜罗吃的

驻足在菠萝罐头面前努力提起食欲

却怎么也无法提起丝毫的兴趣，还隐隐带着一种厌恶

停驻，盯着我过于熟悉的牌子和包装，我总算找到了厌恶菠萝的理由

呵呵，原来是这样子

应该知道的，一直以来就是这样一个决绝的人，如果我潜意识被告知要舍弃什么，绝对是舍弃得最彻底的那个

甚至连有关的记忆都不复存在

就好像小时候爸爸妈妈告诉我不许吃别人家的饭菜，于是直到现在我看到别人家做出来的饭都潜意识地抗拒

就好像我对牛奶的厌恶

所以因为和你在一起时我狂爱的菠萝，被我一起舍弃在过往的记忆中了

我想，我真的真的无法再喜爱菠萝了

那蕴含回忆的菠萝罐头已经遗失在记忆的角落

记性不好，其实是件幸福的事情

Douglas McTaggart
Christopher Findlay
Michael Parkin
macroeconomics
fourth

DEAS CAN
HAPPEN
ANYWHERE
FOLLOW
YOUR PATH

## 我爱你 与爱情无关

前些天我的 QQ 签名改为：有些东西会比爱情恒久，更值得我们追求

很多人问我，什么东西，比爱情恒久？

不假思索，我答，友情、亲情、信念、健康、梦想和幸福

有很多爱，与爱情无关

心心念念爱着我的你，会在我最脆弱的时候

陪在我的身边，不去在乎第二天是否要比平时早起两个小时去上班

就如你的名字一样，干净的栀子花，对于友情，是那么纯粹，不值得好好珍惜吗？

心心念念爱着我的你，生我养我孕育我的你

还在我成年以后为我的生活操劳，什么都不求，只希望我幸福，就是你最大的欣慰

母亲父亲的大爱，那么无私，不比爱情更加恒久吗？

心心念念爱着我的你，许我一个梦想，给我一个信念，赐我一份幸福，不是比简单的爱情两个字更加源远流长吗？

心心念念爱着我的你，无私的付出，教会我宽容，启发我感恩，这些，难道不都比爱情更加恒久？

爱，是一个多么简单又多么复杂的字

亲爱的朋友，你不爱我吗？你爱我，从翻开这本书阅读我的文字开始，就如同我爱你，因为你分享了我的心情。寒风中的一杯热咖啡，感冒中的一片药，心情低落时的一句安慰，都是爱。除了爱情，我们还拥有很多。只要你肯用心去发现

心心念念爱着你的我。我爱你，也许与爱情无关

## 尘世

停止阅读很久了，就如同我放弃了对于灵魂交流的找寻。

关闭内心，不再思索，持续观望，好像我不属于这世间的任何一角。

我微笑，对每个人，却从来不指望任何一个人读懂我的内心。

我庸俗，用化妆品和名牌来包裹我已经不再纯净的灵魂。

我开始健忘，忘记几乎每张我见过的脸，每句我听过的话，只因为，我放弃了希望，怀着一种悲悯的心情注视着我身外的世界。

多么不可一世。

曾读过，你施舍，是因为你拥有别人没有的东西。

于是，我妄图成为和我身边很多人一样的人，因为我相信我有他们没有的东西。

直到遇到了你们，我发现。

我肤浅，非常的肤浅。

其实每个人，都用外在的东西包裹最纯真的内心。

无论你信与不信，我坚信，任何人心底依然存在着那最柔软的部分，小心翼翼地保护着。

## 温暖

房间很冷。外面的天蓝蓝的，可以看到Anzac Bridge（澳洲的战争纪念桥）。

凌晨四点，我睡不着，你上网陪我聊天，告诉我，我已经做得很好。

没有人告诉我的时候，我就知道他回来了。惶惶然。

我知道，一切真的需要一个了结。

问来他的电话，平静地拨号，平静地问候。

熟悉的声音，却感觉不到熟悉的心动和温暖。

Yes，You are right. It's time to move on.

（是的，你是对的，是时候放下了。）

于是，我明白，我放不下的，从来都不是他。

而是自己那份不可救药的完美情结。

心中他的影像已经愈发模糊，我记得的，只有爱情本身。

我感激，你的出现，仿佛老友一般，那样的明白和理解。

下周四，24 岁，一个 Party（聚会），告别过去，期待未来。

本命年，经历了人生中所有我觉得要经历的挫折，于是，我再也不怕失去什么了。

我一直以为，年轻的时候多经历些挫折，以后的日子必将是阳光灿烂。

孔子说过，知者不惑，仁者不忧，勇者不惧。

智慧的人不会迷惑，仁德的人不会忧虑，勇敢的人不会惧怕。

8 月 13 日，一个结束，在日夜交替的时候，我要吹灭蜡烛。

接下来的每一天，我都要平平淡淡的幸福，做一个智慧、仁德、勇敢的人。

## 爱无疆，上善若水

明天要考试，最近还有很多大大小小的事情需要做，而我却无法克制自己，重读了一遍《哈利·波特》第七部。

直到我在微开的窗户中迎来了晨光，才终于看完了结局。在第七部书中，我们读懂了詹姆和莉莉的爱，明白赫敏和罗恩的爱，也懂得卢平和小天狼星的爱……但却一直读不懂斯内普的矛盾。

到底是怎样一种情怀让斯内普在深深憎恨和厌恶哈利波特的时候又每每救他于危难中？在斯内普弥留之际交给哈利波特的蓝色记忆中，哈利·波特和我们开始明白，斯内普终其一生都把生命中仅有的温情献给了那个只存在于记忆中的莉莉波特。我不知道是怎样的一种爱让他抛弃信仰，孤独地游走在危险的边缘，被身边的每一个人猜疑和误会，只为了保护心中所爱的血脉，而这血脉的另外一半来自于自己平生最憎恨的带给自己无穷的耻辱的人。相信很多人都做不到，而我们的斯内普教授却为此付出了生命的代价，并且在其有生之年，背负着所有人的咒骂。这是不是就是无私？哈利波特终于明白，他所憎恨的教授，是这世界上最伟大的人之一。而斯内普的爱也感动了所有人。

大爱无疆，上善若水。大爱是没有疆域没有界限的，最善良的人就像水一样。老子曾经说过："上善若水，水善利万物而不争，处众人之所恶，故几于道。居善地，心善渊，与善仁，言善信，政善治，事善能。"也就是说，最善良的人就像水一样，有利于万物却不跟万物相争，身处于众人厌恶的地方，所以最接近于道了。安处于应该处的地方，心像深渊一样宽广，仁慈地与人交往，说话有信誉，善于处理国事，做自己擅长的事情。当然，用老子的这句话来形容斯内普教授夸张了些。斯内普虽然不能称之为上善，他的爱也不算大爱。可是，他愿意处于最恶劣的环境，被人误解，不求任何回报，心心念念保护心爱之人的骨血，也是值得我们学习和尊敬的。

## 我的小世界

周三有 Assignment due（到期的作业），却总是没有心情提笔。

国际商务的研究生就是这样，没完没了的 Essay（论文）。

这次是讨论金融危机对各界的影响和我们应该采取的应对措施。

早起，做尽一切可以拖延时间的事情以后，不得不开始认真阅读文章。

读来读去就是那些经济专家的分析，意兴阑珊。

搬过来以后，总是没有心情收拾房间。

家具没有送来，漂亮小台灯的灯泡也没有买到。

于是任所有东西摊了一地。

写作业前，终于决定先弄好我的房间。

点燃四根小蜡烛，房间里充满不知名的花香，淡淡的。

粉色的心串成的帘子挂在白色的墙上，很温馨。

宜家的白色简易书桌，粉色的地毯，加一盏荷花灯。

坐在床头的熊宝宝们，还有一只站着的兔子。

水晶球里跳舞的女孩叫爱丽丝。

日本印花的音乐盒里放着 *You Raise Me Up*。

空的花瓶里，是不是该去买束白色玫瑰呢？

我喜欢，我的小世界，满满的温馨。

## 流年

写标题的时候，想打“流年”，Google 拼音出来的是“六年”。

想想其实也对，不过六年光阴，却已经物是人非，沧海桑田。

我很清楚，我回不去了，我们都回不去了。

世界上唯一不可逆转的东西，就是时间。当然只是至今为止，也许将来的某一天，世界上有了后悔药或者时光机，人们可以一次次修改曾经的决定，直到知道哪种选择是自己真正想要的为止。

起床，开电脑，把衣服丢入洗衣机，铺床，收拾房间，打扫浴室，换衣服，晒衣服，化妆，出门，去朋友的店里聊天，再安排其他的行程。这基本上已经是我生活的固定模式。

今天周五，唐人街有 Night market（夜市），风很大，茫茫然走到 Mountain blue（蓝山，唐人街的一家蛋糕店）门口，才知道，不是装修，是换东家，现在叫凯伦饼店。抱着渺茫的希望走进去，找不到我熟悉的黑森林蛋糕，蛋糕师傅也换了。吃惯了六年的蛋糕，以后再也吃不到了。在悉尼，总会发现有些我习惯的东西，再也不会出现在我的生活中。

不喜欢改变的人，其实很不好。总买同一个牌子的豆腐，吃同一家饼店的蛋糕，用同一种香型的洗发水，点同一家饭店的同一个菜，直到有一天发现，我习惯的东西渐渐地再也不会出现在我的生活中，然后，久久无法适应。

我开始明白，没有东西，是一成不变的，在不知不觉中，很多东西已经改变。不记得在哪里读过一句话：永恒不变的，只有变化。

就如同拎着浮华手袋踩着高跟鞋的我，再也不是那个青涩的小小姑娘了。

我，终究也变得世故了。

## PARTY 无极限

不知道什么时候开始变成 Party animal（派对动物）了

突然间开始害怕一个人待在家里的静谧

喜欢被音乐、酒精和朋友们环绕

Party 一个接一个，应接不暇。从 Home party（家庭派对）到 Service apartment（酒店式公寓）再到 KTV。终于开始恣意享受 80 后的生活方式，夜夜笙歌。

我的叛逆期，来得似乎有点晚。从 Party 的参与者开始变成主办者，在 Bondi beach（邦戴海滩）租一套酒店式公寓，请几个好友，打算提前庆中秋。赏月之后再看日出。

八月初十的夜，很美很美，满天星斗加一轮渐圆的月。可惜月圆人不圆，漂在大洋彼岸的我们，何时才是归期？绵绵细雨中，我们迎来了清晨。等了一夜也没看到日出，所以说提前一个星期过中秋节是正确的。接下来一个星期都阴雨绵绵，完全找不到月亮的踪迹。

悉尼的雨季又来了。朋友生日派对租了游船，可惜也看不到 Rosebay（玫瑰湾）的夜色，海风很冷，星星和月亮都藏得不见踪影，不过蒙蒙细雨中的歌剧院和 Harbor bridge（海港大桥）还是别有风味。还有，陪在我身边，温柔的你。

我说，温柔的男人是毒药，让你一点一点，无法自拔。

迎着海风，飘散的发，Ice 的味道，让我昏昏欲醉。

Party 的终点，是哪里？

PS：Ice（冰）是一种瓶装鸡尾酒，伏特加兑柠檬汽水，酸酸甜甜。我钟爱它，不仅因为它的味道，更因为那和我相同的名字。

## 浮华

狂欢　然后在 High 到顶点的时候　沉寂下来
成长　然后发现成长到一定的时候甘于幼稚
喜怒哀乐　渐渐无法安稳地藏在笑容背后
我只是不想　戴着面具去面对生活中的每一个人
爱上微醺　因为会模糊痛
我不想醉　因为不想遗忘幸福的感觉
我不要清醒　因为不想记起我们之间的藩篱
温柔是毒药　不知不觉就上了瘾
我不知道下一站是哪里
浮华的青春　就让我享受到底吧

## 灵感

毒药先生设计新诊所格局的时候，我在旁边翻房产杂志，看到一栋豪宅。感叹：这房子可真漂亮，不过我们将来不要买这么大的房子，不然你天天上班，我一个人在家多寂寞。

毒药先生笑笑："那你也去上班啊。"我一脸茫然："如果两个人都天天上班，那么要这么大的房子干吗？"毒药先生笑："人和人追求的东西不一样，有些人拼命地工作，就是为了豪宅香车。"

对于我来说，追求精神享受的欲望远远大于追求物质享受的欲望。其实，实现这样的愿望，是一件多么难的事情啊。

很多人以为，精神享受其实是没有能力享受物质的人用来安慰自己的。我以为不然。很多时候，精神享受和物质享受是无法分离的。享受物质的人，多数是没有能力精神享受的。买到一样东西，享受的并不是那样东西本身，而是那样东西带来的便利性和满足感。

越容易得到，这满足感就越少，也就越不珍惜。这番道理也可以用在交友上。

毒药先生一直不满意我的交友态度，认为我提供了太多便利给身边的人，我深以为然。偶尔一次帮忙，可以算上雪中送炭，帮了太多次，一次没帮到，朋友反而可能变成仇人。他会认为你帮忙是理所当然的，不帮忙反而是不讲义气，永远不会再站在你的角度想问题。

所以说做人要宽容，放过别人也就代表放过自己。我庆幸我是个冷淡的人，不会因为得失而斤斤计较。朋友，本来就是过客。来了又走，走了又来。都是命中注定。

经历过很多事情，心态愈发平和。也学会了相处的艺术，不任性，不赌气，毒药先生愈发疼爱我。

心越宽的人，越容易幸福，做自己是最开心的。对敌人微笑，是因为从来没把对方放在眼里。

忘记伤害你的人，因为他不可能比你更幸福。

## 告别本命年

悉尼时间，0点整，24岁过了整整一半，也终于告别了牛年——纠结的本命年。

我是个不喜欢回忆的人，所以我不想重新再叙述一遍2009年，我的本命年，经历过什么。无论如何，我想感谢2009年，感谢本命年，因为当那些所谓的不幸发生的时候，我才开始懂得珍惜可以掌握的幸福。

生活跌宕起伏，心态却愈发平和。我依然相信，属于我的幸福，就在不远的地方等待着我。

2009年，有我爱的你们陪伴在我的身边，有爱我的你们守候在遥远的家乡。

于是，我开始明白，生命中什么对我来说是最重要的。

亲情恒久，友谊常青，只有爱情是绚烂而且短暂的。小心经营，终有一天会升华为永恒的亲情与友情。

不回首，不展望，我坚信我的2010年会更好。

就如同我坚信我爱的你们，虎年必然会幸福。

## 工作

每周在两个地方上班，感受不同的生活节奏。

做Assistant accountant的时候，朝九晚五，还有将近两个小时的Lunch break，同事太多，连人名都记不全，就认识Finance department的Manager和我跟的两个Accountant。

不停地重复着同样的事情，没什么技术难度，有效工作时间加起来也就五六个小时，Break 的时候还可以去 Broadway 逛逛街。

做 Jewellery 的时候，朝八晚七，有效工作时间 11 小时，一个小时的 Lunch break。每天接触的除了我的老板和隔壁店的老板，就是世界各地的客人，感受世界风情。然后就是悉尼的 Jewellery wholesaler，哈哈，学习 Jewellery 是件很开心的事情。

综上所述，我的生活忙碌而充实，毒药先生下班早就会赶过来接我下班，Weekend 轮到我上班的时候，也会过来陪我吃 Lunch，顺便和我老板聊聊天。

现在，讲中文的机会越来越少了。

不过每天面对 Harbour bridge and opera house 是件很开心的事情。

## 杂

窝在沙发上，开着电视，一个字都没听进去。

抱着电脑，不停地刷新人人、开心和 Facebook。

顺便看看隐身的 QQ 上 谁的头像是亮着的。

每天给闺蜜至少打三个小时的电话。

话题从八卦、名牌、时尚、护肤、爱情、旅游可以聊到国家大事、政治局势。

17 岁到 25 岁 澳洲消耗了我人生中最最精华的八年时光。

也许还要继续消耗我剩下的人生。

老实说　我真的不太能想象让我的下一代生活在这样一个国家。

我想《蜗居》被禁，是因为太真实。

不是影射某某人，因为全中国不只一个某某人。

是江州又如何，是上海又如何，全国有多少个上海、江州。

海藻没错，宋思明也没错，因为是人，就有欲望，没有欲望是因为从来不知道欲望的存在。

一个都不知道 LV 是什么的人，不会有想买 LV 的欲望。

只不过追求欲望，需要付出相应的代价。

海藻爱宋思明，因为宋思明是现在的宋思明，他的权力他的金钱都是他的一部分，是不可能分割开来的。

就好像你爱你的另一半，因为他是现在的他，早一点，或者晚一点遇到，也许他对你来说，就只是陌路了。

说海藻爱宋思明,因为我们可以推断,现在的宋思明破产了倒台了残废了，海藻一样还爱他。

（只是个人观点，不要拍砖）

于是，和闺蜜得出一个结论：我们追求爱情，不在乎物质，是因为我们从来不缺少物质。

精神的享受是以物质为基础的，因为我们都要吃饭喝水，才能活着。

所以我们是没有资格批评追求物质享受和拜金的人，因为我们不是他们，我们不知道想吃哈根达斯吃不到的感觉。

6万，60万，600万加一个宋思明也许我们不看在眼里。那6000万，6亿，60亿加一个达西或者白瑞德呢？这些钱可以改变多少人的生活？真的面临这个选择，我不敢说我坚定不移。

所以其实任何选择都是有Condition的。

然后我开始发现，这个世界很现实。

但是当你可以理智地以现实的眼光看问题的时候，生活也许更幸福。

我们不是王子公主，总有走出象牙塔的一天，认清自己的欲望，不是什么坏事。

## 有一个好友

认识近十年了，变成闺蜜也就两年

这些年，越来越相信缘分。人和人之间的相识相知，真的需要某种契机

看起来性格这么不同的我们，竟然有惊人的默契

从来没有想过会有这样一天，我愿意和一个人分享我生活中的点点滴滴

两个女人变成无话不谈的挚交好友，其实是多么难的一件事情

我们有共同的喜好，不经意间会买到同款的衣服，同款的鞋子，同款的包

我们有同样的家庭背景，生长在同样的生活环境，甚至连我们的出生地都是相同的

我们对生活的要求，对人生的规划都是那样的相似

我们爱着不同类型的男人，上天多么厚待我们

不用担心尘世间的繁华考验我们的友谊

这些年，我们经历了太多磨难，但是，宝贝，我感谢这些磨难

不然不会成就我们之间无可替代的友谊

已经习惯了每天睁开眼睛就拨通你的电话

已经习惯了看到任何有趣的事情就跟你分享

已经习惯了向你倾诉我的心中细小的可能根本不会发生的担心

太多太多的感受临到下笔却发现根本无法用语言形容

依赖已经深种

如果我们不再生活在同一个城市

该怎么办?

天阴阴的，已经 10 月，却依旧难见艳阳满天

时间过得真快，眨眼间　就要告别 10 年

这几年，经受一次又一次的离别，只有我，这个最不想留下的人，还安然若素地待在这个越来越不亲切的国度。

2008 年，送走一个男人，也等于把他送离我的生命，不悔。因为我遇到了更好的

两年后，没想到，要送走的是你，这两年来越发亲密无间的你，会怕是

因为我知道，再也不会有一个人可以懂我如你

宝宝，我们说好不哭，因为很快会再相见。我们要保持联系，做一辈子最好的朋友

宝贝，保重，等着我去陪你过生日

## 写在 24 岁的最后一个小时

祝福收到很多，真心的不真心的

礼物收到很多，认真挑选的，应酬的，都有

感触很多很多，最想写出来的，是我真的想家了，很想很想

不想矫情地说我有多爱你或者多么珍惜身边的朋友

这些都无法改变我已经厌恶澳洲生活的这个事实。

七年了，我的青春还有几个七年

我已经快找不到当初那个意气风发的我

但是，我依旧感谢这七年

没有这七年，不会有我最好的生日礼物《在海的那一边》

8 月 7 日是我的农历生日，新书正式印刷成册

8 月 13 日是我的阳历生日，我可以亲眼看到我的经历变成铅字

很兴奋，因为几年的学费没有白交，我总算有点成果

会胆怯，因为我没有勇气重新去读自己写的东西

《在海的那一边》算是自传吧，里面大部分是我的亲身经历，有些是张冠李戴

爸爸说，创作源于生活，但要高于生活

所以也可以算是自传式的小说

写作会继续下去？

有时候，无心插柳柳成荫，我衷心希望越来越多的人阅读我的作品

如果生日的愿望真的可以实现
那么我希望签证快点批下来，我想回国了
最后，谢谢大家的祝福
我会生日快乐，天天快乐！

有多久
有多久，不曾安静下来，写点东西
绿卡下来了
终于不需要守在一个地方等待，实在厌恶了束手束脚的日子
来到人世 25 年，心从无比澄净变得越来越混浊
满满的理想一点一点被现实磨灭，突然间迷茫了
我追寻的，到底是什么？

念书，念好书
工作，找好工作
赚钱，赚大钱
目的是什么？
生活得更好
可是什么叫更好？

从小知道要努力学习，上好高中，好大学，然后找个好工作，实现自己的价值

那么不好的大学谁去读，不好的工作谁去做，那些在做的人就没有实现自己的人生价值吗？

赚了钱买包、买衣服、买鞋、买化妆品、买首饰，什么都要买好的
突然间厌恶了
买 CHANEL 可能会比买杂牌多开心一阵子，可是一阵子也不过几天而已

存了钱本来打算买手表，现在突然觉得一块手表也没多大用处，至少不能让我的心变得澄明一点

终于决定去旅游

去大山、去荒漠，去找寻我丢失已久的安宁，去找寻一颗澄净的心